奋斗者的情怀

文学作品集

《奋斗者的情怀》编委会 编

庆祝安钢集团公司60华诞

北 京
冶金工业出版社
2018

图书在版编目（CIP）数据

奋斗者的情怀：文学作品集／《奋斗者的情怀》编委会编．—北京：冶金工业出版社，2018.7

ISBN 978-7-5024-7841-4

Ⅰ．①奋…　Ⅱ．①奋…　Ⅲ．①诗集—中国—当代　②散文集—中国—当代　Ⅳ．①I217.1

中国版本图书馆 CIP 数据核字（2018）第 142637 号

出 版 人　谭学余

地　　址　北京市东城区嵩祝院北巷 39 号　邮编　100009　电话　(010)64027926

网　　址　www.cnmip.com.cn　电子信箱　yjcbs@cnmip.com.cn

策划编辑　任静波　责任编辑　曾　媛　美术编辑　彭子赫

版式设计　彭子赫　孙跃红　责任校对　郑　娟　责任印制　牛晓波

ISBN 978-7-5024-7841-4

冶金工业出版社出版发行；各地新华书店经销；固安华明印业有限公司印刷

2018 年 7 月第 1 版，2018 年 7 月第 1 次印刷

169mm×239mm；18 印张；292 千字；274 页

68.00 元

冶金工业出版社　投稿电话　(010)64027932　投稿信箱　tougao@cnmip.com.cn

冶金工业出版社营销中心　电话　(010)64044283　传真　(010)64027893

冶金书店　地址　北京市东四西大街 46 号(100010)　电话　(010)65289081(兼传真)

冶金工业出版社天猫旗舰店　yjgycbs.tmall.com

（本书如有印装质量问题，本社营销中心负责退换）

《奋斗者的情怀》编委会

为奋斗者歌唱

太行莽莽，洹水汤汤，大好山水环抱之间，安钢在中国现代钢铁版图上从无到有，从小到大，从弱到强，始终顽强生长，于六十年岁月当中走出了一条具有独特印记的“安钢之路”。这条路，交织着坚持与创新，汇集了理想与情怀。

安钢身处中原，身处邺城，身处历史冶炼遗址上，相袭了跨越历史长河的底蕴与厚重。

回溯往昔，中原作为中国之处和天下之枢，文明肇始，圣人辈出，发祥了中国的一个个“黄金时代”。

回溯往昔，安阳三千年前即为帝都，一片甲骨惊天下，半尊铜器醉众生，商周遗产造就了横空出世的“青铜文明”。

回溯往昔，安钢不畏险阻，励精图治，燃烧激情，艰苦创业，书写了万千安钢人的“黑铁传奇”。

60年风雨沧桑，60年奋发图强，安钢走过了一段激扬壮阔的非凡历程。其中，既有一穷二白、艰苦筹建的难忘岁月，又有承包经营、二次创业的探索实践，既有跨越百万吨的欢欣鼓舞，又有解危脱困的顽强奋争。而今，安钢浴火重生，在变革中成长，在创新中发展，在转型中跨越，再次站在了新的战略起点上——“板块＋专题”直指核心，“四个三”党建工作法引领风流，“双千亿、两大基地”高屋建瓴。

展望未来，我们意气风发，豪情满怀，信心百倍。

一路走来，安钢人矢志不渝，深耕钢铁主业；安钢人改革创新，屹立发展前沿；安钢人夙兴夜寐，满怀做强雄心。六十年弹指一挥间，一代代安钢人肩负使命，情系安钢，于百舸争流的钢铁大潮中尽显英雄本色，推动安钢爬坡过坎，执着前行。在十里钢城这片热土之上，诞生了数不清的动人故事，孕育了割不断的绵密浓情，铭刻了打不垮的精神烙印。所有这些，为安钢的文学艺术提供了取之不尽的创作源泉。

这本《奋斗者的情怀》文学作品集，真实地记录了安钢各个历史时期安钢人的由衷感慨，真实地记录了安钢人对安钢这片热土的眷恋与厚爱，真实地记录了安钢精神结合时代发展的呐喊与传承，真实地记录了安钢历史进程中若干熠熠发光的片段，这是热血和深情的凝结，这是光荣和梦想的交汇，这是爱与深爱的叠唱。一道道用文字写就的刀凿斧砍般的记忆，见证了铁和钢的碰撞，如同黄钟大吕，好似磅礴交响，震撼、感动、激励着我们。

在安钢开启振兴发展新征程、喜迎建厂60周年华诞的重要时刻，这本书的应运而生具有特殊意义，对于我们回顾创业的多彩历程，体味发展的流金岁月，憧憬未来的广阔前景颇有益处。这本书或许还显粗粝，但不会缺少温度，她见证着我们的初心和热血，希望广大读者能够从中得到自己的体悟，对安钢情更真、意更切，用只若初见的炽热情感照亮安钢可以预见的美好未来。

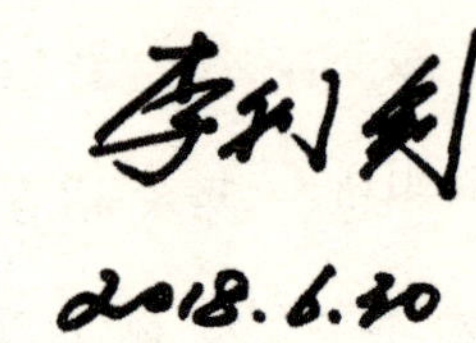

2018.6.20

目　录

诗歌篇

IV 奋斗者的情怀

散文篇

诗歌篇

七律·电炉复产有感

李利剑

三万铁军不畏难，
生存保卫战犹酣。
板块运作硕果丰，
模式转变成效显。

克难攻坚谱新篇，
捷报频传众人欢。
全面改革不停步，
从严治企再登攀！

2017年10月21日作于安钢100吨电炉复产之际

七月赞

刘楠

省长调研春风到，先进高炉全开了；
马力鼓足管到位，团结拼搏夺成效；
铁打不动赢三亿，雷鸣电闪难动摇；
环保指标喜更优，天地人谐斗志高。

七律四首

贺安钢六十华诞

李福永

创　业

跃进狂飙起滥觞，
万马千军筑梦忙；
风餐露宿固垒土，
人拉肩扛立厂房。

曲折磨砺初心在，
上下徘徊矢志强；
浩劫铁骨铸坚守[①]，
胸有朝阳待春光。

奋　进

钢铁元帅重升帐[②]，
引领潮头勇担当；
改革风送孟春暖，
市场云涌盛夏凉。

小炉快转成神器，
短板巧补变魔方[③]；
率先登顶破百万，
风展红旗放眼量。

跨　越

群虎奋竞逐中原，
金马踟躇显汗颜[④]；
英雄抖擞磅礴气，
壮士挺立霹雳肩。

卧薪尝胆求蝶变，
换骨脱胎为涅槃；
弯道冲击千万级，
高台接力再跨栏。

升　华

忽如一夜寒潮现，
阴霾压摧生死悬；
两场拼杀保家境，
三块勠力化危难[⑤]。

轧机欢歌绿荫里，
高炉抒怀碧云间；
华诞笑启转型路，
承续甲子逾百年[⑥]。

注释：①“文革”十年，安钢在艰难中生存并争取到难能可贵的进步。

②改革开放经济复苏，钢铁需求大增，以增加产量为中心的局面如火如荼。

③20世纪80~90年代以安钢15吨转炉增钢为中心的管理创新和技术集成大大提高了产量和效率，被誉为“小炉成大器”的典范。运用“木桶理论”原理系统优化钢铁联合企业的生产过程，形成了安钢独特的生产经营管理模式，在行业产生巨大影响。

④安钢曾于1994年度获中国优秀企业“金马奖”。

⑤“两场拼杀”指生存保卫战和环境保卫战；“三块勠力”指板块加专题运作铁前、钢后、非钢三个系统攻关。

⑥六十年为一个甲子，2018年适逢安钢建厂六十年。

我们共同的名字叫安钢

李福永

我是八月　正午浓烈的骄阳
是隆冬　山岭篝火摇曳的光芒
是风枪击透岩石迸溅出的火花
是柳条帽下那双深邃执着的凝望
挑矿下山时承压在木杠下的肌腱
凸显着饱浸汗水的高亢

我是崇山峻岭间沉睡的炽热
是千万年来坚韧刚强的蕴藏
是现代工业扑面而来的热流
是志存高远的领略和酣畅
意志笃定的慨当以慷
携手奔赴淬炼刚毅的炉膛

我是泥泞的原野那道深深的车辙
是劳动号子在风雪里溅起的铿锵
是洹河边那排低矮的干打垒
是质朴包裹着的浑圆梦想
舞动高杆红旗的猎猎劲风
吹送着一个时代的豪迈奔放

我是晨光里站起的高炉的身姿
是澎湃激情熔炼出的第一炉碳钢
是轧机飞旋中倾吐出的滚烫柔情
是冷床上列队待发的气宇轩昂

起底太行本土的钢筋铁骨
支撑中原奋起的坚实脊梁

我是创业人的激情燃烧
我是拓荒者的热血偾张
无数个我站立成我们
共同的名字叫安钢

我是狂飙突进中对速度的理性思索
是意气风发时对奇迹的沉重考量
是忐忑徘徊里那段炽情的等候
是上马下马间欲罢不能的守望
钢铁赤子朴素而执着的初心
把现代文明的薪火惜惜涵养

我是料峭春风里坦吐的绿杨
是引领潮头的第一波风流激荡
是自剪脐带求生存的血性倔强
是用勇气和信念书写出的军中令状
领衔演绎承包经营的豪迈传奇
首度开启国企改革的灼见真章

我是智慧组合由小炉巧变的大器
是补齐短板摇曳幻化的效益魔方
是拾阶而上率先跃上百万吨的惊艳
是“三雄竞技”擂台上的风流倜傥
凌风登顶飘逸出的频频捷报
引领了钢铁工业的季节风向

我是金马稳健行进的款款足音
是风展红旗时刻夺目的炫亮

是滚动发展铺承的自如和富足
是曾经沧海升腾的骄傲和犒赏
伫立在中国工业百强的原有站位
没打开那扇眺望云蒸霞蔚的天窗

我是胆识书写的铁血担当
我是智慧踩出的歧路芬芳
无数个我组合成我们
共同的名字叫安钢

我是新世纪的晨光冉冉泛起的羞涩
是凝视百舸争流陡生的感怀和忧伤
是沉寂在血脉中的桀骜与自信
是不甘落伍的心潮澎湃激荡
冲决有形和无形的范式和条框
背负重荷　在狭窄羁绊中拓展空旷

我是摆放千万吨钢厂的奇妙创意
是钢铁联合企业布局的精彩开创
是“三步走”卷起的铺天盖地的热潮
是生产建设并驾齐驱诠释相得益彰
压茬推进　上演“螺蛳壳里作道场”
集约优化展现出独有的魅力时尚

我是追赶路上那份躲不开的紧张
是山雨欲来档口隐约涌起的惆怅
是云诡波谲时拂之不去的丝丝凉意
是时不我待只争朝夕的直追勇往
众志成城昂扬走向大钢的新站位
浴火重生放飞一跃惊天的凤凰

我是五千级高炉平台上闪烁的镁光
是钢带跃进在辊道上升腾的心悦荡漾
是构建千万吨级还没移除的脚手架
是留存在足迹里来不及打理的匆忙
刚下船坞的巨轮没有完成舾装
金融风暴掀起了滔天的骇浪

我是险些擦肩而过的机遇
我是深陷激流的回旋跌宕
无数个我汇集成我们
共同的名字叫安钢

我是危机袭来时的瑟瑟寒战
是市场断崖边立定的惊慌
是资金链条紧绷欲断的纠结
是过度失血艰难支撑的踉跄
巨额亏损缄默了我的蓬勃锐气
市场困局平添着无尽的悲摧迷惘

我是撕开沉闷的那道心智金光
是消融冰雪时泼洒的热汗血浆
是捍卫荣誉鹊起的群情振奋
是为生存而战的士气浩浩汤汤
钢铁硬汉低谷中理想高于天
仗剑前行攻关夺隘势不可挡

我是雾霾重压在心头的忧伤
是限产令激起的惊悸与彷徨
是绿色制造那份厚重的承诺
是天高云淡那份惬意的遐想
双重叠压容不得躲避和退让
环保提升就是第二个生死疆场

我是卧薪尝胆赢得的赞许目光
是脱胎换骨蝶变出的清风送爽
是提质增效重新找回的从容自若
是板块协同发力展示的奋发图强
聚焦市场风云变幻的摇曳多姿
收藏滚石上山的威武雄壮

我是一部集成的精神宝典
我是一个甲子的正道沧桑
无数个我展现出我们
共同的名字叫安钢

我是经岁月砥砺打磨的界碑
是泾渭艰辛苦旅的一道山梁
是对六十载风雨兼程欣然感悟
是驶向海天一色的瑰丽风樯
时光荏苒烘托出寥廓的天际
舍我其谁喷薄出崭新的太阳

我是汇集创造精神的万斛泉源
是平淡间取之不尽的守恒能量
是几代人紧密站出的接力队列
是不甘沉寂的心房泵出的滚烫
新时代的铿锵战鼓激越催征
为中原更加出彩再铸辉煌

我是并肩走下炉台的笑声爽朗
是带着企业标准竞标的恢宏气场
是新的“一键式炼钢”程序编码
是多元发展聚合成的曲水流觞
业绩支撑的自信犹如一架天车
轻盈地提起满腔炽热凌空徜徉

我是园林掩映的现代工厂
是绿色制造最新的标高清样
是高炉在蓝天碧云间的抒怀
是轧机在花潮绿荫里的歌唱
新晴里打开坦坦荡荡的心扉
接纳八方的富足美好和宽广

我是一个企业多彩的故事
我是一个族群温馨的梦乡
无数个我丰富着我们
共同的名字叫安钢

向春天进发（朗诵诗）

李福永

世纪步入冰河
时间被冻成冰挂
经济寒潮铺天盖地
百业凋敝、万物肃杀

整个星球犹如一个年迈老人
在瑟瑟地抖动着下巴
钢铁市场更似一匹脱缰野马
无序狂泻、直下断崖

火红的熔炉化不了市场的冰雪
高速的轧机穿不透冰凌的篱笆
被裹胁进寒潮中心的安钢艰难抉择
部署起了生存保卫战的阵法

曾几何时，我们习惯了鲜花和掌声
在美慕的关照中任性和潇洒
不管四季轮回、无论阴晴圆缺
安钢似乎感觉不到市场的春秋冬夏
沐浴着改革东风，三十年一路凯歌
风展红旗无限，团队意气风发
我们有规模效益，我们有品牌优势
驰骋中原商海，透出几分傲霸

寒风乍起，我们禁不住打起了个寒战
持续冰冻，才感悟到形势的严峻可怕
艰难奋进，我们撑着失血的机体抗争
波谲云诡，市场仍在震荡中持续下滑

2016在北风潇潇中如期而至
超级寒潮从极地横冲直下
市场搏杀短兵相接已至白热
众志成城时刻谁能横刀立马

中央经济工作会放送出丝丝暖意
安钢职代会做出了意志坚定的筹划
板块布局聚合协同之力保生存
专题攻关重点突破难题求升华

信心能融化冰雪
智慧可催开奇葩
矗立的白杨在凌厉中透出了倔强
干枯的小草在寒风里孕育着蓬发

安钢已认清了方位、制定了方略

我们已集结起团队、部署了战法
冒着市场硝烟向目标前进
顶着旷世寒潮向春天进发

工匠礼赞

李福永

一

工匠，一个普通的词汇耳熟能详
不经意间在信息高速拥挤中丢失
时尚的语境将它悄悄淡忘

工匠，一个普通的符号历久弥香
不知何时被稀里糊涂地封卷
档案的页面在岁月流逝间泛黄

掀开扉页观瞻历史的天空
百业工匠如星辰熠熠闪光
技艺的光焰穿越时空点亮希望

异彩纷呈的业态伯仲相当
薪火相传的技艺泽被四方
鲁班便成为工匠的代言形象

二

也许入职时没有太多的选项
干一行爱一行修炼到技压群芳

一世威名便远播江湖入庙登堂

当你登临长城抚摸碉楼的女墙
砖石堆砌的不只是历史的沉重
它凝聚起的工匠智慧荡气回肠

当你凝视祈年殿蓝色的穹顶
仿佛有天籁之声从容飘荡
那是匠心独运在斗拱间舒幻绕梁

或者你惊诧于赵州桥的飘逸
如虹卧波屹立千年不见损伤
石砌的艺术品怎么那么夸张

或者你觉得司南没太多神秘
简易的刻度闪耀的是匠心灵光
沧桑正道间始终在为世界导航

三

有人说 4G 时代派生了 3D 打印
师徒相传的手艺活自然撂荒
计算机替代他们丝毫不会走样
殊不知创造伴随着心智与理想
大工匠的独特技艺折射着灵感
电脑程序怎么调试都无从模仿

从玉石雕刻艺术品的个性把握
到航天器精密组件的制作安装
从始至终都是心灵的感应与碰撞

从炒茶工把把拿捏炒出天珍茗品
到厨师长把握火候烹出味美色香
平素间饱含了太多的积淀与沧桑

他能透过火焰识别炉膛的温度
你在钢花溅起的瞬间辨识成分含量
大工匠协力方能支撑起现代工厂

车工说我用刀头表现创意自如奔放
焊工讲巨轮劈波斩浪攸关我的焊枪
文明的标高从来都基于工匠的质量

四

工匠是对文明传承人的尊称
他们传递着不同门类的技艺
文明薪火方能接力从未断档

工匠是对平凡手艺人的颂扬
他们把敬业凝练成独门绝技
在创新中诠释着守成与拓疆

工匠是对价值创制者的褒奖
他们聚沙成塔恪守行规道义
默默地为社会酿造蜜糖

工匠是对社会贡献者的表彰
他们择一而终不言弃久久为功
把职业精神演绎为责任和担当

五

传统技艺离不开代际传承
现代制造彰显对技能的渴望
共筑中国梦更需要大国工匠

科学创新与工匠技艺水乳交融
创造的灵感通过制造定型抛光
蓝领和白领协同方可相得益彰

为奋进者持之以恒的历程点赞
为成就的精彩奉上庆功的琼浆
培根固基广植工匠长成的土壤

走出历史眷恋追赶上时代脚步
让工匠从不同方位走向舞台中央
江上百舸争流途中熙熙攘攘

向宏伟目标挺进步履铿锵
共和国走出整齐的工匠方阵
潇洒自如挺起大国脊梁

我们是新时代的“钢铁侠”

——五四青年节致安钢青年

李福永

冒着旷世奇寒
　我们胸有朝阳
　　列队向春天进发
担荷着振兴安钢梦
　我们勠力同心
　　为生存和荣誉拼杀
市场的严酷
　给了我们特殊机遇
炼狱的地火
　淬励我们涅槃升华

我们是安钢的青春方阵
我们是新时代的“钢铁侠”

二十岁、三十岁
　组合成青春队列

八零后、九零后
　洋溢着奔放潇洒

我们并不陌生
　沐浴着改革的春风成长
我们似曾相识

不约而同仰慕火红的年华
当我们踩着新世纪的钟声
尽情展现青春的炫彩
红旗漫卷起安钢风
把我们的黑发定型得意气风发
从学校、从军营
殊途同归走进了钢铁行列
青春的笑脸犹如张张船票
让我们围拢到安钢的桅杆下
铸造共和国钢铁脊梁
安钢就是我们演绎精彩的舞台
书写铿锵的青春履历
哪能沉溺于雪月风花

我们立志
用钢铁雕塑无悔的群像
我们相约
用信念描摹丹青图画
于是，炉膛的火焰被视为绚丽的霓虹
烈焰的炙烤让我们信念升华
单调的节奏犹如奋进的节拍
轧机的呼啸幻化为情愫的表达
于是，一套标有安钢厂徽的工装
穿上就舍不得脱下
一辆“永久”牌自行车延伸着青春的轨迹
不惧风雨、无论冬夏

我们是安钢青春方阵
我们是新时代的“钢铁侠”

传承安钢的文化基因

解析企业精神的密码
我们知晓敬业奉献
　曾经锻造了说不尽的创业故事
我们深谙团结拼搏
　已经演绎了道不完的动人佳话
安钢精神恰似润物无声的春雨
不经意间把我们的灵魂同化
然而青春渴望在肌体内躁动
思想的领地不愿意设置篱笆
自信人生会当中流击水
创新中传承更能发扬光大
我们不拘泥于传统思维
　在经久不变的范式里羞羞答答
我们尊重权威但不顶礼膜拜
　总想用奇思妙想催开奇葩
夜深了，我们开启网上练兵
　用微信群沟通彼此的创意
公休日，我们对工艺路径指指画画
　希望钢铁制造融进“互联网 +”
我们年轻，浑身总有使不完的劲
我们敏捷，满腹的创意寻求表达
我们是安钢青春方阵
我们是新时代的“钢铁侠”

不期而至的危机
　给出了一道难解命题
一路风光的安钢
　深陷在生死线上挣扎
钢铁行业的顿挫
　让我们感到苦辣酸甜的况味
市场阴晴的嬗变

仿佛间江河逆转、山岳崩塌
黑云压城压不覆英雄气节
市场拼杀我们是冲锋陷阵的黑马
安钢号巨轮正逆势前行
向着“1143”目标云帆高挂

我们是安钢青春方阵
我们是新时代的“钢铁侠”

克难攻坚是我们的特质
智勇双全、风云叱咤
为荣誉而战的决心犹如高质特钢
久经冶炼没有夹杂
寒凝大地
我们在料峭中辨识春讯
冰雪压覆
我们在煎熬里孕育春华
市场回暖
唤醒了我们的热忱
创新求变
冲决堰塞思想的堤坝
青春的力，迎来了顺势风帆的时令
五月的风，就是青春意志的传达——
进军“双千亿”
刚刷出了雪白起跑线
青春的朝阳
喷薄而出、放射光华
“四个三”聚齐的能量
正在产生奇异裂变
众志成城的洪流
已经轰然开闸

创造的交响中青春是最激越的音符
市场的战阵上我们时刻准备着出发

我们是安钢的青春方阵
我们是新时代的“钢铁侠”

西江月·十月乐章（三首）

李福永

赞煤气净化工程

治霾五令三申
十月又发加急
国策政令紧倒逼
剑指焦炉煤气

设计指标超前
建设只争朝夕
领先行业立标杆
潮头舒卷红旗

颂永通厂区新貌

珍珠泉畔植根
欣逢六十诞辰
绿色制造生死隘
浴火方能新生

绿化硬化美化
铁军众志成城
历经沧桑看新晴
共筑美好愿景

贺电炉复产

当年名冠中州
行业也占鳌头
无奈市场风云变
甲卸声威暂休

今朝行情看好
接力恰是时候
一道电弧亮深秋
金瀑溅起风流

激情三章

李福永

诉衷情·七月

骄阳似火地生烟
铁军战犹酣
黄金季节抢黄金
日进一千万

冶炼顺
轧机喧
新品现
环保优先
再假时日
重构蓝天

渔家傲·八月

万平长棚凌空起
架构磅礴铸大气
脱硫脱硝步步趋
共砥砺
浴火重生写传奇

何惧雨骤风来急
汛期稳产创奇迹
产销研运步调一
巧借力
实现利润超预期

临江仙·九月

云诡波谲变局中
市场见识英雄
满挂高帆破浪冲
莫道艰难阻
开拓建新功

九月既是登高月
负重奋进从容

续上层楼再临峰
撸袖加油干
引吭唱《大风》

安钢，是干出来的！

李福永

安钢，是干出来的！
一位劳动模范的朴素语言。
安钢，是干出来的！
第一代创业者的退休感叹。
安钢，是干出来的！
青年科技人才的履职感想。
安钢，是干出来的！
媒体记者共同的采访体验。

遥想创业当年——
国家把建设安阳钢铁厂的计划，
发布在《河南日报》的头版，
结束中原缺铁少钢的历史，
如时代重托千钧在肩。
十万大军迅速集结，
八方精英汇集中原。
开山的炮声，
唤醒了沉睡的太行山；
劳动的号子，
沸腾了平静的洹河畔。
建设的帷幕由此拉开，

创业的历史破题开篇。
无限的激情掺和着成吨的汗水，
筑垒起信念的高炉；
坚定的信念伴随着智慧的心血，
安装起简易的轧线。
一个备受呵护的钢铁婴儿，
在八月的骄阳中轰然出世；
一个全新名字——“安钢”
开始映入大众的眼帘。

五十多年历经沧桑，
时代风云跌宕变幻。
靠信念和实干创建的安钢，
蕴含着连绵不断的故事；
故事中凝结起的企业精神，
实干就是贯穿始终的红线。
上马下马，我们痴心不改；
风中雨中，我们坚守苦干。
当东方风来、春潮萌动，
安钢又大步走在了改革前沿——
三年承包，启动了求实创新的引擎；
滚动发展，演绎出“小炉大器”的惊艳。
在群雄竞跑的钢铁阵营，
第一个迈过百万吨的高坎。
石破天惊般掀起一阵钢铁季风，
聚焦起同行业的频频点赞！
会当凌绝顶时，
体验过荡胸生层云的感觉，
三十几年盈利的业绩啊，
红旗招展、光彩耀中原！

日月如梭、光阴荏苒，
时代大潮百舸争流竞风帆。
契合着新世纪的跃动节律，
钢铁发展如离弦之箭。
铸造过辉煌业绩的安钢呵，
哪能与飞速的时代擦肩？
须臾的迟疑曾使我们错失了季节，
实干是后来居上的要件。
发挥固有优势，
依托深厚积淀，
三步发展，脱胎换骨上档次；
千万吨级，挤上队列的前边。

刚刚抢搭起了迎风搏浪的架构，
整体中的细节还未来得及完善。
金融风暴如惊涛裂岸，
钢铁业被推上了风口浪尖。
风乍起，曾以为只会掀起春潭止水；
未料到，这是漫长的隆冬朔风凛然。
市场低迷如黑云压顶，
成本居高似十万大山。
亏损在流失着机体的血液，
高额负债挤压得英雄气短。
安钢面临着生死抉择，
我们在经受生存考验！
等待，馅饼不会伴甘霖从天而降，
呼救，困境中谁曾见过上帝谋面。
实干，是万变不离其宗的法宝，
巧干，方能聚齐能量倒海排山。

我们敬佩创业初期的人拉肩扛，
我们传承增钢年代的拼抢苦干。

然而，风起云涌的现代商海，
效率即是实力的集中体现。
实干不仅是大汗淋漓的力气，
同时容纳了全新的内涵——
凝结着智慧和心血，
更需要责任和奉献。
云诡波谲时不能墨守成规，
浴火重生中必须转变观念。
困难如熊熊的烈焰
炙烤着安钢人的意志，
生死场上的拼杀
检验着安钢人的果敢！
直面商海烽烟、四面边声连角起，
我们枕戈待旦！
紧盯市场变幻、注重创新求生存，
摈弃刻舟求剑！
调整战略，发展服务钢铁。
优化管控，突出板块重点。
细化考核，强调岗位责任。
产线联动，直面市场风险……
出创意争取事半功倍的绩效，
巧运筹优化降本创效的空间，
岗位履职捡芝麻全员齐发力，
靠热情用诚意抢回高效订单……
实干加巧干同心建树新伟业，
风展红旗没有过不去的雄关！

迎难而上，用激情融化冰雪，
众志成城，靠智慧排除万难；
胸有朝阳，凛冽中满眼春色，
目标明晰，困境里信念如天！

安钢，是干出来的！
将成为一个新的记忆符，
记录下一个特殊的历史时段。
安钢，是干出来的！
将成为一个移动存储器，
收录起一段奋然前行的档案。
安钢，是干出来的！
将成为一个神奇密码，
解析着一种精神要义。
安钢，是干出来的！
将化为一个反应堆，
聚集着无限的能量裂变……

写于“五·一”劳动节假期

诗赠安钢人

颜　石

安钢的今天明天

看到了熊熊火焰的炉膛
看到了赤热的铁流奔淌
早已消失废气污染空气
科学的天平把指标衡量

那该死的世界性低迷经济
欧洲人已无法忍受它的冲荡
市场经济出现的鬼火和雾霾

阳光最有能力驱散、无情抵抗

最先进的冶炼熔炉现场
那里就有安钢精神——阳光
时代的熏风和雨露滋润
是预知丰收的一切保障

安钢已谱写出光辉的篇章
一代一代的继承和发扬
一切思维的短视雾障
只有阳光可以把它彻底消亡

安钢的奋发进取就是阳光
安钢的明天必将再现辉煌

安钢精神——阳光

消失阴霾的是阳光
安钢精神就是阳光
诞生于1958年的火热年代
升起在古老的冶炼基地——梅园庄

那是一片长满荒草的原野
只靠智慧和勇气支撑着理想
守旧的大裤裆跑不到前面去
要换上新装轻装冲进富强
就这样，安钢的前辈创造了奇迹
钢铁巨人，在中原大地军号吹响

从第一炉铁水流出壮丽的诗行
从第一批钢锭谱写自信的铿锵

安钢人始终精神抖擞的前进着
安钢人一直积极上进筋骨强壮

今天，安钢人仍以智慧和勇气
组合新的曲韵新的嘹亮大合唱
以阳光的璀璨和明媚的信念
迎接新的福祉和新的开阔明朗

闪光的功勋章

世纪丈量的脚步
已跨越了半个多世纪历程
那时，在中原大地上
从无到有
从一片废墟上
以理想为准则
奠基了
现代的安钢
让激情
同日月一起轮转
炉火，钢花染上
玫瑰的夜色
钢铁组合的铿锵
圆了一个强国梦——
　　东方醒来的雄狮
　　需要强壮威猛
安钢人
以不辱使命的精神
在奋发图强中升腾
明确人民生活需要升华
投入科技、国防、工业革命

在中国造的卫星上
也有安钢组合的音符

我在史册上看到了——
安钢人的豪情
安钢人奉献的歌声
一枚闪光的功勋章
有如一颗闪烁的明星

安钢，雁阵

安钢人
毕竟是安钢人
抵抗了热
也抵抗了冷
寒来暑往
有如雁阵聪明
向北向南
目标明确
里程自定
起飞列阵
规规整整
长空远航
征歌声声

领军的威立自信
受拥戴的头领
带动着雁阵
过热时
向往江北的湖风
过冷了

回归江南的风景
领头雁
不是庸碌者
与团队天地人和
继承与开创着
时代的颂歌
勇气和文明

安钢——雁阵
声声横贯长空

钢铁印象

宋志强

冶炼·怀胎

你的腹中一直在孕育
熊熊的烈火也裹不住你的喜悦
心花在怒放

产期一到　破盆而出
瞬间孩子们骨骼变得坚硬
以各种姿态迎接新生

轧钢·舞龙

那一条条蛟龙
在磨出老茧的手中
舞动

在水火交融里苦练内功
立下誓言
在广阔的天地间
升腾

钢铁·工人

你很平凡
也很普通
没有豪言壮语
没有惊天的举动

只有钢铁的性格　刚毅坚定
一丝不苟的操作设备
默默无闻的奉献青春
誓用热血把钢铁染红

组诗三首

——钢铁工人赞

野　松

一赞炼钢工——新时代的钢铁汉子

四溅的钢花
是你迸发的万丈豪情
火红的青春
孕育着新时代的英雄

你继承了父辈的雄心壮志
你发扬着
老炼钢人的光荣传统
钢花怀揣着腾飞的希望
氧枪燃烧着豪爽和激情
为了成就钢的梦想
你依旧披星戴月
你仍然冒雨顶风
让钢水在血管里沸腾
流过春夏秋冬

你已不再普通
礼花已把你映红
目光中充满了神奇的智慧
脸颊上洋溢着自信的笑容
光与火的叠浪里

你按下按钮转动炉火
出钢哨子的韵律中
你轻点鼠标谱写人生

为了让褐色的矿石
在钢铁的琴键上跳动
为了让可爱的祖国
把世界震惊
你或深或浅的足迹
你或明或暗的身影
都已成了雕塑似的古铜

二赞炼钢工——冶炼人生

走进这十里钢城
眼睛里透着金色的火红
他们那对钢铁的恋情
俨然是诗人
舞动着最壮美的诗行

一座座高大的厂房
仿佛把天地支撑
他们凭着精湛的技艺
上料　吹氧　摇炉　取样
用信念和虔诚
在自己的阵地上冲锋

那不灭的激情
一代一代传承
接过老炉长手中的旗帜

青春的脊梁更加坚挺
把旧貌换新颜
为钢城添新景
看那——
转炉　电炉　炉炉烈火正旺
冶炼着钢铁
熔铸着人生

三赞炼钢工——熔炼精神

炉膛内炉火正红
炽热地抖着威风
金光四射的炉台上
豁达和坚强在熔炼着
炼钢工执着追求的激情

这是一道美丽的风景
汗水变得如此晶莹
看那青春舞着氧枪
穿梭在褐色的时空
钢铁的旋律在涌动
传送到祖国的四面八方
把一座座宏伟支撑
那是熏红和疲倦的脸上
露出了笑容

七绝·咏安钢

庞先进

一席知言旷日鸣，春风化雨释严冰[①]。
搬除羁碍排心障，引领航船助企兴。

昨日辉煌尚可珍，今朝创业倍艰辛。
他山借石堪攻玉，巧理家私靠自身[②]。

精研管理步层楼，借得东风好骋舟。
转变思维图发展，探寻活路释殷忧[③]。

增收创效战危机，绝地求生信有期。
斩棘披荆兴骏业，同心共济泰山移。

商机退尽往时红，别样营销探索中。
揽客成筵优服务，更新理念效无穷。

陈规弃置不留情，制度归心力度宏。
调动全员关绩效，宣传教育做尖兵。

模拟市场方略高，供需对接账铺桥。
何为聚力凝心索，绩效考评绳一条。
算账经营术法鲜，过程简化两头牵。
以销定产无呆账，妙用资金胜古贤。

粥少僧多旧景迁，推行直供辟新天。
如今商海多惊浪，大户谁充救难船？

西坡不遇上东山，战略筹谋见一斑。
贴近市场追实效，延伸服务克时艰。

产品研销贵质优，提升价比复登楼[4]。
兼追特色宽铺路，守信赢来客点头。

分路突围军令传，危途共度莫为难。
东方不亮西方亮，一业多元道自宽[5]。

折分聚合视盈亏，深化承包更放眉。
母寄余恩明算账，子停乳食自成炊。

三步走来时放眉，逢危尚肯续春晖[6]。
如萱值遇饥寒困，推食娇儿乐解衣[7]。

雪域寻春步步催，头人发令起风雷。
拼将万众移山力，不信苍灵请不回[8]。

三论读余收益多，还将责任细研磨[9]。
初衷不共苍颜改，引吭皆为奋进歌。

讲话明心百虑消，攻坚岂怯困途遥。
心如迸沫犹思任，应难甘倾水一瓢[10]。

良知重任怎能收，继晷焚膏壮志遒。
但得研销传喜讯，开樽覆诵《岳阳楼》[11]。

传观厂报动吟怀，内子含春放话来[12]。
异日联欢迎庆典，君充掌托俺登台。

相机久置一时闲，短炮长枪已配全。
力唤春回重拭镜，安钢总有杏花天。

注释：①知言：有见识的话。

②家私：家务。代指公司管理事务。

③活路：行得通的办法。

④价比：指性价比。性价比 = 性能 / 价格。

⑤一业多元：指安钢高层筹划的一业为主、适度多元发展的产业格局。

⑥春晖：喻母爱。代指安钢高层在公司生产经营极其困难的情况下，想方设法关心职工生活的大爱之举。

⑦如萱值遇饥寒困，推食娇儿乐解衣。：如同母亲遭遇饥寒之困，依旧情愿把自己的食物让给儿女充饥，把身穿的衣服脱下为儿女遮寒一样（参见成语：推食解衣）。萱：又名忘忧草，母亲的代称。

⑧苍灵：位于东方的司春之神。

⑨三论：指《安钢报》连续发表的三篇贯彻落实郭庚茂省长讲话精神的评论员文章。

⑩迸沫：飞溅的水沫，喻力量卑微。

⑪《岳阳楼》：指《岳阳楼记》。其中有“先天下之忧而忧……”名句，借喻明责任，深反思，为企分忧，做好本职工作的决心。

⑫内子含春：妻子面带笑容。

动 力 情

袁振峰

我的热情是燃烧的炉膛
坚挺的线塔是我担当的臂膀
蜿蜒的管道是通向胜利的桥梁
我是安钢的动脉
我是安钢的心脏
在天空　在地下
企业的血液　欢快地流淌
水电风气齐声唱

动力的歌声多嘹亮
我们的明天　更加辉煌

动力的小伙儿
事业让青春绽放光芒
动力的姑娘
美丽就在你的岗位上
我们与时俱进　我们服务安钢
托起钢铁巨轮
乘风破浪　扬帆远航

临江仙·羊年迎春

李智贵

火树金河辞旧岁，
绿风浮动梅园。
吉羊献瑞到人间。
报端生紫气，
梦里起云烟。

欲解工装情未了，
壮怀寥廓江天。
小楼拙笔写华年。
扁舟逐碧水，
杖履步青山。

临江仙·钢铁人

刘仁瑜

西半地球风雨骤，
浮华旦夕无存。
滔滔恶浪向东邻。
瞑蒙天宇下，
何处觅昆仑？

五十余年烽火路，
拼来朗朗乾坤。
狂飙只灭雀儿魂。
不渝钢铁志，
看我守炉人！

七绝·咏安钢

宋润明

一

跃进年间厂奠基，小钢炉火创奇迹。
顶天立地豫航母，越过暗礁竞奔驰。

二

腾飞跨越雄心在，彪炳千秋有美谈。
再创辉煌看我辈，乾坤扭转挽狂澜。

一剪梅·安钢文化节

李德海

文苑清新色彩浓。
彰水溶溶，洹水澄澄。
笙歌鼓乐贺征程。
台上情萌，台下龙腾。

书画根石狂草惊。
唐宋遗风，一脉传承。
殷商古土济苍生。
文采纷呈，钢业兴隆。

钢之韵（组诗五首）

白　杨

倒入转炉的钢水

多少次　我惊讶于这样的场景
倒入转炉的铁水　闪着光
天堂的颜色　绸缎般倾泻
弯曲成雨后的虹

让我想起上古神话
顶天立地的巨人　虬髯红发

太上老君的炼丹炉
生命源源不断的热度

永不停息　先于火
以熔岩的形式
穿破时间厚重的烟尘
在石器和铁器后显出英姿

叱咤风云　然后　渐趋平和
转炉里火热　锻炼心性
品种　质量　效益
这些神秘的词汇

在火热的转炉里
和稀有金属兄弟相遇
打成一片　切磋技艺
成为真正的强者

轧钢梦

加热炉里
蓝色火焰宁静得出神
煤气的花朵
把钢坯映红
红得遍体橘黄
一个梦就成熟了

落在作业线上
巨大的热
诱惑美丽
滚床滑动　轰鸣

腾起白色水气
哗哗啦啦的笑声

刚刚升起的太阳
看着挤压和精轧
一遍又一遍
沿着齿轮的方向
奔跑　拉长　成型
让水柔软抚摸

多好的一个梦啊
锦缎般光洁　平滑
旋转成炉卷
带着少女的羞涩
多像大地的句点
年轮　古老的传说

转　炉

他有火热的内心
永远填不饱的肚子
一口气饮下一罐铁水
吞下好几勺铁块和废钢
这个挑剔的家伙
还要加些合金佐料
以及咸味的汗水
亲切的目光
才能安静一会儿

他安静的时候
就像牛在反刍

一遍一遍耐心咀嚼
嚼得又细又匀
就像蜜蜂酿蜜
在花蕊间穿梭
平和　不知疲倦
他外表安静
内心火热

终于
这个慷慨的壮汉
搜肠刮肚　排山倒海
倒出一百五十吨
优质钢水

钢

石头里最具血性的部分
人群中的阳刚之气
这些精英聚拢成队
简直无坚不摧

元素周期表里没你的名字
铁只是你的原胚
从未想过计较名利
虽身经百炼亦无怨无悔

与鞘为伍　和砂浆水泥作伴
沿着文明的脚步　越走越快
快步如飞
石头流下眼泪

钢铁的魂魄闪闪发光

矿石长出细节
焦炭长出温度
石灰长出活性
巍峨的高炉吞吐自如

工人们围炉舞蹈
风机应声鼓与呼
火焰的母亲
拥抱着远离故土的孩子

令人心动　矫若游龙
在降落的内心里融化

舒展了彩虹的筋骨
钢铁的魂魄闪闪发光

铁之韵（组诗四首）

白 杨

渴望铁

望着倾泻的铁水
太阳红飞瀑着流光
我多想开怀畅饮
像天神高擎琼浆

我将因此增加
身体的密度和重量
让瘦弱的骨头
发出金属的光芒

我喑哑的歌喉也会
唱出洪亮的交响
以及蹒跚的脚步
走起路雄赳赳气昂昂

即使我终于死去
和泥土腐烂在一起
那渐趋消融的肉体
喊亮了太阳红的美丽

怀念铁

也许　穿越铁水光芒
可以抵达未来
神秘导引
轻轻舒展修长的手臂

也许　在铁中和铁原子一起
熔化　铸造　锻轧
发出水色幻想
可以和先哲对话

也许　用金属微笑
揭开天空诱人的面纱
发现自己
成为铁性的早霞

也许　在漫长的时空中
速度　才是真正的神画
灵魂在旋体里舞蹈
抖落锈蚀的白发

也许　只有在此时
骨头伸出纯铁的嘴唇
缓缓起身
才能把所有的思想润滑

遐想铁

一块铁　多么精良　闪着光
多好的青春年华

在工业化的大机器上站稳身形
流水线回馈世人的惊讶

一匹马　飘扬潇洒的鬃发
大草原上与月光奔跑
把青草　花香　暗蓝的湖水
酿成美酒的天涯

一片火　时针一样燃烧
透过肌肤　深入骨髓
和岁月一齐灰飞烟灭
铁啊　遥远的矿石是不是你的家

归于泥土　牵引遐想的野马
太阳升起　月亮落下
那亘古不变的轮回啊
幸福升起　思念落下

铁的旅程

提炼铁的过程
就像选拔一批精英
面对装备优良的战士
没有人能按兵不动

发光　比天堂崇高
锈蚀　比火焰威猛
从羊群走出的狮子
没有人能不改形容

这些刚强的战士
从来就不怕牺牲
他们拒绝雕饰和赞美
从不哗众取宠

即使进化为废钢
也会浴火重生
没有人能把他们还原为
石头　大地最本真的生命

材之韵（组诗三首）

白　杨

热连轧赞美

亿万斯年前古老的太阳
照彻你的骨骼
怀抱着迷人的太阳红
从打开的加热炉门
闪亮登场
仪态从容

七道轧机
纵横沙场的七位兄弟
抚平胸口滚烫的呼吸
舒展成天外彩虹
你以迷人的舞姿
唱响属于春天的歌

水帘冲下
这不含酒精的液体
醉了所有的眼睛
白色之龙腾起
氤氲着
卷曲着

多么精妙
钢铁现代咏叹调
在我们心中
响起久久不能平息的回声

热连轧之歌

一条作业线
唿喇喇铺展一千多米
我第一眼看到
轻纱一样的震撼
裹紧了所有神经末梢

沿着铁制的阶梯攀上去
加热炉正吐出又一块钢坯
周身闪耀橘黄的光
刺目但并不炫亮
粗轧机已经为它洗去鳞霜

七座精轧的城堡
七枚汉字的印章
在水帘和节奏中喧哗
摁下耐心的辊轧
以及拖着火焰的交响

看似不动的腰身下
薄板绸缎般舒展曼妙
快速开启卷曲的乐章
打号笔比魔法师更娴熟
在炉卷的正侧面写下精良

一群群男人用粗壮的手
在现代化的轧机旁
关顾每一颗细小的螺丝
我看到干净的身影
我看到从容的脸庞

凝练的崭新的火热的钢城
开始以光的形式
抒写律动的诗行
从这里出发的产品和服务
四射着“大钢”的辉煌

长材精整线之歌

勇敢的士兵
从轧机箭一样射来
天堂圣洁的光
呼啸着扑面热浪
飒爽英姿流光溢彩
打开千年梦的情怀

欢快跑过流水线
这些国家免检的健将
相互推搡摩挲好看的螺纹
一队二十几根　长长的队列

足有四十五米
哗啦啦不安分欢笑着前进

立定　向前看齐
他们忽然屏住呼吸
望着指挥官　停止嬉戏
冷割机沉稳地从九米处
哐啷一跺脚　开步　走
接受命令的士兵
整齐地唱着歌
向前跑去

开轧机的兄弟
三伏天站在热浪里

夜雪伴他们回家（外三首）

白　杨

雪在零点十五分漫过中州路
几只飞在前面的白蝴蝶
在梅东路和钢三路追上下中班的人
更多的蝴蝶拥过来　飞舞着
渲染他们的归途

他们刚刚沐浴更衣
胸膛里还藏着几瓣温暖的钢花
扑闪闪的蝴蝶
这世间最不易接近的花朵
和他们的脸颊亲热　戏谑

多么清爽的爱纯洁的情
多么诱人的凉舒畅的净
单车轻盈如风行水上　雪落无声
路灯照亮深邃的精灵
苍穹神秘莫测　遥不可及

下中班的人呵出白气
互相嬉笑雪孩子一样顽皮
粗而黑的眉毛上几点晶莹
伴他们回家
悄悄化作透明的水滴

深夜点检

披上深夜的白霜
踩碎沿途的倦意
炉火正健　玫瑰红
高过心　高过天堂

必须时刻保持警惕
那些仪器　监控生产的眼睛
必须头脑清醒
必须把凡尘的喧嚣过滤

最西边高塔上的姑娘
在和最美的那颗星子私语
她一定已经春心荡漾
红红的指针振动不已
螺丝刀和万用表狠狠批评她
还敲了下她的额头

靠北边地沟里那个家伙
正在散发梦的颜色
赶紧把他换下来
整个天空又安静了

玫瑰红的炉火跳荡
夜的前景更加光芒
四次点检之后
黎明在熄灭的灯后燃亮

风从南面吹来

风从南面吹来
吹过朝歌　吹过洹河
吹来古老的冶铜传说
厚重了烟尘烽火

风从南面吹来
吹过铁路　吹过料场
吹来创业者艰辛的拼搏
历史多么鲜活

风从南面吹来
吹动最后的夕光
不肯眠去的草叶挥舞
诱人的青色　钢材垛
在刚才的狂欢里降下体温

风从南面吹来
撩起钢城的工装
蓝色的夜　呼啦啦盖下来

炉火更红了
内心的烈焰汪洋恣肆

尾矿坝

回望过去　稚嫩的脸庞掩映
在太行巨大的骄阳下
山风吹散云朵和汗水
精矿砂沉积成一派滩涂

年久失修的尾矿坝
勤劳的鞋子灌满流砂
水虽然已经退去
雨季就要到了

用流砂填饱编织袋
让它们沿着大坝站好
像蜿蜒的长龙
在骄阳下伸展慵懒的身躯

这些矿石的残骸
不含铁的兄弟
和海边的沙子没什么两样
静静卧在缺水的太行山里

十二年的时光啊　一寸一寸
被我掐落在斑斓的矿石间
它们早已炼成金刚不坏之体
也许就在我们身边

赞安钢精神

魏德龙

太行山下洹水旁，
钢城一座十里长；
五十七载创业路，
三万铁军铸辉煌；
风餐露宿无所惧，
蓝天当被地做床；
自力更生挖潜力，
艰苦奋斗主人当；
昔日十万小钢联，
如今迈入大钢行；
市场风云多变幻，
寒风袭来倍觉凉；
奋力求存渡难关，
万众一心勿彷徨；
沧海横流显本色，
安钢精神永光芒。

颂安钢精神

任永兴

九万里天上揽月，
风云雷电任叱咤。
五十八载风雨路，
止血倒逼保生存。
艰难困苦累煎熬，
雪压青松挺且直。
红旗漫卷战严寒，
敢教日月换新天。
天若有晴阴霾散，
人间正道是沧桑。

旗帜飘扬

——庆祝工程技术总公司成立三周年

任永兴

千余日红旗飘飘，
三千骑骖马骎骎。
工程技术酣战鏖，
遥望寰宇射天狼。
雨横风狂及时廖，
一蓑烟雨平生遥。

荆棘无情几多傲，
智者挥剑气如霜。
壮士巾帼当英豪，
钢铁高炉晴空照。

钢城咏叹调

高伟刚

去看那一树花开

爱上钢厂
才发现有太多美丽
穿上干净的工作服
戴上亮白的安全帽
让劳保鞋在花草苗阜簇拥的水泥路上
摩擦
哦，那蓝天和白云
那一树树的花
那绿色的格子铺
会不会迷上我们魔鬼的步伐

莫让浮云遮望眼
在焦化厂的这个路口
两样东西十分抢眼
向北，是焦炉
有人在那里兢兢业业
向南，是红楼
大家在这里整装待发

阳光从头上洒落下来
一整天都很温暖

我要这天，再遮不住眼

曾经，灰是这里的标签
它大如锅盖，遮住了更高的天
如今，它打上肥皂，洗了把脸
洗去或浓或淡的胭脂
一变一变又一变
直到变了十八变
返本还源，素面朝天
抬起头，视线如此通透
看得清三万英尺之上的蓝

六区钢二路

好莱坞有一条星光大道
星星、手印、脚印和鼻印
都能刻在上面

这条小街200米长
两列绿树站岗
这就是我的
星光大道

从南走向北，去到岗位
贡献脑汁或者力气
从北走到南，回到家里
做饭、洗衣、逗孩子

这样的日子充实而饱满
如果不是环卫工人
扫去我的脚印
它大概已经有三尺深了

红配绿，真美丽

人人都有一个小板凳
在家里的阳台上
假如没有赶着去炼下一炉钢
我会坐在小板凳上
驻扎在这个路灯下面
看红色的花、绿色的树
撞击出的五彩斑斓

钢城，钢城

每天，阳光照耀在这片土地上
我都觉得十里钢城
是一个安静的美男子
在你的怀抱里奔跑，前进
呐喊，憩息，以及积蓄力量
所有关于未来的畅想
这都是一种美丽

保卫者的春天

张代喜

大地回暖
绿柳成荫
百花争艳
轮回的季节
又到了春天

春天
绿草青青
鲜花烂漫
把保卫者的脸
衬托得更加威严

春天
在十里钢城
保卫者处处涌现
他们深入防范一线
堵漏洞查隐患
他们苦练精兵
灭火本领接近实战
他们疏导车辆保障畅通
确保职工行路安全
他们把守企业出入关
文明举止彰显威严

钢城的春天
将保卫者的身躯

妆点得如此伟岸
而保卫者的春天
会把钢城维护得永远安全

沁园春·安钢

张须文

风雨历程，
六十余载，
沧桑云天。
望今日安钢，
屹立中州；
安钢产品，
国内领先。
企业稳定，
职工幸福，
环保生产谱新篇。
新安钢，
如钢铁巨龙，
换尽旧颜。
安钢如此巨变，
引无数职工为傲岸。
忆峥嵘岁月，
曲折艰难；
结构创新，
征途漫漫。
产能过剩，
历战硝烟，

皆因职工意志坚。
展未来，
创明日辉煌，
美好灿烂。

安钢，我是你河里的一尾鱼

刘利霞

安钢，
我是追逐在你浪尖的鱼，
用荣耀的眼神，
品读你日新月异的创意。
那崭新的厂房，
那歌唱的机器，
那跳动的迷人业绩里，
有我们洒下的汗滴。

安钢，
我是游走在你河床的鱼，
用柔软的心，
感受你深深浅浅的呼吸：
技术更新，
人员改制，
还有那日益攀升的指标里，
有我耕耘过的痕迹。

安钢，
我是你河里的一尾鱼。

我们在各自不同的领地，
不分昼夜，只争朝夕。
我们用喷薄的青春，
点燃你熊熊的炉火；
用满腔的豪情，
撰写你壮美的诗集。

这还不够，
让我们播种的爱情，
在这里世世代代生生不息，
成长为强健的钢铁比翼。

安钢，
我是你河里的一尾鱼。
在市场危机之际，
我们和所有的鱼已经紧紧团结在一起，
用嘴、用尾、用背鳍，
打开缺口，寻找新的生存地；
用激情、用智慧，以愚公移山的意志，
盘库，整顿家底，
实施市场倒逼机制，
拓展开阔思路，
缩短采购周期。

我是年轻的新一代，
享受着富裕和甜蜜；
我是新一代的年轻人，
没有经历过如此的风和雨。
在排山倒海的压力面前，
我们和你同舟共济。

我相信，安钢——
你能带我到开满鲜花的地方；
我相信，安钢——
你我能重建金碧辉煌的殿宇。

安钢，
我是你河里的一尾鱼，
在这片钢铁的丛林里，
又重现热火朝天的生产厂区；
在这片沸腾的热土上，
我又听到了排队拉钢的汽笛。

我们一起欢呼，
我们一起歌唱：
欢呼我们超越了自我，
获得了成长，
歌唱我们闯过了难关，
夯实了路基。

我们和六十岁的祖国，一起——
正度过了世界经济的低迷。
我们知道，
只有经历过风雨的我和你，
才更加懂得彩虹的富丽；
只有穿越过荆棘的心灵，
才能不负前辈们的托举；
只有团结携手共克时艰，
才能扛起强厂大厂的红旗。

哦，安钢，
我是你河里的一尾鱼！

安钢进行曲

尹庆山

日月沉浮，岁月更替，
365 个日子转瞬即逝。
盘点过去的一年，
安钢又一次书写了传奇。

过去的一年，
金融危机还在持续，
安钢依然在经受着巨大的冲击。
面对危机，
安钢没有坐以待毙，
全体员工奋起抗击。
建立了市场倒逼机制，
完善了成本核算体系。
从一滴水一度电做起，
把每个螺帽、每根焊条的成本降低。
这不是在玩数字游戏，
它是实实在在的业绩。

安钢勇敢地走了出去，
在横向对比中寻找差距，
在同行竞争中挖掘潜力。
靠着全体员工的不懈奋斗，
换来降本增效节点的胜利。

危机，不是一个无解的棋局；
开拓，会创造一个发展的契机；
安钢，靠着三万大军的双手；
在2010年终于实现1.5亿的盈利。

一位伟人曾经说过：
苦难，留给我们的不能仅仅是痛苦的经历，
我们应当具备把苦难转化为财富的能力。

是的，经历这场危机的洗礼，
安钢具有更强的忧患意识，
员工们学会了精打细算的日子，
细化管理与强厂之梦已经真正地融合在了一起。

催春的战鼓咚咚作响，
安钢早把来年的力量积蓄，
喜与忧哀与愁，
统统都已成为过去。
安钢坚信：
新的一年里，
百尺竿头更进一步
再谱一个胜利进行曲！

保卫者的汗水

刘 伟

一滴两滴无数滴汗水
沿着蓝色的帽檐流下
浸透了浅蓝色的制服
洒满各个执勤岗
诠释着保卫者的繁忙

冒着火一样的阳光
在流火的季节
凭着一颗忠诚的心
用行动书写平凡的青春
用汗水浇灌青春的花朵
让理想的翅膀在岗位上飞扬

高炉组诗

唐初家

火 种

这是燧人钻木取火时
留下的火种
这是三千年前青铜冶炼时
先人留下的火种

这是“大炼钢铁”时
父辈们留下的火种

几千年留下来的火种
给人类带来了无限的温暖
与火的灿烂和文明
在2013年的3月19日
在青铜冶炼的遗址上
又一次得到了传承
火种的每次传承
都具有划时代意义的象征

橘红色的火苗
随风而动
撩拨着无数人的奢望与追求
点燃了几代安钢人心中
多年期盼的强厂梦

这一刻

2013年3月20日7时58分
时间在这一刻定格
这一刻让人铭记
历经两年多的历练与洗礼
安钢3号高炉顺利流出了
人们期盼已久的第一炉“玉液”
奔涌不息的滚滚铁流
簇拥着朵朵铁花的尽情绽放

这一刻
让人心潮澎湃　热血沸腾

或欢呼或雀跃　或击掌或相拥
沉寂了多年的安钢梦
在此起彼伏的鞭炮声中
被再次炸响得那震耳欲聋
一瞬间
十里钢城
被那激情四溅的铁花和热浪
映照得通红通红

阳光高炉

你迎着一缕春风
从一片嘈杂的疑惑声中走来
你迈着坚毅而稳健的步伐
踏着春天的气息与节拍
从人们炙热期待的眼神中走来

你的巍峨与挺拔
敢与太行媲美
你的坚忍不拔和永不言败
诠释着三万铁军的坚强与奔放

时代的画卷里
流淌着前行的坎坷
历史的年轮中
镶刻着岁月的历练与沧桑
在安钢发展的紧要关头
你的朝气与阳光
毋庸置疑
带来了新的发展不尽活力
与实现扭亏解困的希望

“转方式　谋发展”的战鼓
已经擂响
畏缩不前　故步自封
不是钢铁男儿的信念
振奋精神　挺起脊梁
标榜着安钢人的追求与向往

你是一面鲜艳的旗帜
你的刚强与不屈
再次把时代的最强音奏响
引领着安钢这艘钢铁航母
斩荆棘　劈骇浪
迎着新的一轮朝霞
乘风再远航

临江仙·寄安钢

侯宪斌

天外惊雷鸣不住，
又逢骤雨狂风。
曾经显赫已成空。
望阴霾万里，
何处觅飞虹。

钢铁雄风今尚在，
安能潦倒无终？
且横长剑指苍穹。
服输非我辈，
煮酒论英雄！

勤劳的安钢人

刘长海

五十五年前，
这里还是一片荒田。
泥泞的道路罕见人影，
漆黑的夜晚蚊蝇连片。
杂乱的野草随季节自生自灭，
枯树下的古坟是小动物的乐园。
如今，一切早已改变。
原料场的皮带机像驯服的长龙首尾相衔，
堆出的料垛就像五彩的山峦。
炼铁厂高炉像巨人立地顶天，
吐出的铁水焰火般绚烂。
轧机口窜出的线材火蛇一样蜿蜒，
似乎向人们诉说着不平凡的历练。
来来往往的运输车辆你追我赶，
唯恐落在后面。
电焊工点出的弧光像闪电划破夜天，
钢结构架上的灯光比星光更加璀璨，
十里钢城就是一幅天宫的画卷。
点缀其中的，
是数万个心形的祈愿。
无论是昨天，还是今天，
一代又一代的安钢人，
从来没有停止过奉献。
因为他们相信，
只有迈出坚定的步伐，

才能跨越眼前的困难。
只有用勤劳的双手，
才能把美好的明天装扮。
用汗水浇出的生活，
才会更甜。

调车员印象

葛爱喜

纵横驰骋舞长龙
任春天的
暖阳初照　细雨冲刷
浅绿的站场上
瑰丽的传奇默默发芽

纵横驰骋舞长龙
任夏日的
骄阳当空　雷电交加
炽热的钢轨上
怒放着耀眼的铁运之花

纵横驰骋舞长龙
任秋天的
霜露侵袭　迷雾漫下
金色的钢城里
汗水浇灌的果实
像珍珠一样享誉天涯

纵横驰骋舞长龙
任冬日的
狂风肆虐　大雪飘洒
银装素裹的沃土上
调车员的五彩梦想　悄然入画

我骄傲，我是安钢工人

张　阳

我是安钢职工子女
我与安钢有着血缘
我与安钢有着依恋
我的骨骼里渗透着钢元素
我的脉搏里流淌着铁分子
我才生长出这健壮身躯
我骄傲，我是安钢工人
我们在创造一个个奇迹
高炉挺拔，冷轧旖旎
像颗颗明珠，璀璨靓丽镶嵌在古都安阳大地
在实现扭亏解困的战场上
我要做一名骑兵，勇敢无敌
为你冲锋在前，所向披靡
在你靓丽的旋转舞台
我要做一个欢快的歌手，唱一曲不朽的安钢传奇
让我们一起乘上安钢这艘钢铁巨轮
扬帆远航，一日千里
让我们在一起用坚韧不拔的毅力打赢安钢生存保卫战
让安钢的明天更加美丽

我们是钢城健将

梨花飘飘

打开铁口看金色铁水奔流
操控氧枪炼出一炉炉品种钢
指挥轧机让钢像金梭穿行
驾驶天车如彩练凌空飞舞
乘钢龙轰隆隆驰骋十里钢城
挥动焊枪闪烁万颗星光
度长短量大小衡轻重精心计量
你是炉前工
他是炼钢工
我是计量工
钢城儿女拼搏奉献气宇轩昂
挥洒汗水把青春和智慧百炼成钢
人生在这里出彩
梦想在这里绽放
我们是钢城健将

奔跑如飞体育场
行走公园空气爽
骑行田园赏风光
登上山峰高声唱
巍巍太行留身影
滔滔黄河踏歌行
山高地广用脚步丈量
你喜欢徒步
他喜欢骑车

我喜欢跑步
坚持一起运动身强壮
健康之路步履铿锵奔远方
运动中享受快乐
锻炼中收获健康
我们是钢城健将

沁园春·风雨钢途（新韵）

刘雪梅

风雨钢途，再遇萧秋，考赐俊贤。
忆百年含耻，伟人蓄志；铁鹰雄梦，雏血浊烟。
半世弓身，披荆求索，汗洗征程苦乐年。
丰碑树，想太行俯首，父辈尊严。

茵茵碧草芳园，正“三步”高歌宏律旋。
奈霜淋沧树，冰结冷轨；钢椽欲裂，杯水难圆。
苦苦寻春，开炉破雾，骋目苍穹圣种传。
波澜起，看金花沐浴，火凤鸣天！

七律·澡堂工的思索（新韵）

飞　雪

风雨潇潇日月沉，
安钢代有顶天人。
重山叠障钢魂聚，
暗柳浮村炉火吟。
长恨力微难佐事，
但思职浅倍耘心。
细调寒暑温凉度，
窃喜朝夕倦面春。

祝福安钢

刘雪梅

祝语新词烟雨共，
愿泼宏景是祥年。
安洹德厚披波秀，
钢路荆长磨志坚。
蛇跨吉辰七彩汇，
年敲瑞鼓五福传。
高鞭一爆春风喜，
运道急升紫气轩。
鹏展英姿征霸业，
程飞瘦骨驶神辕。

万般磨难皆云锦，
里里重开日月天。

钢城之歌（三首）

刘雪梅

七绝·高炉晨笔

晨露踏青惊铁花，
一炉流火沐云霞。
钢桥夜夜荧光梦，
轮轨放歌牵万家。

七律·破晓之战

万马千军交响奏，
擎天斗智化霜城。
非钢拓展青云路，
主体拉开子夜弓。
一脸泥尘催战果，
经年基业炼英雄，
沐风栉雨倾全力，
铁打乾坤晓日红。

踏莎行·大高炉掠影

翠影如屏，
修竹成壁，

香针簪露莹莹绿。
小桐纤柳暑烟熏，
水风凉送红湿雨。

赤焰翻波，
金花沐浴，
铁龙呼啸声声续。
有情芳草钢筋骨，
朝夕谁把青云捋。

信　念

——写在第二炼轧厂成立十周年之际

袁　林

十年，很长，
一株小树足可以长高参天；
十年，很短，
在历史长河中仅仅是一个瞬间。

树高千尺，
年轮圈圈清晰可辨；
回眸十年，
画面帧帧犹如昨天。

适应时代发展，
安钢按下了迈步“千万吨”的强音键；
伴随着“三步走”进程，
“120 工程”展开了充满期待的画卷。

带着父辈的嘱托！
带着妻儿的祝愿！
带着青春的豪情！
更带着安钢人特有的艰苦创业中的实干！

你来了！
我来了！
他，也来了！
不足1.5平方公里的范围内，
炼钢、精炼、连铸、轧钢，
各方精英，
数千职工，
上演了一幕幕寒暑一身衣的钢铁大会战！

我记得，设备选取中，
你为降低费用与供应商的唇枪舌剑！
我记得，技术交流中，
你为保证工艺标准的彻夜难眠！
我记得，施工安装中，
你为保证工程质量的精确计算！
我还记得，设备调试、投产运行中，
你为掌握技能保障顺行昼夜不分的连轴转！

多少次加班，
多少次医生规劝，
多少次亲人期盼，
你汗水伴着泪水把情感深藏心间，
矢志不移的是建设钢铁强企的坚定信念！

十年前的6月10日，
一个令人难忘的日子。

第二炼轧厂低调挂牌，
“四位一体”的现代化生产线，
安钢家族再添创效新成员。

自主集成，打造精品工程；
发挥优势，自觉推进安钢品牌创建。

挺起的是脊梁，
不肯固守的是挑战。

自我加压，高效承接大高炉生产，
日破万吨，“两条线”在对标竞赛中你追我赶！

辛勤耕耘，
赢得业界对安钢精神的高度赞叹！
无悔付出，
换得“螺狮壳里做道场”的名不虚传！

日月轮回，市场冷热突变，
金融风暴如乌云压顶久久不散；
需求回落，库存高企，
开辟市场如同横亘前路无法逾越的太行、王屋大山；
机组限产，设备停转，
引钢铁英雄长吁短叹！

不在沉默中消亡，
就在沉默中爆发！

讲形势，
讲任务，
讲责任，
“三讲”活动俨然是一场重塑自我的大论坛！

转变思想，
转变方式，
转变作风，
“三个转变”让我们的思想高度统一、摈弃杂念！

应对困难，爬坡过坎，共克时艰，
披荆斩棘的全体将士再一次枕戈待旦！
为了生存，
为了荣誉，
为了尊严，
也为了安钢的明天，
我们在心底郑重写下——
打造钢后创效中心线的铮铮誓言！

降低成本，
提高质量，
提升效益，
落实“一一四三”战略，
二炼轧全力以赴投入生存保卫攻坚战！

十年积淀，我们完成了团队精神的再提炼；
十年历练，我们增长了亮剑市场的英勇与果敢；
十年发展，新征程我们站在了新起点。

无论前路是光明，还是暗淡；
无论前路是崎岖，还是平坦；
充斥在二炼轧人心中的只有一个信念，
直面挑战，
奋勇向前！

江城子·年终分析会

袁 林

岁末总结细算账
论成绩
说短长
增产增效
开来并继往
攻坚克难又一年
身虽忙
心不慌

精神抖擞再起航
调结构
提质量
再上层楼
创新明方向
现场市场齐努力
闪星光
遂梦想

嘿，我的钢铁兄弟

蔡　静

透过飞舞的钢花
越过火红的生产线
带着惊骇与欣喜
我看到了你
嘿，我的钢铁兄弟
蓝色的头盔下
一双温柔的眼睛
纯洁而神圣
看着你
我醉了

你这痴情的赧郎
图腾膜拜般融入满怀的虔诚
纵情高歌中冶炼着虹的希望
站在太阳的光芒里
嘿，我的钢铁兄弟啊
平凡的脊梁托起隽永的祈望

精矿在与火的热恋中涅槃
迸发出灼热的铁骨铮铮
炼成钢
锻成铁
亦如锤炼着钢铁人生
嘿，我的钢铁兄弟
冒着风雨漂泊

让我们手挽手
低声吟唱图腾的歌
牢记来时的诺言
奋斗、探索、寻求

布满硬茧的手播撒过的种子
必生长茁壮的秧苗
用痴心熔冶过的矿石
必熔炼出干将，镆铘的雌雄宝剑
嘿，我的钢铁兄弟
当炽热的风　从四面吹来
我听到了铿锵的钢铁蛩音

烘烤吧　烘烤吧　烘烤啊
让永恒的地火在炉膛中　烘烤吧
炼出钢铁的忠
铸出钢铁的魂
我要蘸着满腔的热血
写下最赤热的乐章献给你
嘿，我的钢铁兄弟
在铁流金瀑中
我要取下一粒希望的火种
点亮这漫漫寒川

当我从“1780”厂房东门外经过

吴忠愈

每天上下班
我都要经过“1780”厂房东门前
炉卷产品售出在这儿等待装车
门里是炉卷离线的最后一站
那段时间，每当我从这儿经过
这儿都是畅通无阻
似罗雀可在门前
每每目睹如此场景
身为安钢的一员
一缕愁绪
不时从我心中掠过
虽然我明白
大多钢企概莫能外
钢市仍在猫冬休眠

当日历翻到初夏的五月间
钢市渐渐苏醒趋向回暖
降本倒逼安钢似浴火重生
扭亏解困安钢如凤凰涅槃
君不见
“1780”厂房东门外的那片绿地
冬青叶更绿了
月季花开得愈加红艳艳
门前的那条过道上
一扫以往的冷清阴霾

接连几个月来车水马龙
来拉炉卷的加长车辆
如长龙般已排到了
中板厂主厂房的南大门前
再经那儿上下班
便少有了以往的通畅
常常遇到的是
装货的车有时无序的挪动
给我们上下班通行造成不便
目睹如此场景
一丝烦恼
有时充斥我的心间
但细一想
这不正是安钢向好的一个缩影
转瞬
那烦恼便成了喜人的烦恼
咂咂味
里面更多的还是甜

每天上下班
我都要经过“1780”厂房东门前
常常遇到
等待装炉卷的加长车辆
如一条长龙般
从这儿都排到了
中板厂南大门的门前
但愿这能够成为常态
还需我们每个安钢人
更加努力地创新创效
拼搏奉献

安钢礼赞

孙红伟

追溯历史的悠久
殷商文化在这里发源
岁月的沧桑
把这里改变成天堂人间
豫北大地的一颗明珠
五千年文明的一页绚烂
啊，安钢
河南钢铁生产的摇篮

翻开沉睡的画卷
这里是冶炼技术的首现
血汗的交融
造就这里文化的多元
既有艰苦奋斗传统
更有开拓创新理念
啊，安钢
跨越千万吨已不是梦幻

解读神圣的故园
耸立于太行之旁　洹水之畔
时时走在潮头浪尖
改革开放风起云涌
荣获全国钢铁十三强桂冠
啊，安钢
凭的是科学发展的理念

品味钢花的绚烂
安钢人前进的脚步勇往直前
“三步走”战略的实施
为安钢赢得了更大的发展空间
铁流奔腾　赤龙飞舞
奏出安钢人团结奋进的铿锵宣言
啊，安钢
你是一代代安钢人用双手续写的
激情澎湃的壮美诗篇

屏前的每一天……

——献给在特殊而又平凡岗位工作的保卫人员

张代喜

这里
虽然没有硝烟
却让人始终绷紧心弦

这里
虽然触摸不到厂房前的那株银杏
可钢城的每一个进出口都在眼前

白天
目睹满载钢材的车流
是否顺利通过了门卫的检验

夜晚
观察那高耸的塔灯下如昼的门岗
忠实的队员正在将出厂的车辆进行例检

春天
这里虽然闻不到花香
可是钢城的鲜花却开满了心间

夏天
这里虽然没有烈日炎炎
可是那不停的电话、对讲机声让人浃背流汗

秋天
通过平台传出指令
要求一线队员全力确保重点工程安全

冬天
及时指挥清扫门岗前的积雪
保证职工上下班的顺畅平安

一天又是一天
一年又是一年
尽管时间在流逝　岁月在变换
不变的是执勤人员那颗忠诚的心
全神贯注的双眼

38.5° 拱桥上的风景

张青林

大高炉伟岸的身姿前是一片开阔的绿化地，
新铺的泥土黄灿灿诱人，
像一片未开垦的处女地。
2014 年初春的暖风比往年来得早一些，
土地上刚植的绿化树，
绽开了浅绿的嫩芽，
常绿灌木丛也蜕去了严冬的灰暗，
奔涌蓬蓬勃勃的生命绿。
绿丛间铁轨交织，
像大高炉奔放的生命谱，
貌似杂乱无章，实则机理天成，
日出万吨滚烫沸腾的铁乳液，
开炉半月达产见效的真豪情，
大高炉汩汩流淌的营养液，
浇灌三万铁军焦渴皲裂的祈盼年。
大高炉一路飞奔——步履矫健；
大高炉一路欢唱——歌喉婉转。

顺着一条 38.5°斜坡的拱桥，
就可以直达大高炉宽阔的炉台，
这一条 38.5°斜坡的拱桥啊！
坡度虽不陡峭却有些难行，
路程虽不遥远却有些蜿蜒。

走过这一条 38.5°斜坡的拱桥，
大高炉健美的身姿豁然突显于眼前——

结实的臂膀舒展巧夺天工的大气、
纵横的骨骼搭建神工鬼斧的精异、
凹凸的肌肉塑造精雕细琢的完美，
感叹这工业建筑不逊于品味高端的艺术品，
惊奇这工业生产媲美于景色秀丽的风景区。

纤尘不染的高炉主控室、视野宽阔的高炉大平台，
主控室中央有一排电脑，屏幕上是大高炉——
瞬息万变的脸谱、
欢快跳动的脉搏、
热血沸腾的体温。

高炉人或静若处子，或动若脱兔；
或神情专注于电脑前，或埋头忙碌在炉台上，
目光深邃一定穿透了厚厚的钢铁炉壁，
透视炉膛内铁矿石化蛹成蝶的升华历程；
臂膀雄健高擎大高炉这一尊宝鼎重器，
把自强不息的品性、坚韧不拔的意志，
熔炼进大高炉一呼一吸的律动中。

那一条38.5°斜坡的拱桥啊！
坡度虽不陡峭却有些难行，路程虽不遥远却有些蜿蜒。
穿过了这一条38.5°斜坡的拱桥，
才可以近距离欣赏大高炉——
玉树临风的神采，
超凡脱俗的姿态。

思索那一条38.5°斜坡的拱桥啊！
像不像通往胜景前那一条必有的荆棘路？
像不像黎明破晓前那一抹障眼的漆黑夜？
像不像酷寒严冬后那一场难耐的倒春寒？

走上 38.5°斜坡的拱桥，脚步不能犹豫！
避免功亏于诱人的胜景前；
走在 38.5°斜坡的拱桥，心志不能懈怠！
切勿折戟在黎明的曙光中；
穿过 38.5°斜坡的拱桥，信念必须坚定！
不要跌倒在成功的门槛上……

用青春托起安钢崭新的黎明

——纪念建团 95 周年为安钢青年而作

白　杨

“问苍茫大地，谁主沉浮”
一声问，惊醒神州千年沉梦
古老帝国何去何从，升起在
每一个中华儿女上下求索的心中

十月革命，马列主义如一声春雷
五四运动，把民主与科学的种子催生
星星之火，划破南湖万顷波涛
两万五千里长征，不屈的民族魂
在延安简陋的窑洞里苏醒

历史在艰难曲折中抉择
中国共产党，怀揣救亡图存的中国梦
这是浩瀚时空惊天动地的回声
雄狮醒来——中国从此擦亮眼睛

红星闪闪，苦难岁月播撒火种
火炬熊熊，热血青年手握长缨
推翻万恶的旧社会，一个富强民主的
共和国在世界东方诞生

那是梁启超笔下的少年中国
那是先烈眼中对幸福的憧憬
那是仁人志士激荡胸间的理想和抱负啊
那是我们肩上沉甸甸
然而并不感觉疲惫的梦想与光荣

党的薪火点亮了共青团的火炬
党的思想把前进的方向指明
跟党走，高擎火炬踏上新的征程
跟党走，完成历史赋予我们的光荣使命

还记得一九五八年那些个不眠之夜
“三大五中十八小”的钢铁布局
从伟人口中传来它震耳欲聋
十八罗汉之一的安钢呼之欲出
洹河两岸响起战天斗地豪迈的号子和歌声

那是建设新中国的鸿篇巨制
那是敢教日月换新天的大吕洪钟
无数热血青年在工地上红旗一样飘扬
无数共青团员在最苦最累的前线冲锋

我们是中国共产党的助手和后备军
我们是新中国的建设者和主人翁
还有什么比这更有力量——
红旗招展下跳动的汗水和年轻的笑容

从此，青春与钢铁结缘
从此，共青团像一颗红星
在太行山东麓冉冉升起，那样璀璨晶莹
从此，殷商故地重新燃起圣火
从此，古老的冶金文明照亮了现代的星空

当时间那巨大的指针指向新的千年
安钢甩开膀子，赶超先进必须大步流星
我省工业战线的一面红旗
以“三步走”跨越发展模式，轰响着
向世界宣告新的钢铁航母已经诞生

然而，突如其来的世纪寒潮
把全球经济无情冰封
安钢，在逆境中砥砺前行
以永不言败的大无畏精神
步步为营，稳扎稳打，绝地重生

在打赢生存保卫战的征程上
我们的骨节生生脆响仿佛此去青春如火
仿佛，如火的青春积攒的力量无尽无穷
共青团组织，一块多好的平台啊，只要
你努力了，就是在发挥生力军和突击队的作用
——无悔的青春直面苍茫、挑战和峥嵘

还记得“青安岗”活动中
“三个一”的互帮互助
雪白的安全帽赋予我们庄严与神圣
还记得“青工网上金点子大赛”时
不甘落后的献计献策
知识的因子如光，如电，如星

在火热的熔炉里跳荡着豪迈与激情
还记得志愿服务活动中，每一张甘于奉献的笑容
奉献，多么伟大的操守和宽广的心胸

还记得青年突击队，不惧风雨迎难而上的初生牛犊
深蓝的工装因此峭拔而笔挺
还记得“7·19”抗洪抢险，那些身先士卒的身影
当书记说共产党员、共青团员都给我站出来时
我大步向前
肩头是道义是担当是使命
更是一名安钢青年理应具备的潇洒与从容

还记得围绕打赢安钢环保生存保卫战
目标任务演讲比赛时的慷慨激昂
从头到脚，我浑身的热血都在澎湃、沸腾
我爱我的岗位，甚至，胜过我的生命

要问我一座钢城绽放的方式，那一定是钢花
随着第一声春雷，第一滴雨水，第一场春风
绽放得千娇百媚，绽放在我们扬起眉毛的天空
那是我们的兄弟姐妹、同事工友
同样千娇百媚的笑容

不会忘记那些和我们血脉相连
许许多多动人的场景
青春的舞步踏山，踏水，踏石，也踏风
我们把奔放的歌声酿成美酒
用火热的诗句点亮苍穹

把沸腾的铁水当作琼浆，沉睡千年的矿石也被唤醒
在锃亮的炉卷上写下心愿

让它和青春一起扬帆出征
岗位上我们互帮互助、意气风发
业余生活同样多姿多彩、其乐无穷
游泳池里的较量，好像没有运动场上那么从容
中秋节的月色，好像多了一份婉约、一份矜持
故意掩盖了内心的喜欢和冲动
其实，在共青团搭建的一个个温馨的平台上
我们的成长总是被呵护，被关爱
其实啊，我们就是一匹小马
早晚要在钢铁大潮中纵横驰骋

我们是扭亏增盈的先锋，泰山崩于前也不改初衷
我们是创新创效的骨干，到处都有我们青春的身影
我们是一群种植快乐，种植成就，也种植梦想的人
我们踏石留印，抓铁有痕，渴望成功
我们的生命，早已和祖国、和安钢水乳交融

如果说，种子是藏起来的花朵，那么
我们就是阳光下郁郁蓊蓊的葱茏
正在拔节生长，准备着，给安钢带来繁荣昌盛
热风吹雨洒江天，我们胸间
激荡着这个初夏无穷无尽即将喷薄的动能

安钢啊！请你告诉我，在你的平坦的大路上
收藏着多少创业者层层叠叠的誓言和叮咛
那是我们的财富、宝藏
驱使我们前进的动力，为了理想不断攀登

在你巍峨的厂房里
几代安钢人凝练的安钢精神
——科学，团结，求实，创新

我们要庄严地接过来，发扬光大，代代传承
在你雄伟的高炉里，一定流淌着最新鲜的血液
像春天里的花朵，姹紫嫣红，有着顽强的生命
在你绵延千米流水线的声声脆响里
有着我们青春的心跳，那样地奔腾、悸动、汹涌

安钢啊，魂牵梦萦的热土
把我的青春交给你，就交出了
我的梦想我的呼吸我的余生
即使我只是一棵小草，一株幼苗
我也有为你遮风挡雨披红挂彩让你——
再次腾飞的愿望、心声和冲动

自从我走进你的大门，我就明白
我的记忆，将和祖辈、父辈的一样厚重
我的身影，将融入钢铁的丛林，怀揣着赤诚
我写下的誓言，如同刚刚出炉的滚烫的钢坯
透着橘黄与火红，穿过滚床，锤炼成精英
三代安钢人共同构筑的发展梦
必将如钢铁一般，伸进更加遥远的苍穹

刷新一个深深爱着的名字
——安钢
喊出内心涛走云飞滚滚奔流的激动
我们是钢城最靓丽的风景线啊
用我们的阳光、自信，用五月的开始炽烈的风
用我们对钢铁的无限赤诚，用青春
托起安钢崭新的黎明

我为安钢骄傲

宋自立

狂风怒号，
席卷全球的金融风暴
向世界叫嚣：
“我要摧毁经济，
把所有企业都吹倒！”
雾霾笼罩，
持续低迷的钢铁行情
对钢铁企业发出冷嘲：
“哼！撑不了多久，
你们都得倒！”

屹立在巍巍太行山下的安钢，
不惧冷嘲，不怕风暴。
顽强拼搏，百折不挠！
创业50多年来
安钢从来没有被任何困难吓倒。
我们又何惧风暴和冷嘲！
我为安钢骄傲！

钢花绽放仰天长笑，
炉膛火红激情在燃烧。
钢与铁的碰撞奏响了安钢发展的强音，
轰鸣的轧机吹响了安钢前进的冲锋号。
我为安钢骄傲！

奔流的铁水虽然没有骇浪惊涛，
凝固的钢锭固然不会奔跑欢笑。
但我们牢记使命　从不懈怠
所想到的是祖国建设的高楼大厦、
车辆、船舶桥梁。
不惧冷嘲，不怕风暴，
追求卓越是我们永恒的目标。
我为安钢骄傲！

林立的高楼大厦中
有安钢生产的钢筋撑起的骨架。
那是安钢人挺起的脊梁
和永远折不弯的腰！
穿梭在祖国水陆运输枢纽的船舶和车辆，
横贯祖国江河南北的铁路和桥梁。
那是安钢人为祖国建设抛洒满腔热血的自豪！
我为安钢骄傲……

炉号工的情结

李和平

一块块字盘，一组组数码，喷印在块块钢板上。

醒目庄重，潇洒大方。

它是产品的证书，是出口的护照，它印证着各道工序的辛劳，也把炉号工的心语张扬。

车间里，岗位上，一个个忙碌的身影，和着机械交响曲的合唱。

大滴大滴的汗珠，滚落在如火如荼的工作现场。

炉号工就是这生产线中的一员，是字盘中的一个条码，是交响曲中的一个乐章，日复一日，四季繁忙。

他们认真核查着每批板材，深知肩上的担子的分量。

随着板材的不断外发，他们的心也飞向远方。

北国的宏伟建筑，南疆的码头海港，到处都有我们的钢材，到处都有安钢人的深情厚望。

自豪欣慰的情感在抒发，炉号工的责任感在增强。

为了安钢美好的明天，炉号工愿坚守自己的岗位，发挥自己的聪明才智，展现自己的理想之光。

汽运人·汽运梦

于成山

当新春的钟声穿越古城的繁华，
当黎明的曙光还在恣肆的挥洒，
当紫薇的芬芳在洹水两岸涌动，
自豪的汽运人又迎来了成功的云霞！
2013年，伴随着艰辛与苦难，伴随着光荣与梦想，
他们携手并肩，砥砺前行，
用辛勤的汗水，滋润了安钢这片充满激情的热土！
让腾飞的梦想，在激烈市场竞争中涅槃升华！

曾几何时，
巨额亏损！形势危急！生存堪忧！
屹立半个世纪的钢铁巨舰经受了前所未有的磨难，
任务艰巨！资源萎缩！成本高企！
刚刚走向市场的物流新星在市场经济的风雨中飘摇。
面对严峻形势，他们没有怯懦，没有退缩
面对发展困境，他们没有动摇，没有彷徨

面对重重压力，他们依然镇定如故。
准备，再准备，蓄势，再蓄势，
三月积攒，一季蛰伏，弓如满月，箭指前方，
他们用厚积薄发的力量，
保证了大高炉物流的顺畅，
明确了物流整合发展的畅想。
遇挫弥坚的汽运人，
坚定不移的发展梦！

五十多年薪火传承的火种，
点燃了3号高炉，点燃了三万钢铁儿女的希望，
汽运人闯过险山恶岭，迎来峰回路转，踏上新的征途。
为了高炉的火花，为了轧机的轰鸣，
一道煤炭提库存的急令，
让他们带着亲人的叮咛和嘱托上路，
肩负着企业发展的使命启程。
数九隆冬年关近，
翘首企盼人未归，
只要心中有热情，胸怀着梦想，
口中冰冷的干粮一样是年夜饭，
矿区呼啸的寒风就是辞旧迎新的洪钟。
吃苦耐劳的汽运人，
无私奉献的拼搏梦！

严峻形势的威压下，
他们无畏亮剑，永不言败；
创新改革的道路上，
他们披荆斩棘，踯躅而行。
贡献取酬，多效多得，
调动了更多职工激情和干劲；
增效运营，彰显活力，

挖掘了点点滴滴的创效潜能。
循环运输，优化配置，
消除了备用人员设备的闲置浪费；
分道进车，解决拥堵，
成就了 11 号岗前车如流水马如龙。
新定位、新举措、新思路，铸就辉煌风流数，
抓改革、抓管理、抓落实，创建一流功卓著。
上下求索的汽运人，
锐意进取的创新梦。

历史的长河，还在翻滚着昨日奋斗的波浪，
时光的琴弦，还在弹唱着 2013 年的辉煌。
面对既得的成绩，
他们没有时间驻足自豪，稍作停留，
一张张焦灼忙碌的面孔，
一道道忙碌奔波的身影，
勾勒汽运发展新蓝图，
编织运输做强新梦想，
谱写物流做大新篇章。
听，安钢集团生存保卫战的冲锋号角已经吹响，
看，汽运公司现代钢铁物流企业的伟大征程已悄然起航，
永不停息的汽运人，
再创辉煌的复兴梦。

忆往昔，岁月峥嵘，
看今朝，硕果盈目，
展未来，英雄谁属。
让我们为昨天喝彩，让我们为今天自豪，让我们为明天歌唱，
让我们同心祈祷，
安钢的明天，汽运的未来，
蒸蒸日上，永远辉煌！

青春汽运

——写在汽运公司成立六十周年

于成山

两万多日夜流转，
六十年春秋磨砺，
一甲子坎坷风霜。
永葆青春的安钢汽运，
见证多少沧桑变迁，
历经多少浮沉起落，
依然将骄傲的头颅高扬！
今天，
新时代战鼓催动，
青春汽运再次起航！

青春汽运有着青春的精神，
我们用新理念新思想把自己武装！
我们追求快乐和谐工作，
激流险地无畏奋进，
艰难困苦勇于担当！
三面钢铁铸就的党旗下，
党建活动基地揭开面纱，
“四个三”工作法的光辉在分子公司绽放。
更细，更实，更精更严！
是我们的自律与坚守，
更快，更高，更大更强！
是我们奋进和努力的方向。

业绩、担当、责任、激情、守候，
汽运人将每一条行动要求都刻在心上！

青春汽运有着青春的画板，
勾勒清晰或模糊的拼搏群像！
是谁？燃心为香，焚骨为炬，
挥动如椽巨笔，绘就锦绣华章！
是谁？夙夜在公，殚精竭虑，
不厌锱铢积累，严控细枝末节！
是谁？栉风沐雨不辞辛劳，
抛却万家灯火，独伴机械轰响！
一声声轻声细语的叮咛，
有脉脉的温情，也有不容置疑的刚强！
一个个粗犷黝黑的脸庞，
蕴含着经验的智慧和创新的闪光。
挖掘机上鏖战两个多月的老师傅，
面容疲惫，脚步铿锵，
尚未洗去90/105拆除工程沾染的尘灰，
滚滚的车轮已经悄然提速，
让一个个曾经攀登的顶点成为历史的过往。

青春汽运有着青春的力量，
在与市场的搏击中劈涛斩浪！
从严治企让改革无所畏惧，
承包经营为发展松开翅膀，
百年汽运的航程刚刚出发，
五大跨越、五大突破、六大创新已在钢城唱响。
强强联合、借力发展，
我们将合作的触角伸向遥远的草原钢城；
创新为桨、市场弄潮，
滚滚车流从高炉驶向广阔的远方。

相机而动、提升服务，
道路难行阻隔不了检测站长长的车队；
国企改革、管放适度，
兆隆成为安钢混改的一张名片；
顺势而动、快速出击，
川流不止的渣土运输车，
有了“安钢汽运”的醒目字样。

青春汽运有着青春的我们，
我们就是冉冉升起的骄阳！
青年兴则汽运兴，
青年强则汽运强！
我们恪守变化发展的规律，
不相信有能阻拦远行者前进的力量。
我们拔掉阻碍沟通的毛刺，
保留个性的棱角，
拒绝陷入随波逐流的迷茫。
我们接受任何让我们成熟成长的教导，
却不会墨守成规，
陷入制约思想的条条框框。
我们不惧挫折和挑战，
能够肩负起沉甸甸的责任，
在平凡的岗位交出不平凡的答卷；
我们要在惊涛骇浪中勇敢亮剑，
展露属于年轻人的锋芒。

五年规划绘就蓝图，孕育新的希望！
新的征程已经开启，号角如此响亮！
面对未来，青春汽运阔步昂扬、热情满腔！
我们坚信：
明日的成绩，必定超越今日的梦想！

青春在这里闪光

于成山

他来自高楼鳞次的繁华都会，
这里没有彻夜不息的闪耀霓虹，
只有三万铁军汗水在闪光；
你来自烟雨蒙蒙的江南水乡，
这里没有温婉舒雅的杨柳依依，
只有通红的铁水默默流淌；
我来自阔野万里的北国大漠，
这里没有坦荡如砥的无际草原，
只有林立交错的烟囱管网。

滔滔洹水就是他的血脉，
历经坎坷曲折蜿蜒，
生命之歌源远流长；
巍峨太行就是他的脊柱，
迎击北地的萧瑟寒风，
庇护一方的繁荣与安康；
千年古都是他的风韵，
经过几多沧桑，就有几多骄傲，
就能延续几多的辉煌，
他有一个骄傲的名字，
安钢！
尽管我们来自天南海北，
尽管这里对我们是个曾经陌生的地方。
在这里，我们收获了真诚的友谊，
在这里，我们萌生了奋发的梦想，
在这里，我们找到了生命的方向……

“不幸”生于这样的年代，
让我们不能不劳而获，恣意欣享；
有幸生于这样的年代，
让我们可以像先辈一样拼搏奋斗，
收获先辈们一样的自豪和荣光。
幸与不幸，
我们都要挺起胸膛，面对困难，面对挫折；
用略显稚嫩的肩膀，扛起未来，扛起希望。

时代的交接，是责任的延续，是精神的传承，
我们在老师傅耐心或“粗暴”的教育中长大，
就像新兵从老班长手中接过钢枪。
未来靠我们自己的双手创造，
我们坚信，
挥汗如雨后的收获，
才更甜更香。

年轻的一代，年轻的思想，
年轻的躯体，蕴含创造奇迹的力量，
我们让青春的活力，
在钢城每一寸土地上洋溢和绽放。
我们善于创新，我们从不停滞，
我们用青春的声音，
唱响创新进取的主旋律，
我们用青春的脚步，
谱写拼搏进取的新篇章，
我们用青春的骄傲，
让所有的挑战和困难都成为奋斗的碑石，
记录走向成熟、走向成功的诗行。

钢花飞舞映射出希望，
车轮滚滚承载着梦想，

三个转变，让我们放下包袱轻装上阵，
四大战略，目标直指双千亿的发展畅想。
时代在无声呼唤，
青春在这里闪光，
让我们和安钢一起，
抖落风尘，铿锵前行，重塑辉煌。

腾飞吧，安钢

郭万成　闫素

曾几何时，
我们铸造了钢铁的城墙，
放飞着光辉灿烂的梦想。
我骄傲，
身在辉煌的安钢。
我自豪，
效力于安钢的辉煌。
如今，
钢铁行业正经历着市场的洗礼，
安钢在风雨飘摇中艰难前行，
为了重铸曾经的辉煌，
我们努力再努力，拼搏再拼搏，
为了安钢所向披靡乘风破浪，
我们挺直了钢铁锻造的脊梁。
有低谷就会有高潮，
经历过苦难才会体味花的芬芳。
我们深深明白，
没有安钢就不会有我们的辉煌。

安钢，
是值得我们用生命来守护的地方，
万万千千的安钢人从心底呼唤：
腾飞吧，安钢！

安钢颂歌

栾庆武

这是一片孕育着希望和人文的热土，
燃烧着奉献的激情，
澎湃着创新的活力；
这是一个生机勃发锐意进取的团队，
决策英明果断，
员工和谐凝聚。
务实、勤奋的安钢人，
不畏艰难，拼搏进取。
一曲曲奉献之歌，
跳跃着感恩的激情，
闪耀着祝福的旋律。
一行行坚定的脚印，
铸就了“鼎新”企业文化，
攒足了奋发进取的动力。
安钢，在时代的大潮中，
你，就是那出水的蛟龙，
挟裹着四海风雷，
腾云乘雾，风生水起；
安钢，在行业的比翼中，
你，就是那展翅的雄鹰，

向着绚烂的朝阳，
搏击寰宇，一歌九曲。
抹去岁月苍茫的浮尘，
擦亮新年每一个晨曦，
重鼓气吞山河的壮志，
笑迎市场经济的潮汐。
今天，我们愿甘苦与共，
风雨兼程，
明天，我们将举杯同庆，
鹏程万里。
让我们怀着对这片热土深沉的爱，
和企业朝夕相处、唇齿相依；
让我们携手播下颗颗希望的种子，
迎来一个又一个丰硕的秋季！

钢城交响乐

孙红伟

一

四月，细雨霏霏中，
登太行山，回首殷都。
洹河映照，烟云氤氲，
安钢，一座神圣的城，
一块沸腾的热土。
显现着非凡的气度。
一队诗人，结伴壮游，
在这里采风，

好一番淋漓尽致的
感情投放，
梦的追逐。

二

钢铁炉
似宝瓶
喷珠泻玉
红流脉脉
是诗人的梦
是圣洁的乳。
于是，有了
铁人的故事 劳模的风采
《钢铁是怎样炼成的》
这一本书
有了
炉长的豪迈
共产党员岗的亮点
以及
创新创造，无私付出。
你的胸襟前闪耀着
一百万吨钢
两百万吨钢
三百万吨钢
五百万吨钢
一千万吨钢
层层梯升
金光闪烁
的数字
你的桂冠上，辉煌着

全国五一劳模先进集体
河南省工业战线的十面红旗之一
冶金产品实物质量金杯奖
全国优秀企业金马奖
全国思想政治工作优秀企业
河南省文明单位
卷帙浩繁
鼓舞人心的殊荣。
它映照着，炉前工人张张汗面
它流淌着，慷慨雄歌的音符
它回想着，争潮赶浪的吼声
它描绘着，钢城明天的蓝图。
你酿造了多少感人的故事
创造了多少风流人物
这就是我们的钢城
我们的骄傲
这就是我们安钢人
我们的气度。

三

钢城啊，你创造的是辉煌，也是血泪。
翻开五十年的创业史
温馨中渗着多少腥咸酸楚。
那亘古的荒原
殷都废墟中
曾几何
风雨飘摇，一片荒芜
五十年代
从四面八方来了一群年轻人
在这里搭起了帐篷，扎下了根

徒手立起了第一座钢铁炉。
手推肩扛，风餐露宿
原始的冶铁工艺
简单的轧制技术
遍地是苦和累
到处是风和雨。
安钢工人志气壮
战旗飘扬传捷书。
第一炉钢水戳穿了
中国少钢、河南无钢的流言
中国人、安钢人挺起了脊梁骨。
第一根钢材驱散了
压抑人心头的阴霾
中华民族的尊严得到了重塑。
钢城啊！
人民眼里流的是幸福的眼泪
人民嘴里喊的是胜利的欢呼
钢城啊！
虽然你跋涉过众多坎坷
也有过步履蹒跚踟蹰
上马、下马
解散、重组
君不见
简陋的设备
落后的技术
“共产风”“放卫星”的损害
“大跃进”“大锅饭”的悲剧
钢城啊！你依然是
我们安钢人的骄傲
千卷书也写不尽
你的功过荣辱。

四

为了钢城更美好
为了千百万吨新纪录
世纪之交
钢城，毅然选择了“三步走”。
一项最有挑战性的工程
兴建在这小小不足十平方公里的区域
指令钢城
按照安钢人意志
重建重组
脱胎换骨
更换容颜
改变装束。
增天空以亮丽
缀豫北以明珠
啊！宏伟的三步走
品味着 你的意蕴
更领略 你的超凡气度。
那神秘的，炼轧一体 150
那奇妙的，炉卷轧机轧制术
那独特的，一次成型冷轧板
那快速的，高建线材快速度
高科技、快发展、勇创新、干劲足
四万名安钢儿女
将憧憬 希冀 心愿
连着血汗一起
在这里浇筑，雕镂
创作一件 安钢建设史上的
扛鼎之作
一代风流，代代风流。

五

钢城啊
人说你像一台织机
金梭银梭 在织钢城锦绣前程。
我说你是一架钢琴
钢花是五线谱
铁流激越
赤龙劲舞
新的钢城交响诗 临风吟诵，
红涛滚滚
钢花飞舞
新的钢城大合唱已火爆演出
四万安钢人
齐唱一曲《安钢颂》。
安钢精神在升腾啊
一个音符 万丈情愫
撑天扛地 安钢风骨

六

雄才出 安钢兴旺
高屋建瓴 运筹帷幄
钢城啊 五十年风雨
今日终成宏图
十里厂区 诗的国度
吟唱着 座座高炉穿云霄
吟唱着 铁流钢花凌空舞
吟唱着 轧机隆隆声声脆
吟唱着 突破千吨捷报书
吟唱着 生活小区新楼舍

吟唱着 和谐钢城新事物
你在思考 他在欣赏 我在感悟
钢城啊
我喊你一声亲爱的母亲
亲吻一下你的脸颊
我的神思就会飞扬激昂
望你一眼，焕发的神采
我的心田，永不会荒芜

沧浪之歌

——走过 2014

王静 韩进

悠悠洹水 涤荡着安钢人激情飞扬的战歌，
巍巍太行 映印着安钢人顽强拼搏的足迹，
那山 那水 那无畏艰难的安钢人，
共同见证了 2014
那风雨交加的沧浪之歌！
难忘 2014 那从未有过的钢铁严冬，
凛冽的寒风伴着阴沉沉的雾霾
吹打考验着我们每一个安钢人的意志和胆魄，
那时我们不屈的安钢人，
在公司新一届领导班子的率领下，
面对前所未有的生存危机，
悄然唱起了昂扬的国歌，
我们团结一心，众志成城，
同心吼出了安钢人历史上的最强音，

为生存而战，为荣誉而战，为尊严而战！
一场事关安钢前途命运的生存保卫战就此拉开，
新思路，新目标，新战略，犹如春风化雨，
引领我们踏上崭新的征程，
十五路精兵强将 逢山开道，遇水架桥。
安钢人以破釜沉舟的气概
以绝地反击的决心
以时不待我的担当
逆势中迎难而上，困境中 踏浪而行，
冲破藩篱 驶向大海 惊起滔天巨浪，
飞越暗礁 踏平坎坷
从容中 笑看风起云涌 浪遏飞舟
淡定中 笑谈各路英雄 烟雨楼阁
闯过险滩 洗尽沉浮铅华，
不屈不挠 不畏艰难险阻的安钢人
终于可以向世人自豪地说，
2014 我们取得了止血保链的标志性战果
2014 我们共同谱写出了一首激越昂扬的钢铁赞歌！

浪涛奔涌

——决战 2015

韩进 王静

迎着 2015 初春明媚的万道霞光，
安钢人正以崭新的面貌昂扬的斗志，
踏上了决战 2015 年新的征程
虽然前方的路依然充满坎坷充满挑战，

虽然钢铁行业的天空依旧乍暖还寒，
但 春天就在前边。

一张凝聚了安钢人智慧与梦想的宏伟蓝图，
已经展现在了我们安钢人的面前，
挺进 1143、突破双千亿的目标，
正如春风荡漾 浪涛奔涌
在向我们每一个安钢人召唤。

春天就在前边，我们已经听到了冰雪消融的序曲，
春天就在前边，我们已经看到了寒梅绽放的苞蕊。
春天就要来了，催得和风细雨俏酣畅，
春天就要来了，唤得万物生机倾梦想。
梦想，被淅沥的春雨滋润着，嗞嗞的萌动起来，
梦想，被轻柔的春风吹拂着，飒飒地飞舞起来。
你的梦，我的梦，交织汇集成共同的安钢梦，
安钢梦，民族梦，浇灌铸就成伟大的中国梦。

一个凝聚了安钢人智慧与梦想的宏伟愿景，
乘着春风，已经展现在我们安钢人的面前，
1143 蓝图、双千亿目标，并驾齐驱的三大板块，
犹如滚滚而来的春雷乍响，
鼓舞震撼了我们每一个安钢人的心房。
一个指导思想，把我们凝聚成了一股澎湃的力量，
一个目标，为我们点亮了指路航灯，
四大战略，为我们指明了航行的方向，
三大转变，将把我们的定位不断攀升，
三大板块，将为我们的家园催生万紫千红。
新思维、新思路、新理念，
这是安钢人突破与创新的标志，
大谋略、大格局、大视野，

这是安钢人精神与力量的图腾。
此刻，我们心潮澎湃，
此刻，我们浪涛奔涌，
让我们同心协力 众志成城，
以直挂云帆济沧海的胆略，
挺进 1143。
以敢上九天缚苍龙的豪迈，
决战 2015。
让我们乘着春风 扬帆启程，
向着 1143、向着双千亿目标，
向着安钢更加美好的明天 踏浪前行！

春天的召唤（歌词）

白 杨

春风浩荡吹绿（了）巍巍太行
醉人的微笑写在脸上
不畏艰难的安钢人
迎挑战斗严寒那叫豪放
春风浩荡召唤光荣（和）梦想
新的征程（让我们）扬帆启航
走过寒冬的安钢人
必胜的信心更坚强　更加坚强

春风浩荡吹醒（了）古老殷商
红旗招展（是）蓬勃的力量
不畏艰难的安钢人
肩并肩手挽手笑傲沧桑

春风浩荡召唤光荣（和）梦想
新的征程（让我们）扬帆启航
走过寒冬的安钢人
必胜的信心更坚强　更加坚强

经历再大的风霜
最美还属安钢

安钢是我们的大家庭（快板）

白　杨

序　曲

打竹板儿，心激动，
让我来抒发安钢情。
窗外寒，室外冷，
我们心里暖融融。
欢聚一堂多喜庆，
安钢是我们的大家庭。

忆往昔，多峥嵘，
创业壮志挂长风，
艰难岁月谁与共。
看今朝，风雷动，
结构调整增实力，
转型升级练内功。
止血保链求生存，
团结一心往前冲。

往前冲，好风景，
三万铁军挺起胸，
实干摆开大阵容。
抒豪情，战必胜，
条条战线传捷报，
各个板块传佳音。
不懈怠，勇攀登，
打赢生存保卫战，
解危脱困显神通。

安钢今年变化大，
今年安钢展新容。
创新驱动最有力，
品质领先起云风。
改革攻坚打硬仗，
转型发展谋新生。
安钢的变化我来说，
变化的安钢请你评。
说说说，评评评，
请君与我侧耳听
哎——
请君与我侧—耳—听，
侧耳听。

扭亏为盈篇

精益生产强操作，
板块专题细琢磨。
销售龙头来引领，
“三个跑赢”重开拓。

"四位一体"标准化，
高炉稳产心欢乐。
钢后排产重效益，
高效产线敢超额。
炼钢轧钢挖潜力，
直供比率翻个个儿。
敢超额，翻个个儿，
一举扭亏赖决策。
安钢从此迈大步，
今年日子更红火。
哎——
安钢从此迈大步，
今年日子更红火。

党建工作篇

构建党建"四个三"，
全力以赴渡难关。
领导核心力量大，
全新布局谋发展。
谋发展，渡难关，
优势发挥大家谈。
党员模范带头干，
战斗堡垒磐石坚。
明责任，重任务，
严峻形势记心坎。
实干带头重实效，
齐把作风来转变。
政治工作显优势，
群众工作有后援。
显著提升执行力，

聚焦优势保生产。
团结一心向前看，
顶风冒雪排万难。
精诚合作有奇智，
永不言败谱新篇。
党的领导明方向，
千斤重担有铁肩。
哎——
党的领导明方向，
千斤重担有铁肩。
团结一心向前看，
顶风冒雪排万难。
精诚合作有奇智，
永不言败谱新篇。
永不言败谱—新—篇。

改革举措篇

依靠改革求生存，
频频推出新举措。
三供一业社会化，
混改内生动力活。
法人治理结构优，
选拔任用敢打破。
众志成城齐上阵，
绩效优先重考核。
定编定员定岗位，
精简高效心似火。
剥离企业办社会，
轻装上阵机会多。
公开竞聘选英才，

能进能出、
　　能上能下、
　　　　把人事制度来搞活。
哎——
能进能出、
　　能上能下、
　　　　把人事制度来搞活。

重大事件篇

冷轧连退加镀锌，
深层加工鼓舞人。
精品战略方向明，
安钢发展有后劲。
“6S”管理治污染，
清洁生产要较真。
环保指标必须保，
社会责任重千钧。
医院高楼拔地起，
环境优雅面貌新。
群众就医得改善，
杏林春风暖人心。
去年洪水来得猛，
百年不遇风雷滚。
安钢上下齐行动，
生产顺行人心稳。
哎——
安钢上下齐行动，
生产顺行人心稳。

非钢发展篇

非钢板块重实干，
转型升级谋发展。
“集团化管控、
　市场化运作、
　规范化管理”指道路，
“分灶吃饭、
　分头突围”，
开辟外部市场不畏难。
市场关系要理顺，
价格机制潜心算。
支柱产业、拳头产品两头硬，
最大限度提升了，
　盈利能力和空间。
装备制造、
　钢材深加工、
　　节能环保、
　　　自动化、
　　　　水处理，
各个板块都取得新进展。
哎——
各个板块都取得新进展，
最大限度提升了，
　盈利能力和空间。

尾　　曲

安钢发展靠实干，
安钢精神要传承。
齐心协力渡难关，

政治工作是保证。
市场竞争多残酷，
“精细严实”不放松。
瘦身强体重实效，
提质增效勇攀登。
改革、环保加生存，
誓闯三关仍从容。
你我都是安钢人，
浓浓心中安钢情。
安钢兴旺我高兴，
安钢艰难我心痛。
我们大家齐努力，
安钢是我们的大家庭。

哎——
青山不老心犹健，
凤凰涅槃必重生。
我们大家齐努力，
安钢是我们的大家庭。

安钢情　中国梦（快板）

杨充敏　李金荣

竹板一打辞旧岁，鞭炮齐鸣庆新年。
太行山下擂战鼓，黄河两岸战犹酣。
安钢情系中国梦，大打生存保卫战。
上年初战传捷报，今春又现新开端。

一

十八大，开新篇，习总书记掌航船。
为了复兴中华梦，提出“两个一百年”。
待到二〇二一年，中共成立一百年，
小康社会全建成，人民生活大改善。
待到二〇四九年，新中国诞辰一百年。
国家富强民族振兴，人民生活幸福美满。
为了实现中国梦，中华儿女齐动员。
深化改革啃硬骨，依法治国挥利剑。
“老虎”“苍蝇”一齐打，八项规定治腐贪。
县处级、司局级、省部级、副国级，
不管职务高与低，贪官个个被刑拘。
狡猾分子跑国外，外交引渡抓回来。
政廉风清民心安，促进经济稳发展。
市场繁荣供应全，人民生活得改善。
中国贸易冠全球，引领世界经济走向前。

二

全国经济稳发展，钢铁行业遇困难。
产能过剩市场疲软，惨淡经营不挣钱。
想当年，钢厂少，需求大，
萝卜快了不洗泥，皇帝女儿不愁嫁。
现如今，钢厂多，产量大，
钢材卖个白菜价，仓库存货有积压。
安钢遭遇大困难，生存危机摆面前。
被重组，被兼并，安钢就会没了命。
职工个个把心揪，前途命运可堪忧。
一四年，不平凡，省领导，出重拳。
安钢领导新班子，率领大军两三万。

“一一四三”绘蓝图，打响生存保卫战。
集中目标降成本，生产围着市场转。
捋顺体制三依靠，四大战略保发展。
铁前钢后和非钢，三大板块协同战。
一季冲，二季平，三季开始把利赢。
全年盈利上亿元，四大事故皆为零。
初步闯过生死关，收入增加人心安。

三

一五年，更不凡，乘胜前进莫迟缓。
打赢生存大决战，彻底闯过生存关。
全国钢企八十多，第一方阵一席占。
生铁成本进前三，安钢竞争实力显。
待到二〇二〇年，两个千亿定实现。
资产总额一千亿，实力雄厚夯大盘。
销售收入一千亿，盈利盆足钵盂满。
双千亿，安钢梦，中国梦里当一员。
安钢富强梦圆日，职工生活定改善。

四

一五年，大决战，钢铁行业难上难，
生存危机没走远，安钢形势不乐观。
彻底闯进生存关，绝地反击不怕难。
安钢人，气不凡，都与安钢命相连。
安钢盈利家家富，安钢亏损都作难。
等不起的危机感，慢不得的紧迫感，
推不掉的责任感，敢于担当的使命感。
为圆安钢富强梦，万众一心来参战。
安钢建厂几十年，辉煌业绩映中原。

作为安钢传承人，决不让她倒面前。
安钢人，意志坚，团结协作把梦圆。
破釜沉舟搞改革，甩开膀子奋斗干。
踏石留印脚步稳，刺刀见红手不软。
当兵就想当将军，工人就想当先进。
每人每天都创新，处处都是增效点。
每人每天算成本，班班盈利不赔钱。
每人每天精心干，时时处处保安全。
众志成城齐努力，敢叫安钢换新颜。
安钢明天更美好，岿然屹立挺中原。
平凡文明的安钢人，幸福生活甜更甜。

二炼新貌（快板）

严治军

合：打竹板，响连天，
　　万马奔去迎羊年；
　　三万铁军齐上阵，
　　打响生存保卫战。
甲：二〇一四不平凡，
　　改革号角声震天；
　　三大板块齐奋进，
　　扭亏增盈意志坚。
乙：铁前降本成效显，
　　钢后系统深挖潜；
　　非钢百花竞绽放，
　　一主多元路子宽。
甲：第一方阵勇追赶，

钢铁材产超千万；
全年创效一个亿，
止血保链再征战。
乙：二〇一五决战年，
四大战略定坤乾；
三个依靠支撑坚，
双千亿梦定实现。
合："1143"著鸿篇，
安钢明天更期盼；
放眼各厂往下看，
再来表表咱二炼。
甲：辛辛苦苦四十年，
搏风击浪坚如磐；
辉煌业绩载史册，
老骥伏枥新发展。
乙：传承战略深挖潜，
直面困难迎挑战；
降本增效聚核心，
致力打造新二炼。
甲：转炉铸机一对一，
结构优化谱新篇；
数据分析全流程，
生产高效现代化。
乙：信息技术高科技，
炼钢不再凭经验；
钢料消耗排第一，
主要指标居前三。
甲：安全生产大如天，
科技创新助发展；
设备保障稳如山，
全年降本九千万。

乙：二次除尘作用显，
厂房不再冒黄烟；
环保设备上齐全，
清洁生产喜实现。
甲：花园工厂树成荫，
红花绿草笑开颜；
企业文化显特色，
二炼精神代代传。
乙：老厂新貌雄风展，
“1136”勇向前；
开拓进取二炼人，
满怀信心奔明天。
合：齐心合力战困难，
誓赢生存保卫战；
祝愿大家羊年好，
合家欢乐大团圆。

贺新春（快板）

严治军

合：竹板一打走上前，
欢歌笑语乐开颜，
我们几个来表演，
满面春风迎新年。
甲：哎、哎，打竹板，竹板响，
今天不把别的讲，
首先夸夸咱安钢。
乙：三步走，创辉煌，

一跃登上全国十三强，
产钢千万圆梦想，
雄踞中原威名扬。
丙：企业发展再扬帆，
结构调整谱新篇，
抵御危机智慧高，
一亿创效目标实现了。
合：安钢是我家，发展靠大家，
众人拾柴火焰高，
安钢前程艳阳照，
艳—阳—照！

甲：哎、哎，打竹板，响连天，
今天不把别的念，
再来夸夸咱二炼。
乙：四十年老厂不简单，
丰功伟绩美名传，
年产二百四十万，
超设计能力的六倍半。
丙：芝麻开花节节高，
指标连年创新高，
钢铁料消耗重头戏，
连续五年同类排第一。
甲：以人为根本，
安全保第一，
技术设备进步大，
年降成本半个亿。
乙：创新创优创效益，
主题活动添动力，
党政工团齐上阵，
二炼精神更给力。

丙：全国五一劳动奖，
全国工人先锋号，
先进基层党组织，
绿化美化环境好。
合：二炼的荣誉说不完，
二炼的丰碑往下传，
幸福自豪的二炼人，
直面困难勇挑战，
勇—挑—战！

甲：哎、哎，打竹板，竹板响，
今天不把别的讲，
再把动力想一想。
乙：水电风气很重要，
血液神经不可少，
精心操作保供应，
生产顺行尽开颜。
丙：学习培训有特色，
技能水平稳提高，
巾帼顶起半边天，
和谐车间重创建。
甲：三个连铸和冶炼，
龙头带着龙身转，
炼钢降本抓关键，
保质保量保生产。
乙：准备天车和质检，
中间环节紧相连，
进出两头严把关，
保障有力稳周转。
丙：机修原料加动力，
专为巧妇送米炊，

优质服务强筋骨，
厉兵秣马凯旋归。
合：大家都是好兄弟，
众志成城渡难关，
开拓进取二炼人，
满怀信心奔明天。
奔—明—天！

甲：祝大家：
合：身体都康健，
腰包都有钱，
事业都有成，
家庭大团圆，
大—团—圆！

翻天覆地话安钢（快板）

孙万银

竹板响，听我唱，说段佳话听端详。
生活工作在安钢，是咱的幸福和荣光。
看现在，想过去，艰难的路途不能忘。
在那一九五八年，全省第一炉铁水淌。
不寻常的年代里，经历了几下又几上。
安钢人，百折不挠苦煎熬，
齐努力，终于保住了这个厂。
几届领导带领职工向前奔，
从单品种到小而全，
站稳脚跟拼命地闯。

小步快跑成大器，
滚动发展前途亮，
轰隆一声春雷响，
说说新世纪的咱安钢。
新世纪，新气象，展宏图。
看他们，人气鼎旺，信心高涨，
视野开阔，志坚强。
产能置换，装备更新，产品高精，优化结构。
灵活经营，效益大长。
脱胎换骨的大改造，
为安钢写下新篇章。
五年跨出三大步，
厂区已经大变样。
条条公路油光光，
路灯整齐又铮亮。
块块绿茵似地毯，
片片鲜花正怒放。
一排排大树撑阴凉，
一群群鸟儿在欢唱。
硕大的高炉一座座，
整洁的焦炉一行行。
烧结机生产批量大，
还有那齐刷刷的大制氧。
一条条轧机彩色厂房望不到头，
各品种的轧机日夜不停轧钢忙。
百吨级的大电炉炼钢是那么快，
连铸的坯料一条龙地送到轧钢厂。
看这边，百吨级转炉张开大口猛吞料，
看那边，出板材，出卷板，
还出高速线材和圆棒。
这正是，装备大型化、工艺现代化、产品专业化，做大也做强。

咱安钢，已实现装备产能千万吨，
咱安钢，打了个垂直提升的翻身仗。
销售收入五百亿，职工收入连年长。
西边吹来了风一场，
金融危机波及到了咱安钢。
公司领导胸有成竹心不慌，
倒逼机制闯市场。
科技创新深挖潜，
全方位地把成本降。
艰苦奋斗，节能减排，勇往直前，敢打硬仗。
高质量、多品种，优质产品适应大市场。
消除金融危机负影响，
把危机转化为前进机遇和力量。
安钢职工有信心，
安钢职工迎难上。
市场风云再险恶，
我们也要铸辉煌。
洹水之畔创奇迹，
誓把咱安钢，
建成大厂强厂精品厂！

散 文 篇

安钢精神

李 涛

转眼间，离开安钢半年多了。一百多个日日夜夜过去了，尽管新的工作岗位充实而繁重，但我每时每刻总在思念工作、生活了21年的安钢，思念帮助指导过我的老领导，思念全力支持我的工作学习的同事和朋友。回忆起安钢，回忆起那永生难忘的岁月，我总是心潮起伏，甚至浮想联翩。总觉得自己应该写点什么，为安钢，也为自己。在离开安钢后的日子里，我想的最多的是在追问自己：安钢培养了我，安钢给予了我很多很多，自己现有生命的一半是在安钢度过的，离开安钢之后，才刻骨铭心地感到，21年安钢沧桑巨变，由小到大、由弱到强，自己有幸见证了这一切。21年，历史的一瞬，却是人生的一个漫长的过程，安钢的21年已经深深打在了自己生命的烙印上，安钢犹如一座丰碑，一座光芒四射的丰碑，永久地矗立在我心里。

我知道，矗立在自己心目中的这座安钢丰碑，它上面镌刻着的是几代安钢人历经四十多年风雨沧桑，乘改革开放之风，创造的一个又一个辉煌，以及这辉煌之中蕴含着的安钢人用超乎寻常的智慧和胆识铸造出的独特的安钢精神，我在一遍又一遍地反复思索中终于悟了出来，是安钢精神构成了安钢人生命中最重要的部分，特别是当你离开安钢，像一个远离亲人的游子一样时，你会强烈地感到，你之所以不孤单，是因为安钢精神在伴随着你，在支撑着你，在鼓舞着你，每时每刻都在帮助着你。当然，身在安钢之中的安钢人，对这些也许还不能完全理解和明白。

作为安钢20多年快速发展的参与者和见证人，寻着安钢精神这部皇皇巨著，我在有字的厂志中咀嚼，我也在无字的记忆中追寻，更多的则是在历历在目的往事以及十分熟悉的安钢人中追忆。我明白了，25年持续盈利的骄人业绩，始终执中原企业主牛耳而赢得了广泛赞誉，毫无疑问是安钢精神中最耀眼的一页，但更多的精彩却写在了一代又一代安钢人的心里。

漫漫的追忆中，我记得：上世纪八十年代初安钢率先实行承包经营，成为全省乃至全国第一个“吃螃蟹”的试点，一举使企业扭亏增盈，开始步入

良性发展轨道。

我记得：安钢八九十年代实践并总结出的内涵挖潜、滚动发展的集约经营模式，曾经在行业内外引起巨大反响，一度引领钢铁行业提高产量增加效益的方向。

我记得：作为第一家实现100万吨钢的地方企业，安钢人在喜悦和自豪的同时又陡增了冲击新目标的坚韧和自信。自此，100万吨、200万吨……到今年的500万吨，安钢人在不断地刷新目标，在不停地超越自我。

我记得：组建股份公司，成立集团公司，精干主体，分离辅助，构建母子公司体制，安钢人很早就开始了现代企业制度的尝试。

我记得：安钢人历尽千辛万苦，在新世纪的第一个仲夏，终于凯歌高奏黄浦江，“安阳钢铁”成为中原大地迄今为止股本最大和一次性募集资金最多的蓝筹大股。

我记得：气势恢宏的“三步走”战略，正在引领安钢朝着千万吨级目标挺进。

我记得：在安钢这部史诗般的辉煌历程中，涌现出了一大批各类精英，杰出人物。

我记得：……

这，就是安钢，就是安钢精神，就是安钢人，骨子里透着敢为人先、追求卓越的精神。渴望辉煌和伟大，是一个企业以及一个人心灵深处的一种潜意识，有了这种渴望，才有了敢于争先的冲动和激情，才能有创造出辉煌和伟大的可能。能够使安钢在众多企业中脱颖而出，并始终保持领先地位的安钢人，深深领悟这一真谛：未必每个人都有卓越的人生，但一代又一代安钢人都拥有积极进取的人生，安钢就能够永远创造伟大和辉煌，这也是安钢精神最为闪光的亮点。

安钢人渴望“辉煌”，从来是以“把每件小事做精彩”为前提的，安钢的干部、职工讲“认真”，比“奉献”，在物欲横流的市场化社会里，是一般企业和组织无法企及的。许许多多的安钢人为了集体坚守道德、自我约束，潜移默化地规范着自己的行为，成为支撑安钢勇往直前的巨大力量，安钢人也在这种力量和精神的延续之中，达到了一种至高的境界。

安钢，就是一座大熔炉，在冶炼有形产品的同时，也在反复熔铸着安钢精神的又一个亮点，就是坚韧不拔。现实并不因为安钢人渴望辉煌而一帆风顺，相反，困难总是伴随着前进而产生，一个又一个辉煌的背后，是安钢人付出的一串串的艰辛，就如钻机凿岩，钻之越深、阻力越大。安钢人为了钢铁事业，为了企业的壮大，为了子子孙孙的幸福，始终在用心血、汗水甚至生命捍卫着安钢的辉煌。

安钢人在渴望辉煌、追求卓越的过程中，形成了坚韧不拔的品格和精神，而这种品格和精神又是建立在宽厚的人格修养和丰厚的文化积淀之上的。安钢人自信、自强、自尊，不论何时何地，安钢人就是安钢人，有着明显的区别于其他群体的精神和气质，不盛气凌人，不颐指气使，更不矫揉造作，从来不以成功者自居。恰恰相反，人们容易将安钢人从其他人群中区分开来，是因为安钢人朴实大气，心无旁骛，宁静致远；安钢人的穿着、谈吐和行为都是朴实的，但这朴实是明显透着一种大气，透着一种追求，甚至一种高贵。这就是安钢人，在勤奋刻苦，在孜孜以求，在不事张扬地做事做人，在顽强创业的过程中追求着完美、追求着升华。

安钢精神是一部厚重的巨著，每一遍的翻阅，都增长着我对她的崇敬。离开她的半年多来，我无时无刻不在思念她，景仰她，多次想用笨拙的手笔来表达自己心中的话语。终因杂事繁多再三搁浅。前几日，安钢公司办的朋友们，有意帮我将近几年在安钢工作实践中撰就的一些粗浅的文章，整理出来，归纳出一个小册子，他们还调侃，要我题个书名，写个序等等。我想就我这些粗制滥造的东西，请人题名或写序是要贻笑大方的。但朋友们的好意我是不能不听的，所以，就写了这篇早该写出的短文，算作自序，文章的题目也算作这本小册子的书名吧！

最后，请允许我深情地说一声：“我爱安钢，我爱安钢人，是安钢和安钢人培养了我，使我懂得了生命的意义。”我衷心祝愿所有的安钢人生活美满，家庭幸福，祝愿大家接过几代安钢人共创的安钢精神，续写出更加精彩的新篇章。

栀子花开

商存亮

芒种节气，纯阳饱盈，晨光如幻，收获的季节，也是播种的季节。

深夜未眠，皎月清风半透窗，独自凭栏夜未央。窗外，流萤几点，飞来又去，让人思绪纷飞。

喜爱梅花和栀子花。

厂区墙角的美人梅盛开时，总让人想起主席的诗："已是悬崖百丈冰，犹有花枝俏"，"待到山花浪漫时，她在丛中笑"。梅花香自苦寒来，是二炼轧人的骨气。

更喜欢栀子花，"色疑琼树倚，香似玉京来"，象征执着与专一。像1780人，像二炼轧人，对工厂的热爱，对工作的专注。让我想起艾青的一句诗："为什么我的眼里常含泪水，因为我对这片土地爱得深沉"。

时光荏苒，留下十年的情思。这十年，1780人，哭过笑过，囧过萌过，却永不后悔。

十年风雨，弹指一挥间。

细数了3653个日日夜夜，回眸十年的路程，1780人倍感欣慰和自豪。十年的路程是1780人的奋进之路、提升之路、责任之路。我们在转型中升级，在结构调整中奔跑，在提质增效中发展，在阳光中铸魂。

道者曰新。新常态下，经济下行，市场严峻，我们迅速适应环境，撸起袖子狠干，系紧鞋带奔跑，"鱼翔浅底，百舸争流"，争取成为市场的"剩者"和"胜者"。

道者曰变。变的是市场和环境，不变的是我们对企业发展的永恒追求和对1780的热爱。从工程建设到产品研发，从普碳钢到硅钢技术的突破，从不会生产高强钢到高强汽车用钢成为市场占有率第一。品质领先、提质增效是永恒的追求。

烈日炎炎的检修现场，小黄同志额头的滴滴汗水；冬日夜晚，750YT高端产品的研发现场，小管同志露出的会心笑容；立庆同志层流调试的场景像一道记忆深刻的风景……他们像一汪清泉，活泼泼奔流向前。他们又像一朵一朵的栀子花，执着专一，为1780衣带渐宽终不悔。他们是1780的情怀：不忘初心，不畏困难。坚守，是我们内心的风景。任时光匆匆，我只在乎你。

路漫漫其修远兮，吾将上下而求索。

1780人心向阳光。

心有阳光，才有蓬勃向上的希望，才能“中流击水，浪遏飞舟”。善学、善思、善悟，是我们的座右铭。一言一行，一点一滴塑造自己的品格修养。拥有健康、温暖、自信的阳光般的个人品质，传承1780的正能量。用新思想、新技术、新方法，承担责任和发展。

1780人行向远方。

行向远方，我们坚忍不拔、持之以恒。梦想之羽衣再美丽，还得集腋成裘。坐而论道容易，对梦想的坚守更要用行动来支撑和发展。我们没有机会感受红军战士在腥风血雨中的坚韧、在饥肠辘辘中的煎熬，但我们都有机会在红军战士用鲜血和生命换来的和平岁月里，继承和发扬伟大、不朽的长征精神，潜心修研，持之以恒。

感恩自然，感恩岁月，感恩1780和二炼轧，感恩安钢，感恩那些关心我们的人。不以物喜，不以己悲，唯有执着与专注，唯有己任。

未来，花满树，酒满瓯，数风流。

栀子花开，像晶莹的浪花盛开在我的心海，栀子花开，纯纯的爱。此刻，栀子花正盛开……

家　园

李军善

曾经，你是共和国的骄子
曾经，你是十八罗汉里的北方三雄
有人说你是共和国的脊梁
有人说你是市场海洋里的一艘航船
然而，在我眼里，在我心里
你是家园，我的家园……

——题记

我时常在想，今生能干着和钢铁有关的事情是值得的，起码可以说不枉此生。

我出生的六十年代物资匮乏，尤其缺铁少钢，家里最值钱最宝贵的物件都和钢铁有关，比如自行车、缝纫机、手表，与钢铁有关的都是洋玩意，“洋瓷缸子”“洋瓷碗”等等，谁要是结婚娶媳妇，送一个洋瓷脸盆就足以让主家高兴地合不拢嘴了。那时，经常听到乡亲们谈论一九五八年“大跃进”“大炼钢铁”的趣闻轶事。天不明，大队大喇叭开始念毛主席语录，念得最多的除了“千万不要忘记阶级斗争”，就是“一个粮食、一个钢铁，有了这两个东西，什么事情都好办了。”

说来也是缘分，高考时我考进了西安一所冶金院校，学习与钢铁有关的专业。那时高考报志愿不像现在有很多资料可以参考，一张贴在教室后面黑板上的报纸，被同学们里三层外三层地围得水泄不通，密密麻麻那么多学校我都不了解，我能知道的就是这个学校，它在西安我舅爷家对门，过年我和父亲走亲戚时见过这个学校的门牌，当时父亲给我介绍了一些这个学校的情况，说是和钢铁有关。好！就报它！

说来还是缘分，四年后的夏天，我即将从这所学校毕业，心中充满着要干一番事业的强烈冲动，那时学生的就业去向由国家统一分配，有一天班主任公布了我们班的分配计划，征求个人意见，我拿不定主意就去问在西安工作的姨夫，姨夫看了分配计划后对我说：“你去安阳钢铁厂吧！这个厂在河南是大企业，我前些年在河南工作过，对它比较了解。人都知道东北有个‘大鞍钢’，其实这个厂在我们国家号称‘小鞍钢’。去吧，不会有错的！”姨夫为人谦诚、德高望重，我对其言深信不疑，顿觉十分的轻松和兴奋。

我真的被学校分到了安钢！在家里没待几天就背着行囊急匆匆来安钢报到了，父亲送我到车站，一路无语，临上车时说了话：“国家培养你不容易，去了要把公家的事当个事呢！”望着父亲日渐衰老的面容，想着自己将要成为异乡之人，心里酸楚，竟有了想哭的感觉，但我还是强忍着没有让泪水流出眼眶……

安阳，一座古城，一座出土了甲骨文和司母戊大方鼎的历史古城。这里是真正的大平原啊！平坦得让人惊讶，四面不见山，抬眼地平线。这座古城的西部是我将要生活和工作的地方，号称“十里钢城”。“十里”是指东西？南北？还是周长？没有一个准确的说法，起码说明这是一片不小的地方。一条马路宽宽阔阔地从这片不小的地方东西穿过，将这片地方割裂成南、北两块。

北边那块地方是不夜城，日夜灯火通明，车水马龙，犹如一个庞然大物状的怪兽，把一车车黑不溜秋、土不拉几的矿石吞进嘴里，拉出来的却是布匹一样、面条一样漂漂亮亮的钢材。

南边那块更像一座不大不小的城市，布满了密密麻麻居民楼，里面有学校、医院、商店和幼儿园。一个人一生的吃喝拉撒睡都可以就地解决，足不出城就可以从产房走进火葬场。这是一个小社会，一个能锻炼人的地方，一个既出钢材又出人才的地方，河南的几任省长就出自这里。

这里的人都是来自祖国各地。最初来时都是唱着或喊着：“我们都是来自五湖四海，为了一个共同的目标走到一起来了”这句语录来的。他们的骨子里充满了钢铁柔情，在路北，他们都是些充满钢铁意志的豪狠角色，每天面对那些冷硬黑粗的家伙，没有点脾性，它是不会听话的。他们最讲纪律最讲合作，整天和那些冰冷的没有一点人情味的机器打交道，他们自己也变成一个机器或者机器的一个零件。

在路南，面对老婆孩子、面对街坊四邻，他们又柔情满怀。一个小社会就是一个大家庭，谁能没有点脾气、没有点个性，关键是遇事要相互理解、

相互谦让，所以这里的市面上很难见到吵架骂仗的，偶尔遇见也会迅速被旁边的人劝开，低头不见抬头见，有必要大动干戈吗？他们豪爽痛快，经常在酒馆里或地摊上三五成群、吆五喝六的喝酒猜枚。去市里逛街，不穿西装，不穿便装，就穿工作服，那是有钱人的标志，会被人高看一眼。姑娘不外嫁，外面的姑娘还想千方百计地嫁过来。

因为整天和黑家伙打交道，他们脸色微黑。嘴里不说普通话、不说安阳话，说的是安钢普通话，是普通话里夹杂着东北话的那种话，因为早先他们多数来自东北的大鞍钢。

这就是安钢，我的家园，我的第二故乡。

屈指算来，我已经在这里生活工作了三十多年了，由来时的毛头小伙子变成了毛头小伙子的父亲，由来时的孑然一身到现在的拉家带口。媳妇是我在这里恋爱的，儿子是我在这里生养的。儿子在安钢医院的产房落地，在这里的幼儿园和学校学习，喝着安钢农场的牛奶长大。搬了三次家，一次比一次宽敞。

在厂里上班，我系统参与了安钢近三十年来的发展建设，看着安钢由小变大、由大变强，厂里现在的好多生产线都是世界先进，好多产品都是国际一流。看着那些上天的、入地的家伙都用了我们的钢材，我心里那个骄傲和自豪啊别提有多得意了。

我脑子里时常产生一个念头：毛主席他老人家要是还健在，心里该有多高兴啊！

安钢就六十岁了，六十岁对一个人就意味着进入老年，但对于一个企业应该还处在青壮年时期，你看世界上有那么多百年老字号。相信未来的百年老字号里一定有“安钢”这个招牌。

回想矿山岁月，以幸福的名义

——我在李珍铁矿工作和生活中的点滴小事

姚昭文

我于1971年1月结束了下乡知青生活，被招到安钢李珍铁矿当了一名光荣的矿工。那一年我整20岁。1978年4月，我调离李珍铁矿来到安钢炼铁厂工作，其间共在李珍铁矿干了7年多。我人生中二十多岁的时光几乎都是在矿山度过的。回顾我在矿山的工作和生活，我觉得它固然苦了一些，但在我的一生中是个亮点。它像我在农村的知青生活一样，照亮了我的人生，让我的人生变得特别幸福而有意义。

一

刚到李珍铁矿时，我在矿上新成立的石灰连烧石灰。睡的是麦秸铺就的大铺，也就是上百人睡在一座大大的简易房里。吃饭在老机关食堂。每天的工作就是在临近三采区东边的山上，抡起24磅大锤，将爆破工炸开的大石头砸成较小点的石块，以便装进罐车运到石灰工地烧成石灰。

上班第一天，由于有新鲜感，抡起大锤来特别卖力。到了下午就不行了，胳膊痛得连锤也举不起来，还觉得饿得特别难受。晚饭时竟然吃了4个馍，喝了3碗稀饭。第二天，双手再也举不起来大锤，手腕像断了一样，浑身如同散了架。一双帆布手套，3天就被锤把磨得净是窟窿。

上夜班时，探照灯将工地照得一片雪亮。我们几十个新工人抡着大锤，默默地砸着石头，实在是累得连说话的力气都没有了。记得有个爱好写诗的工友说了一句很诗意的话：我们的无言是夜晚真实的写照，我们的锤声是在替星星唱歌。每次下班回到宿舍，我们累极了，都睡得像死过去一样，连个梦都不做。

曾经有个工友吃不了这苦，通过关系调走了。说实在的，我始终没有

动过调走的念头，而是日复一日、月复一月地砸着石头，我并没有觉得苦。我是这样想的，由在下乡时的一日三餐粗粮，变成了一日三顿细粮，每个月45斤粮食指标。下乡时一年才挣了28块钱，现在每月30多块。挣高工资吃细粮，这生活够幸福的了。我勉励自己，不能当豫剧《朝阳沟》中吃不了苦的王银环，要当甘心在农村干它一百年的栓保。再苦再累，我一定要坚持下去！

二

几个月后，石灰连撤销了，我被调到二采区当爆破工。

有一次接受的任务是炸掉二采区西南方向的一座山头，这在采矿术语上叫剥岩。

掘进工给挖好了炸药室。装炸药的通道是一条不到两尺高的小洞。我们十多个人就一一躺在又潮又湿、伸手不见五指的小洞里，从洞口接过炸药，将它从身边推过，然后用脚蹬至下一个人，最后一个人在炸药室里将一袋袋炸药垛好。记得那次爆破共装了6汽车的炸药。

爆炸时，倒没有什么太大的声响。只觉得脚下一颤，整座山头就不翼而飞了，场面十分壮观。我咧嘴笑了，想想自己还真了不起，竟然和工友们通过辛苦的劳动，把一座高高的山头给炸飞了，棒！

三

1972年初，我调到破运车间当了一名皮带运输工。

皮带运输机是用来运输矿石的。我的任务就是在皮带廊里巡视，监护皮带在运行过程中，防止它跑偏。不然的话，矿石会很快在皮带机旁堆成一座座小山，皮带机就会停下来，严重影响生产进度。皮带廊里粉尘很大，我戴着防毒面具一样的防尘口罩，不停地在皮带廊里来回走动。每当皮带有走偏现象，就急忙调整辊筒，将皮带运行方向调正。

每到下班时，我浑身上下落满了矿粉。摘掉口罩后，脸上除了牙是白的，全是灰蒙蒙的矿粉，让人不由得想起了井下采煤的煤矿工们。当皮带工近一年的时间里，由于我精心操作，没有让皮带跑过一次偏。

还记得这年冬天的一个深夜，我们在火车站西边的山坡上，加班协助维修一条露天的皮带，我的任务就是听从指挥，让拉紧皮带时就用力拉紧。当时天气特别冷，又是在深夜，我和拉皮带的工友们喊着劳动号子，进行紧张的拉皮带的战斗。天下起了鹅毛大雪，很快我们身上都落了厚厚的一层雪花，变成了一个个雪人。

虽然到天明时，我们都累得东倒西歪，疲惫不堪，但终于完成了让皮带复位的任务，保证了生产进度的顺利进行，所以心里还是非常高兴的。

四

1973年，我干上了技术工种的活，做了一名钳工。

我先是在破运车间制作防尘设备，后来到运输车间做修理工，在运矿的大平硐里修罐车和采掘机、焊道岔，什么活都干。

平硐里就是在夏天也很冷，所以平常都生着煤火，班中饭由食堂炊事员给送进洞来。

有一次，我在平硐的最里层焊接被矿石砸坏的溜井钢板，工作地点就是在距地面几十米深的溜井底部。尽管当时是三伏天，温度也只有5摄氏度。溜井壁渗出的水几乎是不停地“哗哗”往下流，一身棉衣很快就湿透了，全身冷得直打颤。

焊接时必须脸朝上，这叫“仰焊”，在焊活中是难度最大的。焊花有时会落在脖子里，烫得我直打哆嗦。但每次焊接我都咬牙坚持着，每一个班我都要用掉两包左右的焊条，较好地完成了焊接任务。

五

我在矿山时，迷上了写作，经常给《安钢》报写稿。

为了能有一个安静的写作环境，我千方百计从矿行政科要到了一间窑洞形房子。我用柴油炉做饭。刚开始时矿上没有菜店，我就采来马齿苋、扫帚苗和灰灰菜等野菜吃。生活虽然很艰苦，但我为能陆续在《安钢》报上发表文章，深感愉快。

其实，我当时最苦的还不是吃饭，而是上下班。

开始时，我在运输车间上班，工地离我住的地方有2里路，上下班还不是太大的难题。不久我调到一采区当维修工，宿舍离工地有十多里远的路程，且都是山路。上班时要翻越三采区西侧的十八盘，然后是穿过二采区北边的羊肠小道。一边是大山，一边是深沟。上白班还好些，上中班（单位领导考虑我在山下住宿，为了照顾我的安全，不让我上夜班）就苦了。

有一次我下中班，深夜12点开始下山回宿舍，当走到二采区西边的羊肠小道时，天不巧下起了雷阵雨。我没有带伞，只好惊慌地往前跑。一不小心，我竟然掉下了左侧的山沟里。幸亏坡度不算太陡，我一直滚到了沟底，身上摔伤了好几处。

我见前面不远处有一间放羊人垒砌的小石头屋，刚巧能蹲在里面。为了避雨，我弯腰钻进小屋。借着闪电，看到外面不时地跑过去一些动物。有一只不知叫何名的动物甚至想钻进小屋躲雨。我大叫一声，把那动物吓跑了。我庆幸当时山沟里只有我一个人。如果再有另外一个人，发现我在黑洞洞的小石屋里猫着，肯定以为我是鬼，会把人家吓坏的。过了一个多小时，雨停了，我钻出小屋，趔趔趄趄地向山下走去。

有的朋友会问我，为什么在深夜的大山里敢一人钻小石屋？其实，我在一采区上班时，大部分时间是钻山洞。这是为什么呢？

由于矿山的夏天天热得够呛，我们是维修工，大部分时间是没活干的。一采区采矿工地东北角有一个山洞，地上铺着玉米秆。没活的时候我们就躺在洞里等活干。洞里当然比外面凉快多了。冬天，外面冷得够呛，山洞里生着煤火，钻进洞里又暖和多了。久而久之，钻洞也就习惯了。所以，在雨夜里钻进大山沟里的小石屋避雨，对我来说，并不是太可怕的事。同时，我们从来没有感到什么苦不苦的，只觉得工作是欢乐而惬意的，生活是美满而幸福的。

六

1976年夏天，我结婚了，爱人在安钢机修厂工作。

安钢离我上班的一采区工地将近有100里。那时我工资只有33元，坐火车和长途汽车认为太奢侈，且时间上也不方便，我就骑着车子来往于安钢和李珍铁矿之间。星期六下午下班后，骑车子回安钢。到星期一凌晨2点就起了床，将手电灯绑在车把上，沿着安李铁道线旁一尺多宽的小路向着李珍铁矿出发。

在去李珍铁矿上班的路上，路窄还不太可怕。可怕的是小路离铁轨太近，小路上洒满铺铁轨的小石子。天是黑漆漆的，一不小心，我就会掉进铁路旁的路沟，摔得鼻青脸肿。

过了水冶车站往西北方向的铁路边，有一片坟地。每次去上班，我都要骑着车子从坟地边经过。不管有没有月光，坟地里总显得阴森森的。

有一次我刚经过坟地，后面驶过来一列拉煤的火车。由于这段路是弯道，火车开得非常慢。当车头从我身边经过时，火车司机大声问我："干什么的？深更半夜的。"我大声回答："去李珍铁矿上班。"司机撂下一句话："这么远的路，骑车子上班，好样的！"司机说完，火车就渐渐驶远了。

七

1977 年冬季的一天，一采区开始整顿劳动纪律。

我冒着严寒，一大早从安钢赶来。我把车子放在山下宿舍后，一溜小跑着来到一采区。

采区党支部书记平志云正准备召开班前会，问我："姚昭文，你这么早就来了，是从安钢来的吗？"我说："当然是啦。"平志云说："这么早，既没火车又没汽车，你咋来的？"我说："我把手电灯绑在自行车车把上，2 点钟就从安钢出发了。"

随后，有几个工人慢腾腾地来到会场。平志云看了看表，批评他们说："你们迟到了十多分钟，劳动纪律观念太差劲了。"有一个工人分辩说："我爱人从老家来了，我们在附近农村租的房子，住得远。"平志云说："再远有安钢远吗？人家姚昭文 2 点钟从安钢骑着车子出发，从山下又跑到山上。不但没迟到，还早到了十多分钟！"那个工人不吭声了。

就这样，我骑车子一大早从安钢来一采区上班，在整顿劳动纪律中，一度传成佳话。

我离开李珍铁矿马上就 40 年了，如今李珍铁矿已转型为安钢冶金炉料公司，但矿山的工作和生活像一个个影视镜头一样，仍然历历在目。我常给女儿讲矿山的故事，讲在矿山吃过的种种苦头。我说你现在工作和生活是多么幸福，住的是新楼房，上班是坐在窗明几净的机房里操作电脑。你若知晓父辈当年砸石头、钻山洞所吃的无数的苦，就会倍感现在工作和生活有多么舒适甜美。伟大革命导师列宁有句名言：以革命的名义想想过去。我们也应该经常想想过去，想想在矿山的工作和生活，就让我以幸福的名义吧！

我骄傲，我是一名安钢工人

杨永杰

每天穿梭于来来往往的人群中，人潮的拥挤仿佛随时都会把我淹没。从家到厂里，从厂里到家，无论是骑车，还是开车。看着这熙熙攘攘的人群，我总会想自己是否太过渺小，也有时偶尔会想起自己儿时的梦想，现在这样忙忙碌碌，是否真的是自己最初期盼的呢？那时，面朝黄土背朝天，烈日炎炎下，我丝毫没有意识到自己的汗水在不断滴下，只是机械般地帮着自己的父母做点自己力所能及的农活儿。我知道自己是在农村，更加清醒地知道，自己要想出去，就必须要付出城里人双倍的努力。所以我一直在努力学习。我想这样也许可以给自己一条出路。然而，命运多舛，在我要高考的那年，父亲要我去城里接替他的工作。纵然心里有万分不舍，不舍我的书本，不舍我的梦想，但身为两个弟弟的哥哥，我别无选择。就这样，还是稚气未脱的我，只身一人来到了安钢，进入了我完全没有接触过的环境。

开始，懵懵懂懂，只知道按照师傅的话，当好自己的学徒。虽然时常会怀念自己未完成的梦想，会偷偷流下几滴思念父母的泪水，但是我只知道这是我的责任，我必须坚强地走下去。所以我像当时求学时那样，认真刻苦地向师傅请教，做好自己的本职工作。一年又一年，从当学徒到可以自己独立工作，最好到成为别人的师傅，这其中的每一步，我都走得踏实有力。如今回忆起自己曾走过的路，不由得深深叹了一口气地幻想，倘若自己没有成为一名工人，我现在又会是在社会的哪一个角落？年过四十，自己在这个城市已待了二十余年，在这个工厂也工作了二十余年。不知不觉中，自己已在这里娶妻生子，建立了自己的朋友圈。我已习惯了在这里的生活。对于自己原来的梦想，似乎是离自己愈来愈远。看着自己的妻子幸福的生活，自己的孩子一天天长大成熟，心中又会生出一份大大的幸福感。这时，再看人潮涌动，即使自己还是那么渺小，我却骄傲自己是一名安钢工人，安钢的工资收入使我得以养活一家老小，安钢火红的企业文化生活使我陶醉其中流连忘返！我骄傲，因为我的放弃学业，可以让我的父母减轻一些负担，让我的弟弟完成他们的学业，有更好的发展。我的奋斗使我赢得一个幸福美满的家庭，为安钢奋进增添了一丝靓丽。

我们都不知道命运会如何安排我们的未来，虽然我们无法逃脱命运对我们的掌控，但是我们却可以按照命运的安排，过不一样的精彩人生。比如我敬佩的张海迪，她也是因为命运的曲折，没有能够实现自己的梦想，只得坐在轮椅上过完自己的一生，但可贵的是，她没有放弃拼搏，使生命焕发出辉煌的色彩！人不能总是患得患失，感叹命运的不公。既然事情已经如此，就应该要坦然接受。然后把它做到最好。

成为一名安钢工人，在生活的每一天中，我都会获得许多人生的经验，在每一次上班时和同事的交谈和每一次执行任务的过程中，这或许是我原本想走的那条路所不能获取的。我应该是骄傲、满足的。往事依稀，我想这是我永久的财富。我会用它来教育我的孩子，告诉她只有坦然接受一切，才可以为自己的有所作为而骄傲。

于是，当我像往常一样穿梭于人群中，随着工友们一起上班下班时，我心中少了份惆怅，多了份欣慰。因为我很骄傲，我是一名安钢工人。

我家三代人的安钢情感

靳梦幻

中秋节前的一个双休日，我和父亲驱车回浚县老家看望爷爷奶奶。我用上班后第一个月的工资，给他们购买了营养品，给喜欢听戏的奶奶买了一个听戏机。那天有点凉，我在外面套上了新发的工装。

不到一个小时的车程，很快就到了老家。曾经是老安钢人的爷爷，看到我穿有安钢标志的工装，已经是84岁高龄的他本来浑浊的眼神，仿佛一下子亮了许多。思绪又回到了在安钢工作的峥嵘岁月。

作为第一代安钢人的爷爷，他参与了安钢多条生产线的建设。李珍铁矿（现在的冶金炉料公司）的第一台球磨机的主电机，是他和工友调试一次启动起来的，并且受到了指挥部的表扬。薄板分厂（“三步走”时已经拆除）轧机加热炉的热工仪表，是他带领几个刚进厂的小青年校验调试完成的。看到轧机轧出光洁合格的薄板，他和几个工友喝酒庆贺。那天晚上几个人都喝多了。没有不良嗜好的爷爷，靠工资收入，给出嫁的大姑姑陪嫁了村里为数不多的蜜蜂牌缝纫机，让姑姑的闺蜜好生羡慕眼馋；给大伯买了上海牌手表，羡慕得他几个好哥们见面相对象都要借走，戴上显摆风光一番。听奶奶说，街里有一个卖钢材的经销点，爷爷吃完饭没事就到那儿闲聊，遇到有人买钢材，爷爷就极力推荐安钢的钢材。爷爷说，安钢是国营大厂，不偷工减料，钢材质量有保证。起初买钢材的人，还以为他是安钢的托儿，但看年龄又不像。这些事情虽然已经过去30多年了，爷爷现在讲起来还意犹未尽滔滔不绝，对安钢的感情溢于言表。

30年前，父亲顶替爷爷到安钢上班。听父亲讲，当年机械化程度低，劳动强度大，单位仅有几辆汽车、吊车。维修一座高炉光立抱杆（一种起重机械）都要一个月的时间，建设一座高炉要一年多的时间。他所在的班组到哪儿去施工，施工所需的工具箱、电焊机、材料全靠用人力拉平车运输——父亲作为刚上班的小青年，这些工作几乎都是他干。那时的工具房是铁皮焊的铁房子，夏天热得受不了，降温设施就是一台风扇，根本起不了多大作用，冬天到处找废木头点火取暖，身体前边烤热了，后边还是凉的。现在的条件好了，劳动强度大为降低，父亲单位百吨以上的吊车就有好几部，效率大为提高，一座高炉四五个月就能建成投产。去哪儿施工都有工具车随行，再也不用拉小平车了。父亲单位建成了砖混结构的带空调的工具房、更衣室。父亲经常感慨地说：那个年代想都不敢想的事，现在实现了，这些变化都得力于安钢的发展，职工也从中受益匪浅。唯有干好本职工作，才是我们的本分。

去年我在大四上学期间，看到别的同学用上了苹果手机，也想买一部。恰巧那段时间有一个亲戚家里有事借走了家里的钱，买手机还差1000多元，固定存折也不想动。上了30多年班的父亲有一定技能，业余时间隔三岔五的有人找他维修机器，能挣一点钱，贴补家用。一个双休日父亲给附近一个单位维修设备，对方给了一部分劳务费。他就把挣的钱给我补齐，买了一部我特别想要的苹果手机。我非常兴奋，说谢谢爸爸。

父亲说：别光感谢我，还要感谢安钢，安钢培养了我，我掌握了技术，才能有到外面挣钱的资本。

父亲说这话是真的。我在大学一个寝室住的5个同学，只有我一个是独生子女，家庭经济条件相对好一点。寝室里我第一个用了上苹果手机和iPad电脑。上大学时，洗澡是刷卡按水的流量收费，我一般每个礼拜要洗四次澡，寝室中经济条件差的同学每个礼拜只洗一次澡。我的学费开学就交齐了，寝室中一个甘肃会宁，就是红军长征三大主力会师地方的一个同学，每个学年的学费要拖到9月底，家里的土豆卖了以后才能交齐。为了交齐学费，她还让她的妹妹到学校周围的兵团摘棉花挣学费。还有一个吉林的同学，家里离学校5000多公里，大学四年几乎没坐过卧铺。和她们相比我感觉好幸福，有一种优越感。我不用为学费发愁，大学期间回家不是卧铺就是坐飞机，没坐过一次硬座。

2010年家里买了一台波罗家庭轿车，以前不可能的事情现在实现了。我深知这些优越的条件都源于安钢，企业领导人制定出英明措施，在任何情况下都不让工人下岗，不拖欠工人工资，才让父母有一份稳定的收入，支撑我完成了学业。

安钢无论效益好差，他在我心中都是那么富有人情味儿。现在安钢生产经营遇到了困难，亏损的阴霾令每个安钢人忧心如焚。皮之不存毛将焉附？安钢是我们赖以生计的基础，寄托了我家三代安钢人的希翼和梦想，更为我们创造了实现人生价值的平台。我虽说初到安钢参加工作，决心脚踏实地地干出一个名堂。我知道，一个人的力量可能是杯水车薪，微不足道，但是三万安钢人杯水的孱弱之水汇集起来，就是坚不可摧的磅礴之力；三万安钢人车薪燃起的冲天火光，就能照亮整个十里钢城的夜空；三万安钢人锲而不舍的努力，一定能使安钢重振雄风，见到华丽转身的绚丽彩虹！

我的制氧情结

何凤杰

悠然间，制氧厂已经走过了不平凡的15年，抚今追昔，勾起了我对制氧的许多回忆。

1996年3月26日，春意渐浓、乍暖还寒的日子，因为准备1#14000制氧机投产，我和几位工友被厂里派往安徽马鞍山钢铁公司氧气厂培训。当天下午，我们下班回到宿舍，家里打来电话说："制氧厂今天成立了！"听到这个消息，我们几个人忽然有了一种别样的感觉：好像是一群人在暗夜里摸索着匍匐前进，头顶上突然射进了灿烂阳光的惊诧。

我们既兴奋又遗憾，晚上从食堂整了几个小菜，大家围坐在宿舍狭小的空间，共同举杯，遥祝制氧盛事，畅谈心中喜悦，相约一醉方休。4月5日我们接受完培训返厂后，就看到同事们仍然沉浸在欢乐兴奋之中，全厂一派百事待兴、群情振奋的景象。我们马上投入到1#14000制氧机紧张的设备安装、调试和开车的工作当中。开车过程中，我们经历了难忘的十八个日日夜夜，解决了无数的难题，确保了当时制氧厂生产能力最大、工艺技术最先进的14000机组顺利开车送氧，为缓解当时集团公司供氧"瓶颈"压力起到了关键作用，也为制氧建厂送上了一份珍贵的厚礼。

"3月26日"的影响仍在继续。在建厂一周年的26日当天，我被调整工作岗位，来到了机关。也许这是偶然，但却在我内心对这一天有了更深刻的记忆。尽管工作岗位变动了，但我也知道责任和压力会更重。这一天会成为一个崭新的开始；每一个这一天，也都会成为所有制氧人为之奋斗的崭新的开端。如此记忆深刻的日子，甚至我把去年装修房子开工的日子也定在了这一天。

15年，按年龄来论，也才刚15岁，刚步入青春期，正是活力四射，充满憧憬与梦想的年龄。但这15年，对于一个企业、一个集体来说，却经历了来来往往、许许多多的人和事，甚至再往上溯，从制氧站、制氧车间算起，我们依然可以记起于清本、马吉章、魏少华、张维华等等老领导，也依然可以记起邓怀先、张效文、宋书生、孙儒钦等老前辈。铁打的营盘流水的兵。我想如果有一天要编一本《制氧厂志》的话，每一个曾经工作在制氧的人，都应该被记录在内，不让历史随风飘去，或随着记忆的遗忘而消失。因为，于历史之中，我们看到：在深夜奔赴生产检修现场的人群中有你的身影，在砸冰块扛珠光砂的场景中有你的模样，在论证技术参数与外商谈判的争论中有你的脸庞，在调整工艺倒换容器的工作中有你的身姿，在编写材料凝思苦想的伏案中有你的笑容……一组组镜头，一幅幅画面，是记忆，是印象，是铭刻，是标记，它们从不同方向汇聚、浓缩、清晰、放大，充实了我们制氧15年的历史。

15年，是一段不可复制的历史。正如每天清晨，在做操之前，我都要习惯性地看一眼右上方印有“安钢制氧”的空分塔，它每天或迎朝霞，或披余辉，或穿薄雾，或抗风雨，都是不可复制的，都是全新的。也正如空分塔和主厂房的区别，一方是机器轰鸣、响声雷动，像似一个充满激情、积累了无穷力量的壮士随时准备挺身而起、阔步向前一样。另一方却是高高耸立、沉稳静默，像似一个伟岸挺拔、把激情和力量都压缩在内的稳重干练的美男子。是的，这也是不可复制的。

但是，不可复制，却可以传承、延续。有了传承和延续，制氧的每一天就都会是全新的！

我爱你，1780

邵菊花

1780，在这里不是一组简单的数字，这是安钢最先进的一条轧钢生产线。每当有人问我在哪儿上班时，我总是自豪地说：1780。

由于工作需要，我每天都要去生产现场，从1780加热炉装钢到钢卷出库。你的每一个角落都有我的足迹，你庞大的身躯的每一处都有我的影子，每一根血脉都和我相连。七年前的今天，由于安钢“三步走”发展的需要，我被分流来到了二炼轧。到车间我就认识了你，你微笑着向我招招手。那时，

我刚接触你，你对我来说是多么的陌生、多么的好奇，又多么的亲切。为了尽快熟悉你，我身上装着一个小本子随时随地做记录，每天不断补充新内容。

你可曾知道，这对于一个年近四十的中年女性来说，不了解你却要在极短的时间内记下你，并且熟悉你，是多么的不容易啊！七年来，1780生产线上一个又一个感人的事迹感染着我，使我看到安钢生产建设中职工的平凡而伟大之处：我看到了舍小家、顾大家忘我工作的女工程师史民清，她在女儿面临高考的关键时刻，为了生产调试，把女儿交代给老人，自己生病也不休息，依然每天早来晚走、穿梭在生产现场；在技术组组长、多次荣获厂高薪人才、有多项国家专利的李忠理身上，我看到了1780的技术人员勇于改革创新、拼搏进取的精神；从获得公司“金点子”大赛一等奖的年轻的大学生杜涛身上，我看到了新一代知识分子立足岗位、勇于奉献的新形象。可以自豪地说，1780生产线从投产至今，每个职工都在努力按照公司、厂部的产品定位目标，以实现不锈钢、高强度钢、汽车系列用钢生产为主，重点开发厚度≤2mm的极限规格，一手抓品种开发，一手抓工艺质量稳定，努力创建拳头产品，努力打造蓬勃向上的“和谐群体”，不断提升品牌创效能力，他们那种忘我的工作精神一直在激励鼓舞着我。

真的，在1780工作的每个日日夜夜，我都感受到了你的压力与挑战，看到了你的希望与未来。你的形象在我的脑海中渐渐清晰起来，你的魅力在我心目中越来越强大。在我的内心深处，有一种强烈的冲动在怂恿我大声地向你表白：我爱你——1780！

我爱安钢这个家

张凤瑞

安钢是一个有着半个多世纪辉煌历史的国有企业。多少年来，几代安钢人以不屈不挠的精神，从无到有，从小到大，建成了今天这样一个环境优美、资产优质、结构优化、产品优良的大型钢铁联合企业。正像诗人王怀让在他的诗作《安钢：中原崛起的钢铁脊梁》中描绘的：“他的庞然，他的巍然，他的坚强，他的力量，让人震撼。”难怪不少退休职工每每俯瞰这座钢城新貌时，总禁不住回想起当年那烟尘弥漫、人拉肩扛的激情燃烧的岁月，一番感慨，一番骄傲。为自己是一名安钢人而欣喜，为自己曾在这片热土上拼搏过、奋斗过而自豪。

然而，席卷全球的金融风暴也无情蹂躏着安钢，产能过剩和出口萎靡简直让这个原本幸福的大家庭难以为继，直逼到生死存亡的边缘。

恶劣环境深深地刺痛了安钢人的神经。它在大声疾呼：是擦亮眼睛认清形势的时候了，是惊心动魄为之一振的时候了。“起来，不愿做奴隶的人们，把我们的血肉筑成我们新的长城……”为了我们共同的家园，为了安钢的复兴，为了维系着3万名职工和十万名家属的企业，我们每个人，从各级领导干部到生产一线的职工，甚至每一位退休职工，都应该拍拍自己的良心，由衷地问一句：我为安钢的生存尽心了吗？当前，党中央在一步一个脚印地开展党的群众路线教育实践活动，不少党的领导干部在活动中照镜子，正衣冠，洗了澡，治了病，这恐怕是多少年没遇到的震撼心灵的教育了。当然，也不乏一些大名鼎鼎的高官在这场教育中翻身落马，沦为阶下囚。这是关系党的生死存亡的伟大教育运动。其实，面临安钢当前的形势，每一位职工，不管是干部是工人，是领导是群众，如果你对安钢负责，对安钢有割舍不断的感情，你就要自觉地借这次教育活动的东风，主动地把自己摆进去，检查一下自己是不是一个堂堂正正的安钢人，理直气壮的安钢人。检查一下你对安钢的改革，对自己的岗位，是殚精竭虑为改革、为岗位创效增加正能量，还是上有政策下有对策，抑或是敷衍了事，当一天和尚撞一天钟？认认真真地回答这些问题，恐怕有些人会汗颜，会脸红，会羞愧难当，这就是进步的开始，也是安钢的希望所在。

拼搏在各个岗位，为打赢安钢生存保卫战而奋斗的工友们，怨天尤人不是安钢人的习惯，囿于困难更不是安钢人的传统，需要的是振奋精神，树立信心，把振兴安钢纳入中华民族伟大复兴的中国梦。要知道，你的岗位还有很多潜力可挖，还有很多“金子”可挖。不要说我是个普通工人，你的岗位是安钢这个大链条中重要的一环，有着一两拨千斤的重要地位；干部特别是领导干部更是举足轻重。你的每一句话，每一项举措都直接和安钢的效益挂钩。最近习总书记重新强调向焦裕禄同志学习，学习他以工作为重，以群众利益为重，这是每一位领导干部的看家本领。

“乘风破浪会有时，直挂云帆济沧海”。只要我们每一位安钢职工绷紧安钢生存这根弦，心往一处想，劲往一处使，发扬习近平总书记提出的“踏石有印，抓铁有痕”的精神，一个生机勃勃、兴旺发达的安钢指日可待！

为平凡的人喝彩

刘心忻

翻阅《思维与智慧》，2012年有一期题为《淡看喝彩》的文章，深深启发了我。我想到了安钢的劳动者们，他们平凡，他们普通，他们可敬。我要为他们喝彩。

在十里钢城，有一大批默默地劳作而不求闻达的安钢人，他们可爱而又平凡，无声无息地忙碌在各自的岗位上。人们看不到他们的正面亮相，看到的是他们不倦忙碌的身影。

记得在一次推选劳模的工作会上，当时的集团公司工会主席安志平曾说过这样的话。他说：咱们安钢的职工是老黄牛，只是兢兢业业、默默无闻地奉献在自己的岗位上，从来就不会去宣扬自己。那么我们要弘扬劳模精神，就是要大力宣传他们，把他们的事迹宣扬出去，让广大职工学习，让全社会的人学习。

这其实就是对安钢平凡人们的喝彩！孔子说过，芝兰生于森林，不以无人知晓而不芳。在寂无声息中创造出非凡业绩者，不因为没有人喝彩、鼓励而自弃。这是一种健康的人格精神。安钢自1958年建厂以来，一代又一代工作在不同岗位上的普通工人用“拼搏进取、敬业奉献”铸就了“安钢精神”。安钢创建初期，也是艰苦创业的开始。生存环境艰苦，劳动条件恶劣；机械化程度低，劳动强度大，但安钢的建设者们以饱满的激情，冲天的干劲儿，手拉肩扛，以坚强的意志战胜了一个个困难，炼出了支援国家建设的第一批钢材。当重担挑上肩头的时候，当责任重于泰山的时候，安钢人以大无畏的精神，克服困难，勇于挑战，站在时代浪潮的前沿，大胆创新，科学管理，以超常的速度和胆略使安钢驶入高速发展的快车道。

眼前的安钢，高楼大厦鳞次栉比，巍峨耸立，布局井然有序；道路笔直宽阔，绿树、鲜花环绕；厂房宽敞明亮，场地干净整洁，机器设备先进，运行安全平稳，过去的噪音、浓烟不见了踪影。透过这些，我仿佛看到了那一张张朴实、憨厚的劳动者的面孔，一双双粗糙有力的大手，一个个默默忙碌的身影……《淡看喝彩》中说：其实，这样的人，并非注定要默默地生活，也许是因为某种关系，而一直工作在这样的岗位上。是的，安钢这些平凡的普通人，也许是被时运安排在了一个不恰当的位置上，尽管远离喝彩，但是他们记住了——那同样是一个光荣的位置。淡看众人的关注，习惯过普通的生活，脚踏实地，用俭朴的方式维护自己纯净的空间，让那些尘嚣、那些与自己无关的杂碎不再困扰自身，是一种安静的快乐。安钢职工就是这样的一群人，平凡而伟大。

平凡的人，在平凡的岗位上，虽然做不出惊天动地的伟业，但可以做出不平凡的业绩。

我们的社会需要不平凡的科学家、政治家、文学家，也需要平凡的服务员、售货员、炊事员。试想，如果一座大厦只有建筑设计没有工人施工，能建起来吗？如果没有清洁、服务、商业等工作者平凡的劳动，社会将变成什么样子呢？建设富强、民主、文明、和谐的社会主义现代化国家，要靠我们做好每一项平凡、细小的工作来实现。

平凡不易。它就像潺潺溪流，不论在山间、深谷或平原，它的节奏总是不紧不慢，流动如歌；它克服了浮躁、莽撞和激愤。进入平凡，就应不动声色地规范你的行为与操守，并设法把你的人生和命运协调起来。你或许荣耀过、辉煌过，或许屈辱过、失败过。但当平凡悄然来到你的生活中时，当你默认这一切时，你会重新学会坦然面对一生，并深深体会到它那悠长的意味。

平凡的人，做不了“明星”，就先做一盏明亮的灯；平凡的人，做不了伟人，就先做一个好人。

做一个平凡的人，干平凡的事，过平淡的日子，享受平静的生活，达到平安的目的，这是一种平凡的追求，也是一种难得的境界。他们虽然平凡，但绝不甘于平庸；他们虽然渺小，但绝不屈于卑微；他们虽然累弯了腰，但决不低下高贵的头。他们靠自己的努力，在改变着自己的命运，也在改变着这个世界。他们创造着历史，创造着未来，创造着美好的生活。

安钢的劳动者们，勤勤恳恳，任劳任怨，遵章守纪，努力工作，非常平凡，

非常普通。可就是在这些普通劳动者的身上，不论环境顺利通畅或是艰辛坎坷，我都强烈地感受到一种敬业奉献的追求精神——那么顽强，那么执着。企业的稳定、发展、壮大，归根结底是要靠这些人铺石筑路，他们这些平凡人才是安钢真正的中流砥柱。

“为什么我的眼里常含泪水？因为我对这土地爱得深沉……”著名诗人艾青这饱含深情的诗句，在此处正是对几代平凡的安钢人在艰苦创业中，始终团结奋斗锐意进取的最好诠释。是啊，他们爱这片热土，爱得那么深切，他们在困境中拼搏，又是那么执着！想到此，我的心头涌动着热情的潮水，我的眼里充盈着真诚的泪水，禁不住为这些平凡、普通而又可敬的人喝彩！

在学习雷锋的日子里

若　水

1963年3月2日，《中国青年》杂志率先刊登了毛泽东同志“向雷锋同志学习”的题词，3月5日，《人民日报》《解放军报》《光明日报》《中国青年报》等各大报纸都刊登了毛泽东同志题词手迹，第二天，《解放军报》又首次刊登了刘少奇、周恩来、朱德、邓小平等老一辈革命家关于向雷锋同志学习的题词手迹，号召全国人民学习雷锋的共产主义精神品质。之后，每年的3月5日成为学雷锋纪念日。可以说，五十年来，不管政治风云如何变幻，雷锋精神却经久不衰。从我记事以来，雷锋作为中国人民解放军的一名普通士兵以“把有限的生命投入到无限的为人民服务之中”的光辉实践成为全国人民学习的榜样。

八十年代，我们是唱着“学习雷锋好榜样”的歌曲走出校门，走进工厂的。那时，人人都以帮助别人为最大的荣光。雷锋，一个响亮的名字；雷锋，一个激发人为他人服务、为他人奉献爱心的社会群体。

《雷锋》这部电影我不止一次地看过，现在还珍藏着《雷锋》电影的光盘。记得上初中时，为了看这部电影，曾跋山涉水十余里跑到河湾，回来后已是下半夜了；《雷锋的故事》《雷锋日记》不知道看过多少遍，自觉地去学习雷锋的公而忘私、艰苦奋斗、爱憎分明、助人为乐的精神，是我们的选择。

八十年代后期，我有幸当选为原料车间团支部书记，那时觉得真是无上的荣光，因为身边聚集着众多的进步的热血青年和热心学习雷锋的仁人志士。那时，也许是单纯，也许是由于单身，工作之余，一心一意想的就是如何想方设法为职工服务、为社会服务，多做有益于他人的事。我们以“学雷锋为您服务”为载体，把一大批思想好、觉悟高，同时又会理发、修车、修电器、修手表、配钥匙、缝纫等能工巧匠凝聚在团支部周围。我们会通过大型的“为您服务”活动，利用业余时间在车间、分厂、单身楼、生活区、市区为职工、为社会服务。

那时的学雷锋活动主要表现在两个方面，一是围绕生产建设，开展义务劳动和生产突击，完成一些急难险重任务，比如清理机车道线、清理炉下积渣、突击制作炼钢用纸帽等。记得有一年大年三十，炼钢用纸帽库存已不多，我们团支部得知后，立即组织下白班的团员青年突击赶制纸帽，大家不顾白天工作的辛劳，有说有笑，三人一组，有的裁纸、有的订做、有的摆放，到晚上十点多钟，突击制作了上万个纸帽，确保了春节期间的炼钢需要。另外一个形式就是想方设法为职工服务，我们会用零星的钱买来针线、纽扣、钥匙坯、擦车油等材料，为职工义务修车、理发、缝补工作服、钉纽扣、配钥匙、修手表、修理小型电器等，深受职工群众的喜爱。为职工服务也是我们团支部的传统项目，几乎每周开展一次。为了支持我们开展学雷锋活动，车间还拨出专款为团支部购买了理发工具、修理工具、缝纫机等，并授予团支部一面“学雷锋精神 做四有青年”的锦旗。通过评比优秀团员、优秀青工、学雷锋积极分子和开展学雷锋演讲比赛，鼓励、吸引更多的人参加学雷锋精神活动。高平田曾是原料车间团支部副书记、学雷锋积极分子，他除了经常参加“为您服务”活动外，还发挥自己心灵手巧的特长，坚持为职工义务理发，每天班后，只要有人找他理发，他都会认真仔细地为职工服务好，并且从无怨言。他还自己买来头油，理完发后，还为职工涂上头油，刚修理过的头发顿时充满光泽，理发人立即精神了许多。高平田以服务热情、技术精湛、细心周到深受职工好评。多少年过去了，高平田为职工义务理发的身影和风趣的谈笑声还常常萦绕在我的脑海里。

我们车间有一位即将退休的女工遭遇车祸被截去了双腿，给她的生活、行动带来了极大的不便。那时，她还住平房，有一个小院，地面坑洼不平，

坐在轮椅上行动不便，厂里得知这个情况后，告知给了车间，团支部主动请缨。当时的厂领导大力支持，派车拉去了沙子、石子、水泥，并派去了两个大工，我们几个团员青年利用下夜班的时间，将原先不平的水泥地面打碎、铲除，搅拌泥沙，铺上石子、水泥，干了整整两个上午，将小院的地面铺好。为此，我们受到了厂部的嘉奖，在职代会上，给予了我们团支部50元的奖励。

另外，在麦收季节，我们组织团员青年给家住附近农村的职工割麦子，这是一项非常辛苦的工作，头顶烈日，弯着腰地干上一整天，回来后，胳膊都会被麦芒刺扎成无数的红斑点，腰还会疼上很多日，尽管如此，没有一个人说苦喊累，都把帮助别人当成自己的幸福。

我们坚持学雷锋的事迹，受到了公司团委、团市委的充分肯定，1989年，安阳市设立了首届“雷锋精神奖”，在五四青年节前夕，对学雷锋先进集体进行大张旗鼓的表彰。当时，安阳市五县四区共表彰了十个荣获“雷锋精神奖”的先进集体，我所在原料团支部是安钢唯一获得此项殊荣的先进集体。当我站在高高的领奖台上时，当我从市领导手中接过首届“雷锋精神奖”的奖牌时，心中充满了无比的激动和自豪。在心里默默表示，我们会在学雷锋的道路上坚定地走下去。颁奖结束后，我乘公交车回安钢，怀抱着那块金光闪闪的奖牌，受到了乘客无比尊敬和赞许的目光，是对我们学雷锋精神的最大褒奖。

32岁，我由于超龄离开了我无比热爱的共青团组织，我可以自豪地说，我在共青团的旗帜下，奋斗了十六个春秋，我把最美好的青春年华献给了共青团组织和我们最壮丽的钢铁事业。虽然离开了共青团组织，但我并没有离开学习雷锋的道路。雷锋依然是我工作中学习的榜样，雷锋全心全意为人民服务、无私奉献的精神；敢当革命的“螺丝钉”，干一行、爱一行的爱岗敬业精神；刻苦学习、钻研理论的“钉子”精神；勤俭节约、艰苦奋斗的拼搏精神依然在引导着我。

雷锋精神会一直激励着我。我深信，只要人人都献出一点爱，世界就会变成美好的人间。我相信，雷锋精神会成为“美丽中国”的重要组成部分。

矿山之恋

若 水

今年，是安钢的东冶铁矿闭矿十五周年。那个曾经充满活力的矿山虽然已离我们远去，可总是出现在我的梦里。

1997年底，东冶铁矿的矿石开采殆尽，由高峰时期一个采区日产万吨，降低到后来的全矿全年采矿仅三万吨，其中还包括回收大量民采矿。之后，矿山完成了为安钢提供矿石的历史使命，走向了没落和解体。

1986年以后，矿山处于开采末期，产量逐年下降，到1995年4月，主体矿产资源已经采完，采矿作业终止。1997年5月，停止了对民采矿的回收。1997年11月17日，河南省矿产储量委员会正式批准矿山《闭矿地质报告》。矿山解体后，父母也离开了矿山。空暇时间里，我会经常想起矿山，想起那个曾经给予了我无限美好的山沟沟，想起春天的野花、夏天的山果、秋天的红叶、冬天的飘雪，以及那山谷的风、洁净的天空、隆隆的炮声和西行列车上的歌声。

于是，我总是抑制不住的思念，经常回去看看，去和矿山进行亲密接触和默默交流。

矿山闭矿后，人们各奔东西、纷纷离去，我曾经的家，整排的平房开始显得荒凉，没有了人气，到处都空荡荡的。这排平房的第四个门，就是我的家。我参加工作后，一直和父母生活在这里，一天三餐会准时回来吃饭。我的童年就是从这里开始的，院前依稀可听我们童年的笑声、在院子里相互追逐的欢闹声；冬天，围着红红的炉子，听父亲说古道今、讲那过去的事情；母亲会就着昏暗的灯光，踏着缝纫机，给我们缝做衣服；在那穿衣需要布票的困难时期，母亲还会借来纺花车，在静静的夜晚，坐在纺车前，哼着小曲，纺着棉花，然后织成棉布，补贴家用。微弱的灯光，把母亲的剪影贴上墙壁，留下动人优美的图画；下雪时，我们会在院子里堆雪人、打雪仗。一切都觉得非常的和谐、温馨。我们家的居室是两间半，最里边的半间屋子，曾经架着个小床，上面睡着童年的我；还有一张书桌，是我学习的地方，很多的古诗、贤文、名段熟记于心，都是那时候学习的结果；还有一个用砖头垒砌的煤火炉，炉面上是一层光滑的水泥。寒假里，我们会坐在煤火台上读书。

再次去矿山，我看到，整排房子没有了门窗，门前长满了半人高的荒草，是真的凄凉。矿山兴旺时，夏天的傍晚，家人和邻居会坐在院子里聊天乘凉，母亲会边乘凉边纳鞋底，为淘气的我们做鞋子；年节来临，父亲就会在院子里架上一口大锅，在锅里煮上大块肉和猪头、猪蹄之类的，锅下是红红的火苗，锅口是热浪滚滚，整个家属院都会飘荡着诱人的肉香。站在院子里，再次回想起父亲当年的荣光。我还记得，上小学时，矿上政工部门敲锣打鼓地把两大张红红的贺信送到家，弘扬父亲带病坚持工作的敬业奉献精神，称父亲是焦裕禄式的好干部，号召全矿职工向他学习。那时父亲以矿为家，经常吃住在工地，累得口吐鲜血，也顾不上去医院。他们那辈人就是这样不讲报酬、无私无怨无悔地为社会奉献着。矿山解体后，父母一无所有，仅留下了一枚原冶金工业部颁发的“冶金矿山工作三十年纪念章”和母亲的一张类似奖状的“光荣退休”证。

第三次去矿山，房顶已经坍塌了。窗台上蒙上了厚厚的灰尘。以前，这个窗台上曾经布满了花瓶，一到春天，我们会到山坡上采来挂满花蕾的桃花、杏花，将整个春天的景色移入室内；秋天，山花烂漫，我们会将花瓶换成白色的、粉色的、黄色的、雪青色山菊花；秋天的夜晚，我们会抓来萤火虫，装到瓶子里玩耍。穿过两间大屋，进入属于我的半间住房，这里曾经是我的“暗室”，上小学四五年级时，我已经迷上了照相和冲胶卷、洗照片，童年中的很多美好都来自这间小小的陋室。我至今还保持着照相的爱好，只是在数码时代，再也不用简易的曝光箱了。那时，因为无知，无所顾忌，两片玻璃，把底片、相纸夹在一起，拉一下开关，就完成了曝光，将曝光后的相纸投入显影液中，一张能给人带来笑声的照片就诞生了。没有上光机，为了得到光泽，就把相片贴到玻璃上，等干了再揭下来，相当一部分照片都被揭坏了，可过程依然美好。带着我童年烙印和美好回忆的那些东西，虽然几经搬家我也没舍得抛掉，上光机、放大机、显影罐、显影盘、尺板等等，我还仔细地保留着。

最后一次去矿山，我心底已经释然了。附近村民已经将原有的平房全部拆除，盖起了二层高的小洋楼，就像度假村别墅的那种。看到我们的平房荡然无存，再也找不到当年的痕迹。可我清晰地记得，紧挨着我家平房的是矿山的大礼堂，当年全矿职工大会、重要的文艺演出都是在这里举行的。“文革”期间，部队文工团常到这里演出京剧样板戏《红灯记》《沙家浜》等等，本矿宣传队也曾在这里演出《红灯记》《红嫂》《李双双》等剧目。每当演出时，人们潮水一般，非常拥挤，有时还会与当地的村民发生激烈的冲突。

大礼堂内的歌唱声、锣鼓声，给我留下了难忘的印象。后来，矿山发生水灾，大礼堂成了我家的避难场所。那时我已调离矿山，在为矿山捐款后，我回来抗洪救灾，晚上就住在可容纳千人的大礼堂里。

往北走是机修大院。我参加工作后，就是在这里接受的基础教育，安全、法律、形势任务、劳动纪律、矿史等。我还清楚地记得，上班第一天，单位还给每个新工人配发了两个碗、一双筷子。在矿山工作的几年间，在采区计过量、采过矿，搞过检验取过样，向老师傅们学会了很多书本上学不到的知识。1984 年，我曾在手工采矿组工作过半年，由于年轻，也曾经不踏踏实实的工作过。当时是一级工，基本工资 30 元多一点，没有一分钱的奖金，矿山对我们作业组实行的是计件工资，除去材料成本，多干多得。一个组十余人，组长姓郭，是个很不错的小伙子，后来他从二炼调到了濮阳后就再也没有见过，我还经常想起他。

当时，每人每班完成五车（平车）的基本任务后，再干就是自己的收入，每多采一车，就可多得五毛钱。后来，我当了组长，带领大家大干快上，勇夺高产，每天避开中午最热的时间，早上四点钟来到工地干活，下午四点再干到天黑，产量成了三个组中的第一，一个月居然领到了 90 多元的高收入，这在 80 年代中期，可是不小的财富啊。现在的采区、我曾经工作过的地方，只留下裸露的岩石和寂静的沟壑，让人觉得荒凉、心酸。

前边是铁矿子弟学校，教室、办公室现在已经住上了村民。站在校园中间，耳边仿佛传来了朗朗的读书声，眼前再现儿时充满热情、单纯、幼稚、认真和红扑扑的脸膛。在这条件简陋的学校里，我接受了启蒙教育，成为红小兵、三好学生，并光荣地加入了中国共青团。记得入团时，我激动了好些天，因为，我是我们班里第一批入团的而且是唯一的男性公民。当时填表的五个同学中，只有三个被机关团支部批准，想想能不激动吗？还记得，暑假里，父亲让我们去开荒种地。父亲说，能否收获蔬菜并不重要，重要的是让你们体会劳作的过程，站在烈日下体味“谁知盘中餐，粒粒皆辛苦”的感觉。

再往北走，就是我参加工作后居住的四层高的单身宿舍楼。当时我是在

三楼独居一室，颇有些优越感，只是位置是阴面，冬天很冷。在一个寒冷的晚上，我坐在寒室里的桌子前，打开台灯，写些东西。在写的过程，只听见“咔啪，咔啪”轻微的响声，一些白白的细片落入案前，仔细一看，原来是窗台上的白色茶缸里的水已经冻成了冰坨子，热胀冷缩的原理，冰把茶缸弄得变了形，白色的烤瓷片纷纷脱落。那时从来也没有觉得特别的冷，也许是年轻吧，也许是适应了。我的众多的幼稚的诗歌、散文、杂记都是那时的产物。

这天，我和当地的村民聊天。那是一个五十出头的汉子，言谈中他充满了对矿山的怀念和留恋。他低下头动情地说，还是矿山在的时候好啊，那时真的没有觉得矿山的存在有多好，只觉得，那么多的工人、盖那么多的房子，占据了我们的多少的土地和资源，偶尔还有来自大城市的工人摘取了我们的水果，我们就会和矿里闹事、发生纠纷，甚至武斗。矿山解体后，工人家属纷纷离开了矿山，我们才觉得矿山职工家属在的时候，那是多么的红火啊，整个山谷里充满了人气，到处充满了生机。

这位汉子回忆说：那时，到车站乘火车，有矿上的班车接送；每周还能看一两次电影，矿上还有广播站、电影队、文艺演出、球类比赛，省市的豫剧团也会常来慰问演出；因为有矿山，还有银行、邮局、商店。

现在，矿山走了，这些部门也都撤了。吃水用电也变得困难起来，矿山在时，有机井，一合电闸，就有自来水；矿山走了，机井也停了，一年两万多的电费，没人交啊。还有，守着矿山医院，看病也方便。现在，要看病，还要跑上十几里路到乡镇卫生院，医疗条件也没有矿山的好啊。矿山在的时候，晚上灯火辉煌，敞亮得很，现在一到晚上，到处黑灯瞎火的，显得很苍凉、很冷清啊。可以看出，这个汉子真是对矿山的无比怀念啊。

时过境迁，一晃十几年过去了，矿山在我心里依然矗立着。因为那里有我幸福的童年和美丽的梦，留给了我的太多的东西值得一生去体味、去感恩。

人，总要有一点精神

若 水

在钢铁行业步入真正的“严冬”、主营业务全面亏损、粗钢产量出现负增长、资金链难以维继、生产经营举步维艰的今天，尤其是在重重困难面前、在企业“失血”严重、进入你死我活残酷淘汰的关头，我的耳边常常萦绕着一位哲人说过的一句话：“人，总是要有一点精神的。”是的，无论何时何地，也不论在顺境逆境，人，总是要有一点精神的。小到一个人，大到一个企业，都是要有一点精神的。

在很大程度上，人都是靠一种精神活着，靠伟大的精神力量去战胜无法想象的艰难困苦。

红军时期，红军指战员在极其艰苦的战争年代，他们胸怀理想、坚定信念，在大革命失败后，靠的是对中国革命光明前途的坚定信念和不懈追求。他们吃着野菜、围着篝火、唱着战歌，畅谈理想未来和一定会到来的美好生活。正是有了这种崇高的理想信念和乐观的革命主义精神，才会产生战胜困难、战胜敌人的精神力量，在战场上冲锋陷阵、英勇杀敌，在敌人的屠刀下慷慨就义、视死如归，在艰难困苦的环境中精神饱满、斗志昂扬。在长征途中红军将士表现出的对革命理想和事业无比的忠诚、坚定的信念，表现出的不怕牺牲、敢于胜利的乐观主义精神，表现出的顾全大局、严守纪律、团结一致的高尚品德，这些构成了伟大的长征精神——不怕牺牲、前赴后续的精神，勇往直前、坚韧不拔的精神，众志成城、团结拼搏的精神，百折不挠、克难攻坚的精神。

还有人们熟知的延安精神——自力更生、艰苦奋斗的创业精神；理论联系实际、不断开拓创新的精神。

正是依靠着井冈山精神、长征精神、延安精神，才有了新中国的诞生。

说到精神，安钢精神在安钢成长、发展的过程中，发挥了她不可替代的导向、聚集、激励、约束、塑造和辐射功能，为安钢的发展奠定了坚实的文化基础。半个多世纪以来，我们安钢人在不足4.5平方公里的热土上，把一

个设计能力仅有10万吨的小型钢铁厂，发展成为一个千万吨级规模的现代化钢铁企业，靠的就是领导团队的超前决策，靠的就是一大批优秀党员、英模人物的带头拼搏和全体职工默默无闻的忘我奉献，靠的就是别人无法复制和模仿的自力更生、艰苦奋斗、爱厂如家、敢为人先、“拼搏进取、敬业奉献”的“安钢精神”。安钢人用“解放思想、科学发展、改革开放、勇争一流、艰苦奋斗、以人为本”的生动实践谱写了“安钢经验”，创造了“安钢速度”，跻身于全国特大钢企之列，一举成为河南省工业企业的排头兵和河南工业战线的一面旗帜。

安钢的创业史、奋斗史、发展史可歌可泣、可圈可点；安钢的跨越之路、发展经验，弥足珍贵。那就是在危机面前，在困难面前，在逆境面前，或者在失败、挫折面前，在险象环生、布满荆棘、充满坎坷的前进道路上，几代安钢人总是站直了腰杆，挺起了钢铁脊梁，精神饱满、斗志昂扬、不屈不挠、敢打敢拼、义不容辞的冲锋在前——靠着对安钢深切浓厚的情感、对安钢明天无比坚定的信念和对安钢美好未来的憧憬、对安钢发展的责任担当……目前，在整个钢铁行业寒风肆虐、冰雪遍地，主营业务全面凋零的大环境下，安钢也处于严重的“失血”状态，我们又一次的处在了生死存亡的紧要关头。安钢人被迫发出了“为生存而战！为尊严而战！为保卫家园而战”的吼声。

“止血倒逼保生存”动员会已召开、动员令已下达、目标任务已明确、冲锋的号角已吹响，进军的战鼓震耳欲聋，三万名铁军已咬紧牙关，正鼓足了力量，拼出自己全部的精力，开始了冒着市场纷飞的炮火勇猛前进。这是为保卫我们的基本生活，保卫我们的家园，保卫我们自己的利益而进行的一场没有硝烟的生死攸关的殊死搏斗。胜则赢得发展机遇；败则失去饭碗。为了自己的父母、为了自己的儿女、也为了我们自己，我们每一个安钢人没有理由不横下一条心，全力以赴、不遗余力地去浴血奋斗、血战到底，为我们的生存杀出一条血路！在这场事关安钢生死存亡、事关职工命运、事关家庭幸福的攻坚战中，有着自力更生、艰苦奋斗、难而不惧、顽强拼搏优良传统的安钢人，不会被困难吓倒，也不会在危险面前退缩。英勇的安钢人会不惜一切代价去爬坡过坎、冲锋陷阵，全力以赴地朝着既定的目标前进，不遗余力地去保护我们的荣誉、幸福和有尊严而又体面的生活。

我们会突破任何艰难险阻、曲折坎坷，以绝地反击、背水一战、壮士断腕和不达目标誓不罢休的气概去鏖战疆场，敢于刺刀见红、敢于狭路亮剑，拼出一条血路，挺过安钢发展史上最困难的时期，去迎接钢城的春天。

李涛在安钢担任董事长时说，困难形势下，最宝贵的是精神，最难得的是士气。一个人要有精神，一个企业要有精神。安钢精神曾经指引着我们创造了无数的辉煌，也必定会指引着我们战胜困难、打赢这场“止血倒逼保生存”攻坚战。这种巨大的精神力量就是我们凝心聚力、克难攻坚、夺取胜利的法宝。可以说，和红军时期所遇到的困难相比，我们的困难要小许多，毕竟我们还存在着一定的优势和潜力。正如党委书记、董事长李利剑所说，我们找到了正确的战略方向和工作方法；我们的综合施策，很多的举措走在了行业前面；降本增效仍然存在实实在在的空间；干部职工精神状态整体是好的、士气是高的。

只要我们正确认识形势，明确目标任务，刚性落实措施，胸怀必胜信念，勇于克难攻坚，敢打硬仗恶仗，肩负起对家庭、对企业和对社会的责任，安钢就一定能够杀出血路、突出重围，度过最危险的时期。只要我们坚忍不拔、难而不惧、自强不已、奋斗不息、披荆斩棘、血战到底；只要我们万众一心、上下同欲、风雨同舟、众志成城，以“安钢兴旺、我的责任”为己任，主动出击、积极应对、脚踏实地、严格履职，安钢就一定能战胜目前的困难，战胜前所未有的危机，为以后的胜利赢得宝贵的时间和广阔的空间，也一定能实现二次辉煌。

一甲子的实践证明，没有什么艰难险阻能阻挡安钢人前进的脚步！没有什么困难挑战能压垮安钢人的雄心斗志！没有什么暴风骤雨能浇灭安钢人的理想信念！没有什么严冬能束缚安钢人追求美好生活的豪情壮志。这一次，我们身置绝地，我们没有退路，让“拼搏进取、敬业奉献”的安钢精神，再次成为我们“战危机、保生存”艰苦征程中激励全体职工破冰前行的精神动力。

冬天到了，春天还会远吗？有集团公司的正确决策，有三万钢铁儿女的浴血奋战、顽强拼搏，有一支爱岗敬业无私奉献能打敢拼的钢铁队伍，我们有理由坚信，不论这个冬天多么寒冷、多么漫长，安钢的春天一定会到来！我们的家园一定会充满欢乐的笑声！朋友们，职工家属们，丢掉抱怨、观望、等待和幻想吧，让我们携起手来，万众一心，同舟共济，同心同向，为生存而战！为尊严而战！为保卫安钢、保卫家园而战！冒着市场纷飞的炮火，前进！

唱响安钢品牌

姜书贤

在那个激情澎湃的年代，一粒小小的钢铁种子播撒在豫北这片古老而又神奇的土地上，在太行山下，洹河岸边。她坚韧而执着，不惧风雨，不惮寒暑，在一代又一代钢铁人的精心呵护下，生根、发芽，枝繁叶茂，蓬勃发展。如今，她已长成钢铁园中的参天大树，每年产钢一千万吨，位列全国企业500强，被誉为河南钢铁工业的一面旗帜。她的名字叫“安阳钢铁”。

从1958年建厂，到率先进行国有企业承包经营，到全国地方钢铁企业第一个突破年产钢一百万吨，到新千年进行大规模的产品结构调整，顺利实现装备大型化、工艺现代化、产品专业化。她，每一步脚印都那么坚实，每一次挥臂都那么有力，每一次笑容都那么自信。“安阳钢铁”，五十七个春秋的青春与梦想，五十七个冬夏的坎坷与辉煌，是以创新为笔写下的优美诗篇，是以诚信为梭织就的锦绣画卷。

因为充满深深的情，所以拥有浓浓的爱；因为拥有深深的爱，所以安钢人甘愿为她付出，无怨无悔。

为了这个品牌，无数安钢职工在自己的岗位上，脚踏实地，敬业奉献，像鸟儿爱惜羽毛一样珍惜“安阳钢铁”这个品牌，精细化每一个步骤，标准化每一个操作，将最优质的产品奉献给社会。

为了这个品牌，许多科技人员夜以继日，宵衣旰食，一项项科研成果从实验室飞到生产现场。冷镦刚、高强板、桥梁板等一大批高精尖产品研发成功，应用到祖国的航天、探海、桥梁、高铁等最需要的地方。

为了这个品牌，一大批质检人员坚守岗位，日夜盯在生产现场，严把产品质量关，加强现场数据监测，对生产的产品精挑细选，坚决杜绝不合格品出厂。因为他们知道，“安阳钢铁”代表着企业形象，体现着企业精神，透视着企业品质，彰显着企业文化，决不能让她有半点儿瑕疵。

“安阳钢铁”不是一种冰冷的产品，而是一种有热度的服务。安钢不是一个生产商，而是一个服务商。她和用户之间不是买和卖的关系，而是充满着诚挚的友善和真情。

“安阳钢铁”产品走到哪里，我们的服务就跟到哪里；哪里有安阳钢铁产品，哪里就是我们的朋友圈；像卖家电一样卖钢材，像亲人一样待用户……这些销售新理念已经根植于安钢人的心里，践行到日常的行动中，绽放在用户的笑脸上。

安阳市锅炉厂是一家有着几十年历史的老企业，他们的锅炉产品在周边地区远近闻名。以前他们的锅炉低温部件材料采用的是普通碳素钢，时间稍长便会出现外化腐蚀，用户大概三个月便会要求停工维修一次，费时、费工，费钱，还不安全，企业苦恼不已。安钢耐厚钢产品室的孙玉强得知情况后，主动找到他们，推荐他们使用安钢生产的高强度耐酸钢，详细介绍这种钢的特性，并不厌其烦多次提供小批量的产品供他们试用。经过一年的试运行，安钢的产品效果很好，耐酸钢质量过硬，性能稳定，抗腐蚀性是普通碳素钢的八倍，顺利解决了他们的难题，得到该厂厂长的连声称赞。好的口碑是会飞的，现在安阳周边许多锅炉制造企业逐渐淘汰了普通碳素钢，用上了安钢的耐酸钢产品，去年仅安阳市锅炉厂一家就采用安钢耐酸钢120多吨。

李俊祥是安钢型棒材产品室的经理，平顶山煤矿的很多矿长、技术人员都熟悉他。他经常不辞辛苦奔走在平顶山煤矿十五个矿区的锚杆加工厂，认真听取矿区使用安钢产品的意见，详细了解他们对安钢产品的需求。十五个矿区相距遥远，有的位置偏僻，连公交车都不通，但只要用户有需求，他总是不讲借口，随叫随到，及时为用户排忧解难。有时矿区提出了新的技术要求，安钢没有现成的产品，他就及时反馈到厂里，协同相关部门进行技术攻关，争取以最快的速度拿出新产品满足用户。平煤一矿的孔厂长感动地说，安钢不但产品好，服务更好，只要有需要，我们就用安钢的产品。

汽车用钢产品室的巫保振也是“安阳钢铁”品牌的大力推广者，他几乎走遍了全国中型以上的汽车改装厂，进行了上百次的技术讲座。先后与中集集团总部及分子公司开展技术交流，制定工作方案，提供产品支持。与陕西汽车技术中心、陕西汽车工程研究院进行技术协作，合作试制80吨矿卡服役试验，使“安阳钢铁”品牌迅速站稳了西部市场。在市场拓展过程中，他加强个性化的消费研究，针对不同的消费群体进行定位，导入品牌，树立形象，赢得用户。在推销安钢高强钢的同时，他将营销工作前置到用户的研发环节，直接按照安钢的产品技术标准参与一些单位的车厢设计，将

安钢先进的焊接技术无偿地传授给对方，所以许多单位不再把他看作钢材经销商，而是将他当作朋友、知己，将“安阳钢铁”产品当作标配纳入产品采购目录。

修合无人见，存心有天知。站在时代的风口，“安阳钢铁”将继续秉持“精心创造完美”的质量理念，“用户的需求我们的追求”的营销理念，“经济效益与社会效益协同发展”的价值理念，大胆改革，积极进取，开拓创新，以优质的产品，精细的服务，唱响安钢品牌，助力中原崛起，共圆复兴之梦。

为安钢的明天努力

安红霞

我自幼是在安钢生活环境中长大的，随后进入安钢工作，已二十七年了。我亲眼目睹了安钢从小到大，从弱到强，成为千万吨级大安钢的演变过程。我也真正经历了身为一名职工与企业荣辱与共的心路历程。

1986 年我参加工作到薄板厂时，薄板厂的厂房低矮破旧，热轧薄板的生产机械化程度不高，全靠人工操作。我是一名精整矫直工，每天与师傅一起手推板子工作。那些日子是伴着腰酸腿疼，和着噪音、灰尘、汗水过来的。工作虽然苦，我却很感念待我如子的师傅们，特别是鼓励、督促、指导我写作的王师傅。我每次拿着写不出而硬挤出几句的稿子交给他时，他都很耐心地逐字逐句给以修改，现在想起来，依然觉得羞愧脸红。1994 年，我调入叠轧薄板轧机主电室。

两台轧机中间的主电室内噪音大、闷热、沥青油烟味儿严重。虽说艰苦，但我们青春奉献得无怨无悔，因为那里是我们的岗位和体现人生价值的地方。1998 年我调入小刨床，专门刨铣小铜瓦。

这项工作需要人弯着腰、弓着背把每块铜瓦翻着面用铁铲刮干净，再用卡尺测厚、宽是否超标——超标就要用铣床或刨床了。不是自动数码机床，全凭经验人力操作。2005 年 7 月，我随着单位分流至正在建设中的第二炼轧厂。当时没有值班室，我们抱着记录本席地而坐，看着钟点儿到各液压站去巡检，认真记录液位、压力，奉献休息日。如今二炼轧满眼是宽敞明亮的厂房、花园式的厂区和现代化先进设备。操作间窗明几净，由计算机控制的板子刷刷地在辊子上欢快地穿行着，再也见不到薄板厂沥青油烟下棒钳师傅手握长铁钳费劲儿夹板子的场景了……安钢经历了从举步维艰、负重奋进到与时俱进、开拓创新，跨越发展“三步走”的过程。

正当从领导到工人信心满满地准备用现代化新设备大干一场时，我们却迎面遭遇到了金融危机，安钢成为了亏损企业。如何在这样的情况下绝地反击？安钢人真正要面对的是企业生死存亡的关键问题。公司管理层提出了降本增效的倒逼机制。2013年又审时度势提出：在全公司范围内迅速开展加强成本细化分解和对标管理活动。第二炼轧厂面对行业严峻市场形势和营销研发的考验，围绕低成本运行工作主线对创效点进行了重新梳理，将工作着力点转移到减亏增效，实现盈亏平衡上。以各类劳动竞赛为依托，引导广大职工努力学习科学技术知识，提高自身能力素质，要全力挖潜，全员创效，全力以赴，打赢解危脱困攻坚战，实现岗位建功，助推企业科学发展。

我所在的第二炼轧厂机修车间员工以顽强拼搏、无私奉献的进取精神，以不畏艰险、敢打硬仗的坚强品格，不断创造着一个又一个奇迹。在困难形势下，该车间自我加压，振作精神，眼睛向内，挖掘潜力，把指标层层分解，责任落实到人。在实际工作中，全车间职工具有较强的责任意识和大局观念，为了设备的运行顺畅，听从厂部定修、抢修调遣随叫随到，并圆满完成任务。2013年是盈亏平衡扭亏关键的一年，第二炼轧厂二千多名员工深深认识到任务艰巨，使命光荣，做优做强，任重道远，重任在肩，勇于担当，务实创新、岗位建功，用一流的设备创造出一流的业绩。

安钢是我们的家，安钢的发展是我们生存的基础。无论她处于高潮还是低谷，她都是安钢人青春奉献、汗水挥洒、智慧迸发和价值体现的舞台。

目前我们的企业在严重亏损下还能按时发工资奖金（虽然少了很多），我们能有现在的工作、生活而倍感欣慰。所以，我常常在心里提醒自己：要以感恩的心对待工作，脚踏实地把工作做好。

怀有一颗感恩的心工作，我们每个人即使只有五分能力，也能干出十分的业绩。因为我们在困难面前不再抱怨、不再畏缩，义无反顾地勇往直前；共同努力克服种种困难，使企业效益最大化。

怀有一颗感恩的心工作，我们便会忠诚自己的企业，把企业当成自己的家，每天在为自己做事，就不会消极怠工。朋友，在我们安钢生存危机的关头，让我们携起手来，攻难克坚，为安钢美好的明天而努力吧！

让人感动的那些事

郭 洁

2010年6月，我从部队转业分配到建安公司金属结构部当了一名车工。报到的第一天，当看到像陀螺一样旋转的钻床、像磕头虫一样的刨床和削铁如泥的车床，各种形状的毛坯由师傅灵巧的双手加工成零件，我感觉这里的一切是那么新奇、有趣、美好，决心要像师傅一样做一个技术精湛的产业工人，服务安钢的生产建设。但随着时间的推移，每天周而复始重复着既单调又枯燥的劳动，这种新鲜好奇的感觉消失了，做一个优秀产业工人的激情也随之退却了。

每当想到一辈子要与这些没有思想的铁家伙打交道，总感觉理想与现实之间犹如天壤之别，顿时沮丧、迷茫、彷徨如潮水般向我涌来，我真想离开建安公司算了。但，随后经历的几件事又重新点燃了我的激情，彻底改变了我的想法，让我不再迷失方向。

世界性的金融危机还在肆虐，安钢的生产经营遇到了前所未有的困难。以前，车间的劳保用品及辅助材料的领用、装卸车都是由辅助班组的人员完成。为了提高生产效率，从今年2月份起，车间把这些辅助人员充实到了生产班组。

同时车间也多了一条不成文的规定，劳保用品及辅助材料的领用、装卸车由车间管理人员负责，车间几个领导更是身体力行、率先垂范，像普通工人一样戴上安全帽和手套，去供应处仓库装车，到车间仓库卸车。从他们的身上，我看到了建安公司上下一心，同心协力、共渡难关的缩影。

今年4月份的一天，我的一个战友患病住进了安钢医院，晚上8点多我到医院看望她时，正巧碰见满脸灰尘、浑身疲惫的结构班班长、2010年集团公司劳模池海波也来到了医院。我连忙问："池师傅，你怎么这个时间来医院？"他笑笑说："感冒了，有点发烧，刚干完活儿，来医院输输液。"我知道，他们班承担的1号高炉4号热风炉工程，工期要求特别紧，再加上现场租用的塔吊每个月都要支付高达15万元租赁费。为了赶工期，也为了能节省几个不菲的租赁费，他们利用白天有效的安装时间拼了命地往前赶活。为了不影响白天的施工，他竟拖着有病的身体从白天一直工作到晚上。当时，我粗略地算了一下，3瓶液体最快也要到夜里11点多钟才能输完，第二天早晨不到7点就又赶到工地投入紧张地施工，他生病的身体每天休息时间还不到6个小时，而他生病的事情没有告诉任何人，更没有请一天假。多好的师傅啊，时刻想的是工作，心里装的是企业的效益。那一刻，我的眼泪在眼眶里打转。我在心里默默地为他祈祷，祝愿他早日康复……

今年3月中旬，我们正在为第二炼轧厂加工一批钢坯夹钳的钳腿。突然，T68镗床的自动/手动进刀切换机构发生故障，钳腿的镗孔加工被迫中断。如果外委加工，加工费高不说，工期也难以保证。况且，全安阳市也没几家公司有这种机加工能力。我们只好联系市里为数不多的修理单位，他们要价都在7000元以上，还没有一点的商量余地。当他们听说我们想自己修理时，不屑一顾地说，这种镗床除了他们，安阳市没有人能修理，自己修理的结果就是把"聋子"治成"哑巴"。对方的态度大大地刺激了我们车间维修人员的自尊心，大家毅然决定自力更生修复镗床。然而，自己修理谈何容易？这种镗床是20世纪70年代的设备，技术资料缺失严重，现有的资料只能了解皮毛性的东西，对于有上百个零件组成的进刀机构，一个齿轮、一个定位销安装不到位，设备就不能正常工作。迎难而上、善打硬仗是我们的优良传统，设备管理员、老共产党员靳素文师傅带领维修工张新国，从早上7点半一直干到晚上8点，将重达36公斤进刀机构反复拆装了17次，成功地解除了镗床的自动/手动进刀切换机构的故障。在17次的反复修理中，靳师傅的一句话始终激励着大家："全安钢职工都在坚持低成本运行，我们不能光喊口号，要落实在行动上。这也修不好，那也修不好，要我们维修工干啥？"朴实无华的言语，反映出了老工人与安钢共渡难关的高尚情操和对安钢的深厚情感。

我经历的这几件事中的主人翁，他们没有夸夸其谈的豪言壮语，没有高深莫测的知识文化。但是，他们用自己的言行举止诠释了爱岗敬业、拼搏奉献和忠诚安钢的丰富内涵；诠释了在日益严峻的市场形势下降本增效、克难攻坚，与安钢共渡难关的决心和信心。每想到这些人和事，我都感动不已。我决心将这宝贵的精神财富传承和发扬下去。我相信，有这样一群建安人，有这样一群甘于奉献、勇于拼搏的共产党人，安钢一定会走出困境，安钢的明天会更加灿烂辉煌！

平凡不平庸

杨梓睿

我的父亲是安钢千千万万职工中一位普通的员工。在上班或是下班的高峰期时，渺小的他，或许可以被人潮所淹没。而正是这样一位平凡的工人，却让我对他——父亲，产生了无比的崇拜感。

那是一个十分炎热的日子，人在家里面的空调下坐着，都会感到阵阵热气扑面。而我的父亲，依旧要去上班。或许他可以请假，或许他可以随便找一个理由，来逃避这炎热的一天，但是他没有。一如既往地上下班。外面的树叶被太阳晒蔫了，街道上的行人出奇地少，而厂子里面的温度更是高得惊人。炼钢炉旁，但凡稍稍接近，大家就会汗如雨下。那温度已经超过四十度。但是父亲对于工作没有丝毫的懈怠。他顶着高温，奋战在炼钢炉旁。我想，父亲当时只是希望尽力做好自己的工作，凭借着的是心中的那份信念和责任。

多少年来，每天的上班下班，父亲都保持着不迟到、不早归。记得我小时候还不解地问妈妈，为什么爸爸总是要按点上班呢？那年暑假，上海举办世博会，我十分想去上海看一看，因为当时正赶上放假。

父母也觉得应该带着我出去放松一下。就在我们商量出去玩的时候，父亲却淡淡地说了一句：我还要工作，你们出去玩吧，以后有机会我们再一起去。我当时很失望，因为我希望爸爸妈妈一起陪着我。妈妈劝爸爸说：可不可以请几天假？但是爸爸一口回绝了。

他说，这几天班里工作岗位人手紧张，我必须坚守自己的岗位。父亲的话深深地印在了我的心中。这又让我想往事，有很多次过春节，父亲都在他的岗位上工作着。

严寒酷暑，父亲在岗位上已经有几十个年头了，但是他对工作的热情不减，对工作勤勤恳恳的态度不变。也许厂里少父亲一个人，安钢依旧会如火如荼，但是父亲却毫不懈怠地对待自己工作的每一天。

在他看来，每天的工作不仅仅是一次任务，更是展现个人的生活态度和做人的理念。他会将手中的工具握得更紧，用心做好每一次。

砂砾虽小，却可以铺成平坦宽阔的大路；水汽虽小，却可以凝聚成硕大的雨云；小溪虽小，却可以汇聚成辽阔的大海。许多伟大的事物，都是由很多微小的事物聚集而成，也正如许多的辉煌的成就，都是由众多渺小的人的努力，才可以取得。我想，正是因为有千千万万像父亲这样的职工，安钢才能有现在的成就和规模。他们默默无闻，无私奉献，将自己与钢铁机器融为一体，在自己的岗位上辛勤劳作着。在此，我多想对安钢的劳动者们说一句：叔叔阿姨们，哥哥姐姐们，你们辛苦了！

抹不去的轧钢情结

姜来远

“各岗位注意了，再轧 5 根钢，换轧冷镦钢 35K，各岗位做好点检，检查一下导卫……”“全线注意了，再轧 10 根钢停车检修了，换轧 12.5 的 82B，做好检修准备。”高线主控台对检修准备一声声的群呼，预示着忙碌而又紧张的检修工作就要开始了：修改新更换规格的轧制参数，拆辊换辊，更换导卫，翻跑槽……每个岗位人员都是那么有序地进行着自己繁杂的检修工作。

2011 年下半年开始，每个高线轧钢人也逐渐感受到这轮钢铁行业的寒冬要比安阳的冬天冷了很多。板材市场的持续低迷，线材成了安钢不多的保利产品中的一员“大将”，高线人也在无形中肩负起了安钢赢利的重任。自此高线人就走上了一条不平凡的轧钢路。

记得以前，同一规格、同一钢种的线材产品，总能连续轧上几个班甚至几天，每天的接班工作就是关注生产轧制状态，关注好导卫的在线使用情况，工作相对轻松许多。而现在，一个班下来总要更换几次钢种、甚至更换几次规格，每次钢种的更换预示着轧制参数的改变，每次规格的更换则预示着繁重检修工作的开始。每次的检修中，对于轧钢工来说能按时吃上一顿工作餐都成了一种奢侈。每次的检修完毕，即使寒冷的冬天也阻止不了汗水就那么滴答滴答，但是满脸的疲惫却掩盖不住每个轧钢人看到顺利过钢后自豪而骄傲的笑容。

市场的不景气，生产计划的多变，对于轧钢车间中每一个工作人员来说都是一个巨大的挑战。车间领导也不止一次地召开动员大会，希望大家能够认清当前形势，响应公司的号召，共同渡过难关。高线人又何尝不知道呢，行业低迷，客户需求开始向多规格、多钢种、小批量转变，要求也变得愈发严格甚至苛刻。但是轧钢人没有因为工作负荷的加重而抱怨，亦未因奖金的下浮而牢骚满腹，更没有因为考核力度的加大而折腾。“不抱怨，不牢骚，不折腾”，踏实做好自己的本职工作，其实，这就是在为公司渡过难关而做出的最大的贡献吧。

曾经不止一次地想：这样每天一身汗水、一身油水的工作为了什么。

高线从 1999 年投产直到现在，这群高线钢铁汉子已足足在这条线上工作十年有余。这十年中，外人眼中谁又读得懂个中的酸甜苦辣。十年间，差不多每个人身上都或多或少地烙下了无法医去的伤疤，经历着身边一起战斗的工友们承受的伤痛。同样，他们也拥有年产 80 万吨这足以让他们笑傲全高线行业的资本。他们曾说：“跟这些设备在一起的时间，比跟自己家人待一起的时间都要长，要说没有感情那都是违心的。”也许，这个感情就是淳朴的爱，对轧钢的爱，对高线的爱，对这帮与自己一起战斗在一线的兄弟的爱。

风雨过后，每个人心态已逐渐趋向平淡，但是那抹不去的轧钢情结却成为了他们对这份工作责任心最强有力的支撑。

这个冬天真的很冷，也无法预期什么时间能结束，但有公司和厂部的正确决策，有车间对命令的坚决执行，更有这些能心系安钢、心怀高线、勇于承担、敢于直面危机的高线人，再大的困难又何惧呢？也许钢铁行业的春天就要来了……

美丽的制氧我的家

卫子文

当杨利伟安全从太空返回时，我曾经热泪盈眶；当刘翔成为跨栏冠军激动地在赛场上奔跑时，我拍红了自己的手掌……回过头来看自己的生活，每天按部就班地上班下班，一成不变，波澜不惊，鲜有震撼人心的事情。但如果你细心地去发现、去体会，我们的生活中也处处充满了感动和精彩。

1996年9月2日，艳阳高照，一如我的心情，因为我们同届不同班的十七个人被分到安钢制氧厂。说起来有点惭愧，在此之前我从未听说过制氧厂。一问才知，它的前身是动力厂的制氧车间，1996年3月26日才建厂。作为新工人，能够和工厂一起成长，我感到很幸运。有一天，我们被通知去四车间打扫卫生。到那之后，一位师傅领着我们打扫。四车间新上的14000制氧机，崭新的设备，明亮的厂房，地上有当时基建时留下的废弃物。我们干了大半天，时间一长，有一个淘气男生就开始偷懒，还猜那个人是干什么的，“一定是个打扫卫生的，看，干得那么专业，要是领导谁干这个呀！累死了。”那个人话不多却一直在干活，不是拿扫帚，就是拿拖把，身上溅满了泥点，直到干完，工作服的后背已经湿透了。出车间大门时，我们才从老工人那里得知领我们打扫卫生的那人是刘主任。那一刻，我对那人心生敬意。他用他的行动让我们这些新人明白，在工作中应该以什么样的态度去面对，有时候，行动往往比语言更具有说服力。

我性格内向，不善言辞。婚后我去厂办办准生证，女工委员刘姐亲切随和，给我讲了很多注意事项，一些限期内必办的手续、证件等，交代得非常清楚。可是我生完孩子之后因为丈夫也生病住院而忙得焦头烂额，竟然把女儿上户口的事情给忘了。某天突然想起，急忙让婆婆去厂里办，我心里很忐忑，因为已经逾期。婆婆回来后居然很高兴，一直夸赞说厂里的计生干部可真好，礼貌又热情，还帮着整理材料。婆婆后来问我是不是和刘姐关系不错，不然怎么会待她那么热情？其实我和刘姐只是见面点头微笑的情分。但我的心里瞬间就有了一份感动和温暖，淡淡的，却总环绕在我身边。有一种人就像兰

花一样，不管你离她是远还是近，你总能感受到她的芬芳，不浓烈，却持久。

2003年，厂里有了极大的改动，老一车间3200制氧机被淘汰，新上了一套23500制氧机，望着新设备，高厂房，我的信心也随之变得更加坚定、明朗。2006年又上马了两套23500制氧机，迄今为止，制氧厂共有3套23500制氧机，2套14000制氧机，2套6000制氧机。为确保公司炼钢、炼铁用氧，必须保证制氧机的稳定运行，制氧人为做到这一点付出了他们不懈的努力。

记得那次检修制氧机，发现空分塔内部主塔与副塔之间普通钢焊接而成的多根立柱竟然在低温环境下冻裂了，勉强使用将会有很多的设备隐患，可是更换成不锈钢支柱却存在着挑战和困难。机修车间接受了这个任务，经过现场勘查、测量、设计，在最短的时间开始了施工。当时正值七月流火的天气，空分塔内部又属于有限空间作业，温度高达四十多度，电焊弧光又散发出大量的热量和有害气体，这样的环境简直是煎熬。由于数量多，任务大，师傅们每天收工时，都拖着疲惫的身体回到车间，身上的工作服湿了干，干了又湿……在整个焊接期间，没有一个人因为天气炎热、条件恶劣而请假休息。看到这一幕，没有人不为之感动。和这样优秀的工人在一起，你会不由自主地向他们学习，向他们靠近，最终成为他们那样的人。我们厂还有很多优秀的制氧人为了制氧的发展付出了他们的努力，正是因为有了他们的存在，才书写了制氧的辉煌。在人生道路上，有些人为你一路前行指引着方向，有些人是你旅途中温暖的相伴，有些人是你奋勇前进时坚实的依靠，他们带给你的感动或许不震撼，但是很真实。

制氧厂，厂美人美花也美。每到春天来临，厂区内开满了各种各样的花朵。有玉兰花、樱花、桃花、迎春花……数不胜数，令人眼花缭乱。有一次，我带女儿去洹园玩，我在给她介绍花的种类时不忘自豪地加上一句“这个我们厂里有”，当这句话的使用频率越来越多时，女儿便对我们厂充满了向往，央求我带她去看。在一个星期天的下午，我带着她溜进厂区，女儿流连于花丛中，闻闻这朵，看看那朵，开心地对我说：“妈妈，你可真幸福，每天就像在花园里上班一样。”是啊，女儿一说，我才发现自己围绕在这种幸福中好多年了。

十八年来，我和制氧厂一起走过风雨，看过彩虹，见证了它的成长、发展和壮大，而且，我也深信，制氧的明天会越来越美好。

倔强的个性化服务

姜来远

钢铁市场的持续严峻，坐销变为行销，我们一直在路上，也许下一站不会有回应，再下一站不会有合作，但是我们有的是倔强，握紧双手绝对不会放弃，不管下一站是不是天堂，允许失望但绝不会绝望。

——当我们大声唱出这首为自己编的销售人员之歌时，总会感觉自身充满力量，是为下一站的征程蓄积的力量，一种舍我其谁的英雄气概油然而生，我想我们的努力一定可以完成安钢产品卖出去的“惊险一跳”，为公司创造价值。

回想2014年下半年销售部成立之初，钢铁总体市场剧烈下滑，高线竞争可用惨烈一词形容：北方的邢台钢铁冷镦钢产品在华东市场已布局多年，质量稳定，客户忠诚度高；邯钢也磨刀霍霍，高线产品越来越丰富；辛集的奥森钢铁专业做82B，占领天津绞线市场的半壁江山；省内的济源钢厂2009年建成的棒卷生产线，2011年建2012年投产的精品高线生产线，2012年建2013年投产的大棒生产线，三条线材生产线以低价冲击我们的核心战场——河南省内市场。在整个制造业低迷的市场面前，原材料的低价对客户的诱惑那是可想而知，更可怕的是客户对他的产品正由不信任到今天的逐渐认可。反观安钢高线，投产已十几年，设备不算先进，产品无法高尖，价格不占优势。

如何在狼群中突围，如何让高线产品经历冶炼轧制，再到质检入库这么多工序，这么多人辛苦劳动，转化为能产生效益的产品，就像一座大山压在销售部每一个人身上。我们有义务为安钢承担压力，也有责任让安钢在残酷的竞争中生存下去。李涛董事长的一句话为我们指明方向——销售为龙头，强力推进，安钢要由钢铁制造商向钢铁服务商转变。

对，建设服务型钢铁！我们无法怪设备，不能拼价格，不可讲条件，但我们有信心，知生产，懂技术，我们可以拼服务，根据高线市场和产品特点，针对每一个终端客户制定了个性化的、差异化的服务：焊丝用钢客户讲究产品需技术保密，我们就专门针对你制定特殊的牌号；战略协议用户说我们的设备不能生产更高端的C82DA，那我们专门为你开发C78DB来代替C82DA；断续合作的客户说资金紧张，无法先打款，我们为你寻找中间商先行垫资，我们帮你寻找第三方进行产业链销售；新客户说没用过安钢产品，质量不放心，我们这有第三方权威机构做的质量鉴定书，您还有什么不放心，对我们说！这一切的一切，就遵循一个准则——个性化服务。只要我们的产品能够满足你们的要求，其他问题都不再是问题，交给我们就行了。

2015年是新组建的高线销售部接受钢铁市场残酷洗礼的第一年，销售部全体人员在全面分析高线市场情况后，结合打造服务型钢铁及自身人员特点，集体讨论确定下的营销策略终于是经住了市场的考验，品尝到了久违的甘甜：2014年全年高线直供比例为64.99%，2015年1月份66.98%，2月份达74.85%，3月份65.29%虽较2月份有所降低，但3月份极限规格5.5mm销量占3月份总销量的9.11%，极限规格产品通常就是安钢高线的创效产品，这也创造了2015年3月份创效品种比例达49.07%的新纪录，远远超过了1月份和2月份创效品种的平均比例26.27%。

服务没有终点，我们会一直走在前进的路上。残酷的市场，适者生存，大浪淘沙，数风流人物，还看今朝！为打造服务型钢铁制造商道路上摸索前进的全体销售人员致敬！

和钢铁一起熔化

白　杨

我只是一块粗粝的石头，我一直这样想。如果没有熔炉，我永远变不成钢铁。

每个人都有属于自己的童年记忆。对于写字的人，仿佛童年有着更加独特的回味和价值。我的童年是在祖国的大西北度过的。青藏高原上瓦蓝蓝天空中迅疾变幻的耀眼的云朵，黄澄澄飘散苦香的油菜花海，绿油油点缀着数不清野花的寥廓草原，夏天也戴着雪帽子的连绵的山峰……深深刻录进我的童年记忆。童年印象，吉光片羽，让生性敏感的我轻易放飞思绪，神游太荒寰宇，我觉察到一个别样的我：小而简单、敏感的心脏，孤独、悲悯、忧伤、痛苦、深情，灵魂充满幻想……这些成为我人生基调和底色的经历一直陪伴着我，那长袖曼舞的冥想在氤氲着神秘魅力的文字中找到抒写和休憩的家园。

我的工作履历恰巧被从中间一分为二，前半程在矿山，后半程在钢厂。20世纪80年代末，我在太行山的褶皱里采矿。

刚开始，苍凉、贫瘠、单调、缓慢的生活让我无所适从。现在看，那正是命运对我的一次垂念。弄明白普通百姓庸常的日复一日的生活才是文学创作的源泉并不容易，从中我更多品到波澜不惊中的真纯底蕴和人生况味。工友们默默无闻不辞艰辛几十年如一日工蚁般从大山里掏出矿石，更让我不可言喻地感动。这些每天都在发生、足以让人熟视无睹的生活中蕴含的火热，就是历史巨大车轮隆隆转动的隐喻。我震撼于一群拓荒者的无名和伟大！把涣散在远方的目光收回来，把慵懒在内心的梦想叫醒，正视周围的一切，我开始写身边的故事：雨中矿山、矿工的恋情、矿石的故事，看泵人、吹笛人、下井人，开山炮、球磨机、尾矿坝，元宵节大山里的热闹和纯朴民风滋养出的矿民鱼水关系……这些诗歌就像一群洁白的鸽子，从大山飞向辽阔的天空。技术是一回事，内容和精神还有情怀是另外一回事。就像一棵树，根越扎得深扎得牢，树干越挺拔，枝叶越繁茂。这样一棵树，它长在哪里，重要也不重要。它长在哪里，不是最关键的。树知道自己的命运和选择。老老实实从脚下出发，才能实现更遥远的抵达。我因此在矿山怡然自得其乐，忘记了外面世界的繁华和诱惑。命运让我在年轻的时候没有浪费时间，那十余年我生吞活剥读了不少书，自学了汉语言文学本科课程。有一个奇怪的想法：假如有一天随风归去，一直跳动的，一定是眼睛。深邃，澄澈，明亮，聚焦，宁静。

21世纪初，我来到钢城。看惯了矿石到矿粉的整个过程，还没有见过乌黑经历怎样冶炼，才能变成苍青；粉末经历怎样压轧，才能华丽淬火。补课的冲动让我饥渴。怀揣着另一半梦想，我在钢城徜徉。虽然我的工作属于办公室内的文案，但阻挡不了圆钢铁梦的冲动。上下班途中，偶尔的深入现场，即使我只是远远看着高炉、烟囱、管线，我也是在和钢铁朝夕相处。耳濡目染，似乎那些带着焦炭、矿粉味道的风，那些刚刚轧好的螺纹钢呵出的

热气，那些装着四五个巨大炉卷在大地上行走如同现代传说的载重汽车，那些和我一起骑车的人群，那拉扯五六十节车皮缓慢驶过的火车……我愿意消融在这所有的一切之中，与它们释放的能量、情感和灵气发生共鸣。那段时间我激情澎湃，两年写了一百多首诗歌。组诗《铁之韵》《钢之韵》《材之韵》以及《倒入转炉的钢水》《钢铁的魂魄闪闪发光》《最有血性的汉子》《开钢花的树　握紧父亲的钎》等诗歌，填充了矿山生活对钢铁讴歌的后半段空白。这些还不算饱满的诗句抒发着朴素的情感，也隐藏了诗歌创作的轨迹。正是对钢铁这一命运交给我的元素符号的挚爱，我力图用诗的语言表现钢铁生产宏大而热烈的场景，再现钢铁工人身上体现的优秀传统和新时期的精神风貌。当这些诗句从笔端走出，一个个汉字昂首挺胸，我仿佛行走在高原的霞光中，耀眼的丝线飘扬，如风中猎猎经幡。我仿佛看到凝固在五元人民币中的汉子，紧握钢钎，专注地凝视正在冶炼的钢水。那橘黄色的钢水静如处子，偶尔爆裂一两朵钢花。我小的时候就想，长大了当工人，就要当这样的人。当我讴歌着这样的人时，每一个毛孔都在偾张，每一个细胞都在跳跃，每一次呼吸都那样低沉，一股股热流让我颤抖，甚至眼前一片模糊。我不是一个时代的吹鼓手，我只是一个爱着天空、白云，雪山、草地，爱着高原爱着大地也同样爱着万事万物，有着梦想和追求的歌者。一只蚂蚁，一朵雪花，一缕微风，一个眼神都能轻易打动我。我爱这生命，爱所有的人群和流传在人群中的故事。如果说时代赋予我使命，那还远远没有完成。放轻呼吸，放慢脚步，我是一个从神话里跑出来的小孩。

矿石给了我别样的生活，而钢铁给了我力量。在矿山，在钢城，我和一班文友坚守着出发时的方向。是生活，是工作，是学习，是碰撞和鼓励，是周围一切所有，允许我们发芽扎根。那些玫瑰红，那些苍青，那些清澈的眼睛，就是我们的文学土壤啊。大约在 2010 年，《中国冶金报》报道中国冶金文协成立的消息，全国的钢铁企业有了自己的文学组织，所有的冶金文学爱好者似乎又被允许走进一个更大的天地。2012 年 5 月，冶金文协组织到首钢采风，使我得见众多同行。几天的朝夕相处，受益良多。冶金文协为我打开一扇门，在这个崭新的大家庭中，我是乐意融融的最小的兄弟，得到众多关爱。首钢采风结束，回顾首钢发展历程、节能环保、结构调整的巨大阵痛，写下组诗《首钢，超越时空的思索》21 首，被评为采风活动三等奖。

这不是对我最大的鞭策和鼓励，因为当年 9 月，我荣幸地走进鲁迅文学院，开始四个多月的进修学习。这段不平凡的经历后来我写成散文《从鲁院出发》发表在《作家通讯》和《中国冶金文学》上。我曾和也在鲁院学习过的学兄交流，他问我上鲁院的感受。此前，冶金文协主席姜起华先生也问过我同样的问题，我答：脱胎换骨。不是矫情，我真的这样想，也是我的真实感受。姜主席说，那就好。学兄则反问：我怎么没这个感觉。我说，我起点低吧。学兄内涵丰厚，我早心存敬慕。从他身上，从他的言谈举止，从他的文字，我学到许多东西。我只是高原的一缕阳光，太行山里的一粒微尘。阳光是智者照耀忧郁的低处，微尘花朵般飘往宁静的天空。北京的秋天，落雪的鲁院，首都的人文气息，中国作协的关怀，同学间的碰撞，我的思想逐渐超越，智慧得以启发，由此乎生命趋于澄明。几个月的时间春风化雨，所有的一切被撕裂、敲碎、颠覆、变形、重新组合，甚或销毁……从鲁院回来，我回到从前的轨道，日复一日地重复庸常的工作和生活。日子没有变，环境没有变，周遭的一切几乎都没有变化。变化的是我自己。我已经不再是从前的那个我了。这段时间，写作重要，思索更重要；飞翔重要，沉淀更重要；深化重要，转变更重要。默默潜伏中，读各种各样的书，听各种各样的广播，感受各种各样的事物。陆续在《诗刊》《飞天》《北方文学》《诗探索》《诗林》等刊物上发表了一些作品，有的诗歌获奖并入选年选和文集。十月份在太钢，我荣获“第二届中国冶金文学奖”诗歌作品一等奖。但这些都不重要。生活有多丰富，创作就有多广博。我在寻求写作的突破，我在期待内心的丰盈。

今年夏天，身边几个朋友倡议出一套诗歌集，藉以展示安阳作为殷墟故地、甲骨文的故乡这一文化古城的人文气息。现在，这套丛书行将出版。我的诗集《从细雨到风景》忝列其中。

这也是我的第三本诗集。这本诗集送审的时候，编辑要我写一段内容简介，我写了如下文字：

思想和艺术从来是一对孪生。当一个人走过短暂的、炼狱般的历程，他的自信、安详、情怀将使他趋于广博和深沉，对生命、宇宙、自然，对身边真实发生的一切，对神的敬畏和虔诚趋于笃定通透，作者藉此唱出穿越时空的美妙乐章。诗集含蕴了作者五年来诗歌重大转变期的轨迹和擦痕，大胆向人们展示了自己的单薄、贫瘠，也自豪地流露出有着金属光芒的畅想。

在后记《上坡，不问抵达》的结尾，我说：“我愿意这本诗集变成一根绳子，把过去打一个结；由此开启我的一个新的时代。”新的时代能不能开启暂且不提，我想说的是：你有韧的劲头，有忍的耐力，有钻的精神，有不达目的誓不罢休的果敢，但你只是一个人。一个人的力量微不足道，一个人的探索寂寞孤独。回首来路蹒跚曲折、深浅不一的脚印，其中的艰辛、泪水，其中的岔道、泥坑，忍不住过来人的唏嘘。太行山里的风，安阳河上的波光，十里钢城的每一寸土地，都见证了奋斗者的足迹。钢铁是我的元素，蕴藏于胸流于笔端，熔化，有着就下不卑因物赋形的水德；凝固，有着不畏锻轧淬火重生的品格。金属的光芒，金属的绝响，滋润我们如火的生命。没有钢城，没有冶金文协，我根本无法取得现在的成绩，这是毋庸置疑的。如果说我已经把二十多年的青葱岁月一寸一寸埋藏在钢城，我未来的年华，必然还要在这里度过。这里胎息着我最初的啼哭，也必将收藏我庸常的幸福。那些埋下的时光，必将长成葱郁的钢铁丛林——在钢铁这个大熔炉中，熔化、流淌、沸腾、跳荡，和其他的钢铁、合金，碰撞，拥抱，融为一体，我才有可能成为一块好钢。

感谢老厂

李　科

我是2000年参加工作的，到如今也已有十多年了，先在安钢薄板厂工作了五年，后来分流到第二炼轧厂。回顾在老厂的五年里，很多事情是让我难以忘怀的。我从中学到了不少东西，受益匪浅。

陈旧的厂房，昏暗的灯光，在老厂里是冬冷夏热。然而，恶劣的工作环境阻挡不住大家的生产热情。在我的印象里夏天是最难熬的，整个车间就像个蒸笼，而天车上更是蒸笼的核心部分。天车上唯一的降温设备就是一个风扇，而我尽量不开，因为周围环境的影响吹出的都是热风，还不如关着。我当时开的给加热炉上下料的天车温度更高，尤其是开炉的时候，司机室距离加热炉只有一米多高的距离，热气蒸腾裹起的沙尘直往司机室里灌，而经过高温处理过的红钢板烤得人头皮发麻，那种滋味着实不好受。人一上天车浑身就是湿漉漉的，比桑拿还桑拿。即便下面不开炉，车内温度一般也在五十摄氏度左右，一个班坚持下来衣服要湿透和暖干好几遍，工作服上的云彩也是厚厚一片片。在我的印象里，不冷不热的春秋季节总是过得很快，好像夏天还没过去多久，冬天就如约而至了，寒冷的夜演绎了不少“冻人”的故事。在没有几块玻璃的天车司机室里，我们上班冷得人直打哆嗦，寒气从四面逼来，尽管穿着棉袄绑着护膝，我还是扛不住这数九寒天。因为不能离开岗位，更多的时候我只能让双脚保持运动状态，两腿来回搓着才能找回些暖意。当然，天冷也有天冷的好处，冻得人一点睡意也没有，我可以集中精力去工作，安全工作有保障。在老厂，因为设备和技术的限制，很多工作是不好干的，但职工们日积月累的工作经验起到了很大作用。就拿我们天车来说吧，给轧机换辊就是个难活儿，天车需要主副钩的配合来吊起换辊专用吊具给轧机抽辊，大车小车主钩副钩四个控制器手柄都要用上。更需要技术的是，由于厂房立柱时间太久已经有所下沉，致使天车轨道不平，天车还会产生溜车情况。我一边要打着大车，同时还要调整小车和钩子，只嫌手不够用。每回换辊都是提着心劲儿干，工作越干越顺，自己的操作水平也得到了很大提高。

进步总在潜移默化中。我从老厂分流到第二炼轧厂后，工作环境发生了很大改观。先进的机器设备和生产工艺难不住我们，从老厂过去的同志都能很快适应现在的工作，而且很容易超越别人走在前面。我知道当年吃过的苦头克服的困难，已经转化为人生的经验在助我前行。古人云“由俭入奢易，由奢入俭难”，这道理有着异曲同工之处。如今老厂作为安钢发展进程中的一段历史已经消失，但我要感谢老厂，虽然她已不存在，但在那里磨炼出的艰苦奋斗和拼搏进取的精神却让我终身受用。

自豪骄傲的安钢人

张　静

作为一名安钢工人，我感到无比自豪和骄傲。

安钢自1958年建厂以来，走过了风风雨雨。五十多年来，数万艰苦奋斗、拼搏进取的安钢人用自己的智慧和汗水将安钢由一个年产钢十万吨的小钢联，发展成为在河南省乃至全国都具有影响力的钢铁集团。五十多年，披荆斩棘的安钢人，用开拓创新、锐意进取、锲而不舍、乐于奉献、艰苦奋斗、埋头苦干，诠释了非同一般的精神风貌！

牛立科是二炼冶炼车间丁三组炉长。参加工作16年来，他把自己的心交给了炼钢事业。他沸腾的工作激情，就像热情迸发的熔浆，燃烧起来，形成一股阻挡不住的火焰，冲向辽阔的天空。为搭建公平竞争平台，全面提升综合指标水平，车间开展了指标千分竞赛活动，竞赛内容涉及6个大项23个小项的各种指标。这是个人素质的较量，这是操作技能的比拼，这更是团队合力的展示。在这个竞技平台上，牛立科敢为人先、不负众望，他带领的炼钢小组，在12个炼钢组激烈的竞争中技压群雄、脱颖而出，月月入三甲，年年当状元。牛立科本人也得到了集团公司的认可，多次被评为先进工作者、首席操作人才、劳动模范。

又是一个闷热的晚上，二炼3号转炉旁，丙班正在出钢。炉火辉映下，一个中等个头、圆脸庞、身体敦实的年轻人正挥汗如雨地指挥：他双眼紧盯着炉膛的火焰，脸上的神情是那样专注，好像除了炉膛里沸腾的钢水，世界上的万物都不存在了。他就是安阳市创先争优“党员之星”获得者、冶炼车间组值班长陈红旗。参加工作二十多年，他无惧艰难、埋头苦干，积累了沉甸甸的工作经验。一次，一炉铁水加入钢包中吹炼不久，凭着多年的经验他听出氧枪声音不正常，立即断定氧枪漏水，果断下命令提枪！瞬间沸腾的钢渣从炉内喷出，氧枪的高压水使劲向炉内喷射，情况十分紧急，他飞奔到高压水阀所在的四楼关住高压水，避免了一场重大的恶性事故，挽回了近百万元的经济损失。事后，工友们纷纷称赞：“还是红旗有经验呀！否则，后果不堪设想。”

他叫简小未，是冶炼车间的一名炉长。参加工作十几年来，他始终用“严细优勤”的工作作风、勇于拼搏的进取精神、甘于奉献的高尚品质诠释着一名炼钢工人所蕴含的深刻含义。简小未瘦小的身躯，总是穿着一件洗得发白的工作服；朴实的脸上，总是带着来不及擦去的汗水。他热爱自己的岗位，用他的话说，不上炼钢平台，心里就不踏实。别人休息时，他在炼钢炉前；家人团聚时，他在炼钢炉前。妻子临产时恰逢车间冶炼品种钢的关键时期，为了工作，他毅然走上平台，直到下班后他才拖着疲惫的身躯去医院看望妻子和襁褓中的孩子。面对妻子和儿子，他心中充满了愧疚。但是，想起火热的炼钢现场，他主动放弃了一个月的陪护假。为此，妻子埋怨他，“一个小炉长，比领导都忙。”“没办法，对工作，我就是放不下。”

他，把人生中最美好的岁月融入了炼钢生产第一线，靠着自己的勤奋和执着，谱写了一曲追逐梦想的青春乐章。他就是冶炼车间炼钢状元邓云杰。他热爱炼钢事业，更信守“干一行、爱一行”的工作信条。他时常想起那幅关于打井的漫画：一个人打了很多井，有的深、有的浅，有的只要再努力一点就可以打出水来。可是他都放弃了，最终这个人一口井都没有打成。邓云杰深深理解这幅画的含义，他决定这辈子他就打一口井，地点就在炼钢，他坚信只要功夫深，在炼钢炉前他一定可以打出“水”来。凭借奋勇攀登、辛勤耕耘的精神，参加工作十几年来，他多次被评为集团公司技术能手、岗位技术标兵、先进工作者。

这个腼腆的小伙子是冶炼车间甲一组合金工付波。自2004年进厂以来，他爱岗敬业、勤于钻研，一步一个脚印，在火红的炉台走出了一道亮丽的人生轨迹：测温工、取样工，很快成长为一名最年轻最具创新活力的合金工。2012年取得转炉炼钢技师资格，2013年获集团公司优秀技能人才，2015年前5个月，付波所在的小组合金消耗名列12个炼钢组之首，付波本人也成了炼钢青工队伍中的一位突出代表。为找到合金吸收率与终点碳含量之间的线性关系，他总结了很多生产数据，光笔记就记了厚厚的3本；为了判断合金加入次序对成分的影响，他摸索掌握了多种情况下的合金加入方法；为了把握钢水残锰量，他下班后总是把当天的残锰一炉炉计算出来；他对终点碳的判断水平超过许多炉长，转炉操作要点中的许多参数都取自他平时积累的数据。

安钢人用自己勤劳的双手建设着我们的安钢，如今的安钢发生了翻天覆地的变化。你看，新一区、五区、六区，一幢幢高层大楼拔地而起。厂区内，厂房此起彼伏、错落有致，直入云霄的大烟囱把厂区点缀得颇为壮观。办公楼前，鲜花盛开、暗香浮动；假山旁，绿树成荫、花团锦簇；水池里，鹅鸭成群、金鱼成片；天空中，白鸽翱翔，俨然就是一座美丽的大花园。进入车间，生产流程紧张有序，却没有轰隆隆的机器声，一切是那么的安静舒适，平滑的墙壁一尘不染，明亮的地面不见灰尘。精密的技术造就了现代化的生产线，今天，安钢的产品已经成功应用于“神舟六号”飞船、三峡水坝、南水北调、奥运系列等工程。

今日之安钢，就像一座丰碑，屹立在中州大地；今日之安钢，就像一颗明珠，镶嵌在豫北大地；今日之安钢，已经脱胎换骨，蜕变成一只美丽的蝴蝶，萦绕在神州大地之巅！作为一名安钢人，我骄傲！我自豪！

一条路的变迁

韩传栋

这是一条神奇的路，它的长度只不过两千余米；这是一条年轻的路，它的路龄只不过五十年而已；这是一条魅力之路，它的芳香与翠绿陶醉了路边的人家；这是一条经济之路，它有计划经济的累累伤痕，更富有市场经济的清风明月。

它曾是一个“村姑”，一个土气十足的村姑，它又是一位洗尽铅华却容光焕发的硬挺“少年”。它的名字也改了又改，最后真正的学名称之为“梅东路”。

在我记忆中，它的面貌是晴天浮土飞扬、雨天泥浆满路。它的北侧是闻名全国的安阳钢铁集团公司，它的两侧是安阳钢铁集团公司的生活区。这里居住着勤劳善良、艰苦创业、勇攀高峰的安钢人，而这条路的变迁也正映射了安钢的繁荣与发展。

史料记载，安阳钢铁公司成立于1958年，那时正是全国大炼钢铁的时机，“大跃进”的风吹得天下的中国人砸锅献铁炼钢，结果是灾荒连连。随着安阳钢铁公司的成立，这条乡间小路也成了进出安钢的一条重要通道。由于车辆往返，这条乡间小路不堪重负。勇敢的安钢人，当年就把它扩充为十米宽的沥青路。当时还没有名字，因为毗邻安钢，大家称之为“钢一路”。

寒冬腊月，道路无遮无掩，凛冽的寒风吹得人脸上生疼。尤其是苦坏了上学的孩子。土路积水，棉靴子不能穿，只好穿胶鞋。胶鞋不保暖，半天的学习生活，冻得娃们四肢麻木。刚上一年级的学生常常因此吓得不敢上学。

岁月的河流一路向前，安钢的发展也一路高歌，因为进出这条路的车辆昼夜不息，1980年它的路况、路面不堪入目。粉碎“四人帮”之后的铁西区政府，在市委市政府的关心下，又把它扩展为三十米的沥青路。随着经济发展的步伐加快，安钢的发展也跃上一个新高度。因为这条路的西侧有一个名叫梅园庄的村子，所以这条路于1980年有了一个好听的名字：梅东路。

经济的腾飞带动的是人民生活质量的提高，而人民生活质量的提高催发的是出行的高要求、高标准，这不但是说要出门坐车，而是要求车通过的道路也应该是心旷神怡。1983年，安阳市铁西区政府本着造福于民修路致富的原则，集资38万元，把梅东路进行了翻修。尽管如此，由于当时安钢大道的年久失修，梅东路的负重仍然，没有几年它又伤痕累累，再加上当时周边环境的污染，路两旁的居民怨声载道，过路的人们也埋怨声声，能绕就绕，尤其是雨天，真是驴车都难以行走。

2002年区划改革，原来的安阳市铁西区更名为安阳市殷都区，因为举世闻名的殷墟就在这个辖区之内。

区委、区政府积极牵头，市政工程处承建，把梅东路全面整修，将路宽扩大到四车道。因扩宽道路毁坏的树木，区里想方设法移来碗口粗的成树补上，并在路的一侧安上了路灯。人行道两侧是挺拔的白杨，机动车道两侧则是宽两余米的绿化带。绿化带有四季常青的冬青，有美不胜收的月季，有沁人心扉的榆麦、迎春花、樱花……春天，路两旁白杨的嫩绿让人陶醉，梨花的芳香润心贴肺；夏季，那白杨树的清波为酷热的夏季送来缕缕凉意，月季花怒放了，蝴蝶蹁跹了，蜻蜓飞舞了；金秋，那金黄的落叶，像黄金铺满了人行路，给人带来的是充满着收获和生机的人间秋色；严冬，当皑皑白雪给绿化带盖上厚厚棉被时，那真是银装素裹、晶莹剔透，而那冰雪中绽放的腊梅，正预示着春天的脚步悄悄来临。

如今的梅东路与钢花路、中州路成了安阳市殷都区的靓丽之路，沿路鳞次栉比的商铺把这些路装点成了一道道靓丽的风景线。梅东路居中，钢花路居西，中州路居东，这三条好汉联通着东西方向的安钢大道，为殷都区的经济发展做出了重大贡献。特别是梅东路的变迁，成了安钢的生产规模发展的最好见证。

心暖严寒冰雪融

张其将

2010年1月16日6时，当看到永通公司1号高炉内熊熊燃起的火焰的那一刻，很多建安职工好像觉得自己站在了奥运会的最高领奖台，看到奥运会场徐徐升起的五星红旗一样激动。那一刻，让建安人35个日日夜夜的艰辛终于看到了希望，他们的辛勤付出终于看到了希望——高炉具备烘炉条件开始送风烘炉。在永通公司和建安公司职工的密切配合下，他们克服恶劣天气带来的各种困难，积极地为大修施工创造条件，保证了高炉大修任务的如期完成。

受世界金融寒潮的侵袭，2009年注定是不寻常的一年。那一年是安钢备受瞩目的一年，安钢人以昂扬的斗志战危机、抗寒潮，新上了干熄焦、热焖池、热处理线等一系列节能减排的技改项目。这些项目的成功顺利实施，为安钢化危为机提供了强大的支撑，极大地鼓舞安钢人的士气和战胜金融寒潮的决心。那一年，很多建安人都会铭记在心。

历经一年的艰苦奋斗，由建安公司承建的中厚板热处理工程于当年12月18日胜利竣工投产，同一天，永通1号高炉开始大修。在这次检修任务中，建安人用拿扳手、瓦刀和焊枪的粗大双手书写了全体职工众志成城战严寒，保工期、保生产的华美篇章。

由于一大批节能减排项目的建成、投产和核心竞争能力显著增强，加上钢铁市场低迷形势有所好转，为了抢抓难得的市场机遇，永通高炉大修的工期由40多天缩短到35天。建安公司作为安钢唯一的一支检修建设的主力军承担了这次大修任务。这一年，注定是艰辛的一年；寒流不但来得早，而且是数年内气温最低的一年。当高炉大修任务进行到施工的关键时期，气温降到了零下12度左右，天寒地冻的恶劣天气严重制约了高炉大修施工的顺利进行。

在困难面前，安钢人没有屈服。为了加快施工进度，建安公司职工在保证昼夜施工的前提下，白班和夜班进行了延时交叉作业，每人每天在零下

5度到10度的低温天气里一干就是十四五个小时。“在高炉上干活，就像待在冰窟里一样。穿着厚厚的棉袄被风一吹整个是透心凉，一天十几个小时下来，胳膊腿都快冻僵了，好多人在吃饭的时候都带着药。”金属结构部结构班长池海波这样描述当时安装炉顶设备时的情景。

这次高炉大修施工过程中，耐火材料的砌筑遇到了前所未有的困难。“整箱的耐火砖都冻在一起，是我上班这么多年来头一次遇到。”筑炉部工长冯文林如此说。“在砌筑的时候，如果工人动作稍慢，砌砖用的泥浆和粗缝糊就会结冻；打浆机每隔几分钟，无论用不用都必须打一次浆，否则也会被冻住，麻烦就大了。”为了保证高炉正常施工，在永通公司的大力协助下，建安公司找来彩条布把整个筑炉工作场地全都蒙上；还在切砖机、打浆机、搅拌机等机械旁采用了火炉取暖，给泥浆输送管道采用蒸汽管敷热等措施，所有能用的办法都用上了。当时所有参加施工的人员只有一个念头，那就是无论如何也要保证高炉砌筑工作能够正常进行。夜里施工是砌筑工作的难点之一。为了给夜班施工创造条件，白班的同志把夜里施工需要的材料提前准备到炉前，储备好充足的采暖物资，提前在炉内架设了十三个大暖气包帮助提高炉内环境温度，确保夜晚施工不受制约。

总之，大家都在出主意想办法，尽力满足施工要求，保证耐火材料的施工质量。

面对困难安钢人没有被吓倒，而是鼓起勇气采取各种办法勇敢地迎上去破解难题。他们不仅在冲出金融危机阴霾的战斗中坚定了必胜的信念，而且在困难面前展示出了永不服输的傲骨和战胜困难的决心。

因为他们深信，严冬过后必将迎来生机盎然的春天。

我用青春作见证

张丁方

生于斯，长于斯，安钢是我的故乡。

在我的记忆里沉淀了许许多多的安钢印象。儿时家住废钢家属院，每天上学都要南北穿越厂区。那时候，炼钢的炉火、烟囱的黄烟、火车的鸣笛、工人的号子、灰白的工装、职工上下班自行车长龙等等，这一切，在我儿时每天上演，重复不断。

工余静思，许多儿时的记忆依然历历在目。这里没有清雅的工作环境、没有舒适的办公条件，没有丰厚的物质回报，儿时的眼眸中这里是工装布满汗迹，钢花飞溅战天斗地的地方，这里有着一支特别能吃苦、特别能战斗、激情满怀的队伍。

是什么力量鼓舞着一代又一代安钢人为之奋斗一生？懵懂的年纪我还不解其中缘由。

无暇回眸，儿时就已远去。大学毕业后，我的青春真正撞入了安钢。

上班第一天的情景，至今记忆犹新。

早晨七点的“上班潮”颇为壮观。

迎着黎明的曙光，浩荡的人流从各生活区喷涌而出，汇入厂区。游弋于其中，谈笑声、呼喊声不绝于耳，伴随着激扬的音乐，心中顿感畅快。儿时上小学走过的这条路，十几年过去了，变化之大令人叹为观止，但安钢人的那种饱满、向上的精气神，却始终如一。

转瞬十二载，我的工作岗位在安钢发展中不断变换，这是我的幸运，因为我用青春见证了安钢的成长和壮大，见证了安钢人的勇毅与拼搏。我的笔力不足以刻画所有可亲可爱的安钢人，但我可以撷取一些自己以往工作的片段，用身边的故事，讲述与青春擦肩的“奋斗史”。

大学毕业时，正值激情洋溢，而我有幸在这个年纪里迎来了安钢的大发展。

那是2007年，在机关工作一年后，我被分配到2号大高炉槽下除尘班组。

由于2号高炉预计当年6月份投产，为加快进度，在辅助设备还未竣工之前，我们就提前进入作业现场，熟悉操作、适应环境。

土堆、沙袋、钢筋、水泥……当年6月1日，我第一次来到除尘操作室时，顿时惊呆了——这哪里是操作室，简直就是一个垃圾场！糟糕的现场环境，别说空调、电扇等降温设备，操作室连窗户都没有，六月夏至，炎热在这里被生动“诠释”：汗流浃背是经常事，白天和苍蝇作战，晚上与蚊子拼杀，这是我经历过最难熬的一个夏天。

累了，坐在沙袋上休息会儿；渴了，抱起水壶“牛饮”一番；困了，歪在凳子上小憩一会儿……但却无人抱怨，为什么？因为我们心中有期待！我们期待着2号大高炉早日投产，期待着安钢“三步走”的发展目标，期待着所有安钢人的希望和骄傲。

那时那刻，我身边的工友有的文化程度不高，有的年近半百，有的刚刚走出校门，但每个人都干劲倍增，无论环境多么恶劣，条件多么艰苦，大家都在努力着、奋斗着，以最佳的精神状态祈盼着胜利的到来。无论何时，只要走进那个群体中，我都会被感染、被洗礼，安钢人特有的精气神也渐渐融入到我的骨子里，自己也化成了其中一分子。

2007年6月17日5时18分，2号高炉胜利出铁。我清晰地记得6月16日那个不眠之夜。虽在槽下除尘操作室，但紧张的气氛绝不亚于高炉现场，电话铃声此起彼伏，记录水温、观察风机、排查隐患等等，所有这一切，都被我亲身经历，亲眼见证。

随着时间的推移，到了2008年，我被抽调到信息化指挥部工作，直接参与了安钢信息化上线的战斗。走进信息中心那一刻，未来还是个谜。信息化是什么？信息化将给我们带来什么？为什么花巨资上信息化？……一系列的问题随着学习、培训的深入，都迎刃而解，所有参战人员信心百倍，充满憧憬，我们相信这将是安钢向大厂、强厂奋进的一个里程碑！战斗开始了：我们一间普通的办公室，14个人、14台电脑、4部电话“欢聚一堂”。

没日没夜的加班、熬夜，让我们都成了“熊猫眼”；接连不断的电话铃声，让我们都有了幻听；无休无止的会议、讨论，让我们都成了大嗓门、坏脾气……“理想很丰满，现实很骨感。”我这样调侃自己。

“睁眼信息化，闭眼信息化，连做梦都在敲键盘。”同事戏言。

“信息化没上线，我们先上线了。”这是大家的“共识”。

那时候最轻松的时刻就是“聚堆儿吃食堂”。大家边吃边聊，调侃一下与信息化无关的话题，片刻的“笑场”会让每个人觉得异样的轻松。

日复一日，每天埋在电脑前重复着枯燥的工作，每天守着电话练嗓门，每天品尝着食堂特别准备的饭菜，每天拖着疲惫披星戴月……如果2007年那个夏天是艰苦的话，信息化上线对于我来说就是“艰苦卓绝”！2008年8月1日，信息化终于上线了。接踵而来的问题，更让每个人忙得焦头烂额。由于信息化涉及了集团公司主要生产系统、工序，在信息化上线之初，各种问题如雨后春笋般不断涌现、应接不暇。但是，没有一个人因为辛苦而退缩，更没有一个人临战脱逃，所有参战人员都在安钢信息化建设的征程上留下了浓重的一笔。

在转瞬的青春时光里，奋斗不止，脚步不歇。

2009 年 8 月 31 日，新的人生再次起航，新闻工作让我又一次有幸伴随安钢成长。

在这里，我不再是安钢发展建设的直接参与者，但却能清晰看到企业的发展进步，能敏感触碰到企业有力的脉搏，能真实体会到安钢人的精气神，记录下他的每一次顿足呐喊、每一刻欢呼雀跃、每一瞬精彩绽放，我笔尖流淌的是一首与安钢共成长的青春之歌。

还记得吗？在 2 号高炉平台凛冽的寒风中，你告诉我，寒风阻挡不住奔流的铁水，在这里，火热映红脸庞；

还记得吗？在第二炼钢厂昏暗的厂房里，你告诉我，炎热融化不了飞舞的钢花，在这里，汗水浸透衣衫；

还记得吗？在 3 号高炉的建设平台上，你告诉我，困难压不倒钢铁脊梁，在这里，奋斗者的身影激情迸发；

还记得吗？在环境恶劣的焦炉炉顶，你告诉我，再难的事也要坚持下去，在这里，坚毅写在灰尘扑面的脸上；

还记得吗？在冷轧忙碌的产线旁，你告诉我，安钢转型发展指日可待，在这里，未来的希冀在笑容里起航；

还记得吗？在翻拾安钢久远的回忆里，你告诉我，火山火海里炼出了钢筋铁骨，在这里，骄傲镌刻在八旬老人逐梦的过往。

在这里，记忆里沉淀了太多激情、太多欢乐、太多的热泪盈眶，我读到了至美的风景和厚重的人生况味。

如今，伴我成长的安钢即将迎来 60 华诞，一甲子的风雨兼程，安钢更加枝繁叶茂、气宇轩昂。未来，我依然愿意声嘶力竭为你喝彩，为你笔墨飞扬，我的安钢，我挚爱的故乡！

百万吨矿山，让我们一起见证！

张　珂

这里，绿树成荫；这里，繁花似锦；这里，硕果累累。这里是我们美丽的家园，这里是我们沸腾的矿山！在这热血的六月，我的心也随着百万吨矿山奋进的步伐而激动、沸腾。我们的矿山，从初建“平舞会战”的处处热浪袭人，到如今百万吨矿山建设的时时热潮涌动，这期间经历了无数的磨难与坎坷，而这磨难与坎坷也正是矿山人无私无畏、拼搏奉献的最好见证。

2002年以来，经历了32年上马、下马、缓建、复建磨砺的舞阳矿山，终于迎来煦暖的春天。新一届领导班子带着矿山人的希冀，带着矿山人的向往，走马上任了。在他们的带领下，自强不息的矿山人吹响了创新求变的号角。他们以百倍的信心，审时度势，积极寻找着生存和发展的新着力点：面对旧的体制，新班子强力推进“三项制度”改革；面对闭塞的信息，新班子明智提出“走出去，看看外面的天”；面对原有的生产状况，新班子全力依靠科技进步，大搞技术革新……正是他们的睿智，正是他们的果断，使矿山重新站到了一个新的起点。

有一组数字，彰显了矿山的发展：2002年，实现销售收入7152万元；2011年，实现销售收入5亿元。

十年，矿山用十年的时间，使销售收入增长了6倍。

铁矿十年发展路，十年铁矿磨一剑。领导班子新上任时，得知64%品位和60%品位的铁精矿价格相差一倍时，产生了巨大的压力。经研究，领导班子提出改造铁古坑选矿工艺。在攻克磁铁矿选别增产提质技术难关时，领导班子和技术人员坚守现场、昼夜不眠，最终铁精矿品位提高到66.8%。这品位的提高，源于科技人员拼搏的攻关精神，源于矿山职工全体人员的超越意识。这些先进技术的应用支撑起了矿山的生存和发展。

2007年，矿山在前进的道路上遇到了新的发展瓶颈：铁古坑露天采场接近服务年限。怎么办？矿山干部工人集思广益，站在矿山可持续发展的高度，适时制定了“露转地”发展战略。“露天转地下开采工程”，红红火火的开工建设。

2011 年，矿山职工根据集团公司领导提出的把舞阳矿建设成年产 200 万吨铁精矿原料基地的要求，矿领导一班人经科学论证，推出了“三年内实现年产铁精矿 100 万吨规模，五年内达到年产铁精矿 200 万吨规模”的战略目标。预计年产 200 万吨铁精矿项目达产后，舞阳矿业公司将发生质的变化，有望成为集团公司一个重要的经济增长点。这一振奋人心的项目使矿山站到了一个新的制高点。

奋进的道路坎坷而艰难，热血的矿山人信心坚定、斗志正酣：夜色下，在矿山醒着的盏盏明灯里，有领导班子运筹帷幄的艰辛；图纸前，在工程项目点滴的进展中，有技术人员攻克难关的严谨；岗位上，在工序环环相扣的衔接中，有岗位工人默默无闻的坚守。

“路漫漫其修远兮，吾将上下而求索。”百万吨矿山的目标召唤我们，舞阳矿业公司的科学可持续发展也召唤我们：走下去，或许脚下崎岖坎坷；走下去，或许面对困苦艰辛。在这热血的六月，我们自豪，因为我们拥有不息的信念；我们骄傲，因为我们在奋进的途中不断创造着崭新和辉煌。

苍茫的岁月中，矿山人走过了，靠着自己全部的激情；今天，我们走来了，用我们坚定的信念和热情。

走下去，百万吨矿山需要我。此时，我们胸中的岩浆，正绽放着生命的绚丽，喷发着开拓的乐音。

走下去，百万吨矿山需要我，向前，何惧云遮雾障，何惧艰难险阻，沿着信念的轨迹，迈着坚实的步伐，阔步前行，让百万吨矿山的美丽画卷在我们的手中渐次展现！

我的家园

王九云

一篇《如果没了安钢，是该庆幸还是该感伤》的文章，一夜爆屏，阅读量达到 5 万多，长篇留言占了好几页，这在个人公众号是很罕见的。读罢正文和留言，心里揪成一团。我本不是安钢人，只因当年嫁给了安钢人，与安钢唇齿相依走过四十多年，安钢成了我的第二个家园，因此安钢的成败兴衰都关系着我们一家的命运。一位朋友的儿子在公司做大项目，我立即拨通了他的电话进行求证。

他证实，是有这回事儿，但安钢不是整体搬迁，是针对公司目前经营和发展所面临的环保、物流等瓶颈制约，以及受限产能闲置的现状，加快实现安钢长短结合、优化布局、提质增效、转型升级的战略目标。

放下电话，心里很不是滋味，想起初识安钢的许多往事。

知道安钢很大是在四十多年前，那时有人给我介绍对象，说是安钢的，初见面时，我想考考男方，就问安钢有多少人，他一时语塞。“安钢太大了！”然后答非所问，语气里带着感叹和自豪。安钢能有多大，还不是几百号人？看着怪精明，连自己上班的厂里有多少人都不知道！我从鼻根里哼了一声。那年冬天与同学从阜城回安阳，傍晚六点多过了西站，我隔着车窗看到，一排排灯火通明的高大厂房缓缓向后退去，火车足足走了五六分钟（那时火车很慢），窗外才恢复了平静。同学告诉我，这就是安钢，号称十里钢城。那一次，我领略了安钢之大。

那时候我在安阳上学，往返于家校，在路上经常遇见上下班的安钢职工，统一蓝劳动布工作服，骑着没屁股自行车（去掉自行车后座），一手扶把，一手挥舞着吆五喝六的猜枚。安钢人下班不换便装，走亲戚约朋友，逛街旅游，工作服成了安钢人的脸面。有人说，安钢人穿上工作服那跩劲儿，比戴大盖帽的还跩。跩是啥意思？辞海这样解释，走路像鸭子似的摇摆，两条腿一跩一跩的。用现在时髦的流行语说，那叫“耍酷”。

那年代安钢工人找对象挑剔得很，首选本厂。安钢男孩金贵，女孩宝贝，谁跟安钢人结缘谁有面儿。为啥？安钢是国企，不仅工资高，福利待遇还丰厚，每到过年过节，发的福利有吃的喝的，穿的戴的，生活中用的，方方面面、大大小小的都有，只差没把超市搬到家。哪个男孩或女孩，找的对象是安钢工人，挚友闺蜜会传染上严重的红眼病。

前些年，许多安阳人说起安钢的水、电、气、暖，羡慕嫉妒得牙根痒痒的。以前乡下没有澡堂，安钢方圆十里周边村子里的人，都跑到安钢厂区来免费洗澡，而安钢生活区，家家有淋浴，足不出户就打扫了个人卫生，生活区自家能洗澡，这在安阳屈指可数。在农村烧煤球、市区扛着煤气罐往楼上爬的

年代，安钢生活区早已用上了管道煤气，不仅便宜，还省却许多麻烦。安钢的电便宜，暖气便宜，福利房几乎白住，九十年代职工分到一套住房，只需两万多块钱。安钢飞跃发展，生活区逐年壮大，安钢六区四期工程竣工，共一百多栋楼，被称为“河南省最大的生活区”，一流的绿化亮化工程，被省政府评为“省级示范社区”。

1999年底，我家分到六区一套住房，拿到钥匙后，简单装修，就迫不及待地把家搬了过来，从此结束了冬如冰窖的农村老家生活。与我一起搬过来的同事，聊起新家时说：“开开这个水管是凉水，开开那个水管是热水，想啥时候洗就啥时候洗。连一把煤渣都不用倒，任啥事儿都没有，真过到天堂了！”刚一听，咋觉得她有点谝谝，可是细细琢磨，可不就是这么回事么。在农村老家，自来水管每天上午只放两小时水，上班走了，接不到水，有时候下班回来没水做饭还得借水。有时谁家办事儿，请电工放水，突然半夜里来水了，就赶紧起来洗衣服，管它刮风下雨还是冰天雪地。一次趁着有水，我半夜在家门口马台上洗衣服，半道儿扭头一看，到处是黑旮旯，想起刚去世的街坊驴子，端起水盆就跑进门里，呼啦一下上了门闩，生怕驴子跟进来。安钢生活区比起乡下，真的是一个天堂一个地狱。

安钢的“钢腔儿”很耐听。据说建厂初期多数职工是来自东北鞍山钢铁厂，东北话与河南话交织在一起，形成一种安钢普通话，也叫“钢普话”“钢腔儿”。在安钢的犄角旮旯，随时都能听到这种独特的语言，老人孩子都会说。如果在农村或市区，有人说的普通话里夹杂安阳方言，平翘不分，二声扬不上去，听起来很艮，旁人就会取笑：豆沫的搅粉浆饭，瞎踟！而安钢人的钢腔儿，把舌尖卷起来，能在普通话里突然添加很多方言元素，像随意切换中央频道和地方频道一样，是那么的亲切、自然、有品位。

安钢曾经红得发紫。安钢生产的冷镦钢盘条，经加工后，成功应用在“神舟六号”飞船上，随“神六”一起在太空遨游115.5小时，成了安钢的骄傲，着实使安钢人激动了一阵子。安钢为国家贡献大，是个纳税大户，不仅把殷都区滋润得流油，使许多郊区人都往殷都区跑，还养活了外地人。安钢是个十几万人口的大家庭，要吃、要喝、要穿、要用，菜市场、周末市场、服装市场以及路边小吃，买的卖的，人头攒动。做买卖的大多数外地人，商贩们说安钢人口密集，安钢人豪爽，好赚钱。在外地人眼里，安钢是个“小香港”“不夜城”，夜市还没打烊，早市就出摊了。

前几年因受大环境影响，这个国企倒闭，那个国企破产，但倔强的安钢人没有气馁，在逆流中誓言铿锵，用铮铮铁骨书写了“坚强”二字，使安钢这头冻僵的雄狮，回暖了身子，又挣扎着翻了个身，倔强地站起来。现在既然决策者决定将部分钢铁产能挪移周口，那一定是有了更佳的发展方案。我们虽然心里有诸多不舍和失落，但“塞翁失马，焉知非福”，定会乐观对待。

安钢是我的家园，我爱安钢，对安钢一往情深，不离不弃，等到安钢“周口大挪移”那一天，我将打点行囊，与安钢一起，哼着歌儿，奔向天更蓝、水更绿、草更茂、花更香的地方……

俺儿媳和她的工作

望云飘

第一次见到儿媳时，说实话，心里多少有点失望，大概在此之前我对未来儿媳的模样期望值过高。但儿子说，娶媳妇不是买花瓶，是看人的本质，看是否聪明、是否勤奋、是否上进。后来的日子也证实了儿子眼光的精准。

儿媳在建安公司电仪安装部上班，后来由于工作需要，领导调她到电仪部仓库。这让全家人为她捏了一把汗，仓库是个杂乱无章的地方，一个弱不禁风的窈窕淑女，没有一点生活的积攒，能管理好恁大个仓库吗？若出差错，个人丢脸是小事，集体利益受损为时晚矣。然而儿媳胸有成竹，愉快地接受了任务。

接手以后，儿媳为了尽快记住上千种材料的存放之处，她把所有物品归类整理，贴上标签，死记硬背，很快便记住了，并掌握了材料的性能、用途及使用方法。当工友取材料时，她能用极短的时间毫无差错地发放。我们得知情况，都为她由衷地高兴。

电仪部仓库地方有限，但材料品种多、数量大，而且电缆、焊管、型钢及零碎的辅助材料放置不太规范，给工友取材料带来诸多不便。为解决这一难题，在原有货架的基础上，儿媳又精心设计了大型钢材贮备架。领导很赞赏她的设想，就给她派来了电焊工，由她作指挥，用直径 180mm 的焊

管及工字钢、角钢，搭建了长7米、高4米的钢材贮备架，可放置大小钢材二三百吨。她又设计出大型安全警示牌，焊接于钢材贮备架顶层，既美观又整洁，还能起到安全警示作用。为了零星辅助材料都能合理安放，她又根据材料的体积与数量，用角钢和桥架盖板，设计焊接大小不一、层次不同的货架十个，把辅助材料一件件摆放到货架上，再用缝制的吊帘把零零碎碎的材料遮掩起来，并且化废为宝，利用废旧分线盒盖板、塑料板等材料，制作了货架及库房号，贴在货架上，给人一种规范、整洁的感觉。在这段时间里，儿媳经常放下饭碗就走人，有时饭桌上的饭菜热了几次她还不回来，我就抱着吃奶的小孙女到路口，在川流不息的人群中寻觅她的身影。好不容易等她回来，真想发发脾气，可是看着她疲惫不堪的样子，又心疼不已，把埋怨的话重咽回肚子里。为方便工作，儿媳苦练开天车，亲自开着恁大个天车把成吨重的钢材一一吊上储备架。没多长时间，仓库就变得宽敞整洁多了，领导和工友赞不绝口。

近几年，受全球金融危机的影响，公司效益走向低谷，降低成本、增效求生，成为公司转型谋发展的唯一通道。儿媳作为一名仓库保管员，更是责无旁贷。有时为了节约一点材料或防止工具遗失，不善言辞的她，经常对领材料的工友反复叮嘱，提醒工友巧用边角废料，要爱惜工具，按时归还工具和剩下的材料。但有时她唠叨多了，免不了使工友反感，但儿媳修养尚好，能把其中的利害关系与人沟通，得到工友的谅解。

儿媳做工作不分分内外，只要她能想到的、做到的，都会尽力而为。她喜欢写作。在发料间与工友的交谈中，了解到一线工友们不畏艰险、风餐露宿大打攻坚战的感人事迹，就想把这种可歌可泣的精神宣传出去。她便利用业余时间试着学写通讯，还向本单位有经验的通讯员讨教，同时也参加了公司举办的通讯员培训讲座，第一篇通讯见报，成为她日后写通讯的动力，越写越找到了门路，几年来，所写通讯屡屡见报，还多次被评为本公司优秀通讯员。

儿媳不仅勤奋好学，而且爱好广泛，写写画画也是她的长项。

她在做好本职工作的同时，还担任起电仪安装部的版面宣传工作。为办好板报，她晚上在家刻苦模仿艺术字帖，精心设计宣传版面，经她做好的版面设计新颖，文图并茂，美观大气，主题突出，多次获本公司第一名。

我们家是个党员之家，对于儿媳的工作很理解，很支持，有时我们有事，她接不了孩子时，有时饭菜放凉了她还不回来时，一想到她是一心扑在了工作上，也就释然了。我们唯一能支持她的，就是做好后勤工作，让她轻装上阵，无后顾之忧，以最好的状态投入工作。今年初，我们家被评为建安公司"五好家庭"，大幅彩照上了生活区的宣传橱窗，一家人都沾了儿媳的光，成了"名人"家庭。

聊起目前公司情况，儿媳说："公司领导开会说，今年是钢铁行业扭亏解困求生存最为关键的一年。我想，自己是一名仓库保管员，一定得以降低成本为出发点，当好管家，认真做好每一件事，完成好每一项任务指标，坦坦荡荡地担当起这份沉甸甸的责任，才不辜负领导的信任。我虽说做的工作很普通，但聚沙成塔，众人拾柴火焰高，大家携起手就一定能挺过难关。"儿媳言辞掷地有声，深得一家人的赞同。我心想：儿媳啊，家人为你而骄傲哩！花要叶扶，人要人帮，为了咱安钢振兴，全家人甘做你的绿叶，为你的工作保驾护航。

安钢人

天马行空

安钢作为一家特大型国有企业，经过五十多年的经营建设，逐渐形成了大企业、小社会的人文格局。随着现代企业制度的改革，它的一些社会化功能逐渐与企业分离。即使这样，安钢人还是具有独特的人文气质，粗鲁不失豪放，憨厚更显刚毅，成了闹市街头一个卓然不群的标志，一个醒目的文化象征。

刚上班的时候，老师傅给我讲安钢人的趣事，说夏天走在市区的街头看人吃冰糕，小口小口吮吸的那是安阳市里的人，只要是大口大口嚼着吃的，必定是安钢人无疑。笑谈归笑谈，这只是安钢人粗犷的外部特征，安钢在建设现代企业制度中，还形成了自己独特的企业文化。职工的工作服由原来的浅蓝色帆布，演变成现在的深蓝色棉布工作服，穿上不但比原来的舒服，更显得精神干练，比原来漂亮了许多。工作服上衣的左上方刺绣上红色的安钢标志和"安钢"二字，职工们穿在身上自豪感倍增。安钢人不但上班穿工装，

下班也穿工装；在生活区活动穿工装，到市区外出办事也穿工装，成了市区一道靓丽的风景。这一变化带来了不小的辐射效应，在安钢上班的众多民工中，也以穿一身安钢工作服为荣；在附近的工矿企业或乡村集市，随时都可以看见安钢的工装从眼前飘过。更让我惊异的是，去年夏天我和爱人孩子去安阳县西北部山区都里乡体验漳河漂流，居然看到一位放羊的农民也穿一身安钢工作服，让我的亲切感如夏日的炎热一样，久久没有离去。

随着企业的发展，安钢人的物质生活也发生了很大的变化，一、二、四、五、六生活区像春天的鲜花一样次第开放，崛起的高楼像山一样群峰林立，即使这样也不能满足安钢人的需求，安钢又特地在开发区征地建设住宅区。汽车甲壳虫似的爬满了大街小巷、楼群院落，甚至挤占了篮球场等健身活动场所，管理者不得不忍痛缩小绿化面积而增加几个少得可怜的车位。住高层的职工回家稍微晚一会儿，开着车在院子里转一圈，找不到车位只好再开出来，把车放在大路边。

安钢人手头宽裕了，视野宽广了，心里活泛了。节假日或休息日很少见到东倒西歪的醉汉，很少听到吆五喝六的划拳声，麻将牌“哗啦哗啦”的搓牌声，虽偶有耳闻，也都有很好的时间限制，不再扰得四邻不安。而街头的广场舞、健身舞由渐趋流行，到现在的蔚然成风，跳舞已由一种交际方式演绎成一种健身活动。节假日更多的人选择了驾车远游或徒步登山。以前的林州，现在被称为安阳人的后花园，更多的安钢人来这里休闲、度假、健身、探幽。以前的“穷山恶水”，不是山穷水恶，而是人们物质匮乏，导致人的思想贫血啊！在一个为吃饭穿衣还发愁的时代，谁会有闲情逸致游山玩水啊。而现在，安钢人或寄情于山，或纵情于水，“我看青山多妩媚，料青山看我也如是”。安钢人出游林州对农家小院情有独钟，每天几十元钱，吃喝拉撒全解决，可以沐清凉山风，吸新鲜空气，尝农家绿色蔬菜，品尝不含瘦肉精的野味。三五好友对酌，于烟酒迷离之际，生出“在这里喝酒的是我呢，还是神仙呢”的感慨，三五日或十天半月假期一过，已是烦恼俗事皆忘记、脱胎换骨清雅人。

安钢人还具有冒险精神、吃苦精神，每周六都有人组织去林州徒步登山，走少有人走的山路，上不要门票的景区。

披荆斩棘，翻山越岭，跋山涉水，攀岩峭壁。听人讲有人带步行计程器，一天走下来能有70公里，真可谓磨炼意志，强健精神体魄，挑战自我，挑战极限，这不正是向天地自然学习，从无字句处读书吗？更有甚者，安钢还有人组织自驾游，远赴西藏拉萨，沿程风餐露宿，披星戴月，克服高原寒冷缺氧、人烟稀少的恶劣自然条件，最终抵达目的地，提升了人的精神层面。人的精神层面和跋涉者登山一样，站的高度不一样，眼界就不一样，思想境界也不一样。

这一切变化是时代的进步和社会的发展带来的，只不过安钢人更有自己的特色罢了。但是，在安钢，我更看重的是安钢的文化氛围：体育设备比较完备，娱乐休闲场所齐全。文化宫内有健身厅、健美厅、棋牌室、阅览室、乒乓球厅，每天开放，并且在离文化宫较远的六区还开了分部。图书馆藏书丰富，如果不是搞学术研究，可以满足大多数人的阅读需要。后来又在老工会院内开设了科技图书馆，为职工和技术人员查阅资料提供了便利。为了方便职工阅读学习，图书馆和阅览室还延长了开放时间，由原来的下午和晚上开放延长为全天开放。阅览室原来一个大厅，管理层担心座位不够用，把原来的工会办的便利店关闭，建成职工书屋，这样阅览室就由原来一个变成两个，杂志、报刊可以有更为详尽的分类，原来的阅览室放时政类报纸和时尚类杂志，新开设的职工书屋放相对专业的刊物和文学类杂志。时政类报纸非常及时，大多是当天的报纸。阅览室和职工书屋内的刊物种类齐全，不但有权威的文学类刊物如《人民文学》《诗刊》《小说月刊》《小说选刊》《当代》《收获》《散文》等，还有专业性很强的《国家地理杂志》，方志类刊物《沉浮》等，还有大量的社会期刊，总共不下百余种。

浩如烟海的图书、报刊、杂志免费对职工开放，彰显了管理层对提高职工素质、建设企业文化的良苦用心。如此丰富的藏书、报刊、杂志就在我们身边，下楼走几分钟即可到达文化宫，这么便利的条件，这么浓厚的文化氛围，不是每一个城市社区居民都可以享受得到的吧！有时静下一想，作为安钢的一员，能生活在这样的时代，生活在这样的环境中，我们应该感到幸运。在金融风暴的冲击下，我们的企业暂时遇到了困难，但我们有理由相信，有公司决策层的正确领导，有全体干部、职工的共同努力，从节约一滴水、一度电、一张纸开始，加大技术改造力度，促进产品更新换代，挖潜增效，节能降耗，我们的企业就一定能渡过难关。在安钢辉煌的时代，我们是意气风发、扬眉吐气的安钢人，在安钢困难的时候，我们是坚忍执着、默默负重的安钢人。

安钢梦

淇水文君

清明节回家，当父亲听我说，安钢3号大高炉已经投产，并且每天能生产万吨铁水时，曾经是老安钢的父亲高兴地说：好啊，安钢也有大高炉！有了大高炉，安钢的经营状况就变好了。他嘱咐我到安阳一定要我带他去看看大高炉。

是啊，一座高炉的投产，得到这么多人的关注，寄盼这么大的期望和希冀，以前还不多见。金融危机以来，企业亏损的阴霾像一块大石头压在每个安钢人心头上，令人窒息。大高炉的顺利出铁，在安钢的发展史上具有划时代的意义，揭开了安钢发展的新纪元，这一刻令每个安钢人欢欣鼓舞，奔走相告，为之一振。透过喷涌而出铁水的冲天火光，被企业亏损阴霾压抑太久安钢人的郁闷心情，得到了宣泄释放，感到了久违的欣慰，看到了摆脱亏损的一缕曙光。

前不久，习近平主席提出了中国梦的伟大设想，勾画了美丽中国梦的壮丽画卷。安钢大高炉的顺利开炉，筑起了进军钢铁强企一流方阵的安钢梦，点燃了我们的激情，令每个安钢人魂牵梦绕的钢铁强企的安钢梦，离我们不再遥远。

大高炉的顺利出铁这一刻，打开大家尘封的记忆，我们的思绪仿佛又回到老一辈的安钢人艰苦创业的岁月。50年的栉风沐雨，50年的探寻求索，安钢在一次次的变革中提升。安钢的发展史就是一幅波澜壮阔的安钢梦追寻画卷，岁月的年轮，记录了安钢在筚路蓝缕的追梦圆梦征途上艰苦创业的峥嵘岁月。50多年前，老一辈的安钢人风餐露宿，战天斗地，住席棚，吃凉馍，在环境极其艰苦的条件下，生产出了河南生产建设急需的钢铁产品，圆了河南钢铁生产之梦。20多年前，安钢人又以破釜沉舟、不留后路的大无畏气概，在地方钢铁企业中率先突破百万吨大关，成为河南工业的排头兵，圆了安钢人的百万吨钢铁之梦。

50多年形成的拼搏进取、敬业奉献安钢精神，是企业文化积淀的精华，是留给我们的无形资产。在追寻安钢梦的今天，这种精神并不过时，仍有强大的生命力，它是激励我们实现新的安钢梦的精神动力。

笔者憧憬的安钢梦应该是，安钢进入像宝钢、武钢等钢铁强企一流方阵，有一流的产品，有高素质的职工队伍。飞行的航天器、海里游弋的军舰、摩天大楼的建筑材料里有安钢的产品，原材料采购和产品定价有话语权，员工的收入颇丰。

长风破浪会有时。安钢梦的追梦之旅，注定不会一帆风顺，沟沟坎坎、激流险滩暗礁可能会不期而至，成为拦路虎。行百里者半九十，大高炉的投产，只是奠定了钢铁强厂之基，后面的稳定顺行、工序刚性对接等工作还十分繁重，任重而道远。

实现安钢梦是我们每个职工责任的付出。每个安钢人都是“梦之队”的一员。每个安钢人都要有高度的责任心和使命感。千万条涓涓细流，汇集成万里长江的奔涌之势，如果每个安钢人都能充分挖掘自有潜力和智慧，增强内生动力，聚集正能量，每个安钢人的绵薄之力汇聚迸发的磅礴之力，必将成为实现安钢梦的不竭源泉。

实现安钢梦是一个庞大的系统工程，要举全安钢之力。大高炉的投产，使原有的生产平衡被打破。适应现有的工序衔接，对安钢职工的知识结构、操作理念、应变能力提出了垂直提升的要求，这就要求我们承认差距，善于学习，在探索的过程中，积累经验，增强预知能力，制定可操作性强的预案，少交“学费”，逐步适应现有的生产节奏。各工序树立大协作的团队思想，实现人机、工序的最佳匹配，为扭亏止亏提供支撑。

安钢梦不是空中楼阁，实现安钢梦，是一个实实在在、看得见摸得着的美好憧憬。只要我们每一个职工，在自己的工作岗位上尽到应有的社会责任，使企业驶入可持续发展的良性轨道，我们每个人都会享受到企业发展的红利——这是对安钢梦的最好诠释。皮之不存，毛将焉附，安钢和职工是利益共同体的逻辑关系，只有每个人为安钢这个大家庭增砖添瓦，安钢才能兴旺发达，众人拾柴火焰高，大河有水小河满，企业这个大家庭好起来，职工的福祉才能有保证，我们的小家庭才能幸福。

梦想是力量的源泉，梦想是努力的方向，梦想是美好的画卷。站在追寻安钢梦的新起点上，曾经创造辉煌和荣光的安钢人，定能以只争朝夕的精神，披荆斩棘，有所作为，梦想成真，圆上进入钢铁强企一流方阵的安钢梦。

安钢就是我的家

李英献

“河南有个钢铁厂，它的名字叫安钢。我与安钢齐奋进，安钢哺育我成长。”说到安钢，我感触最深。

我工作生活在安钢几十年，亲眼目睹了安钢由小到大、由弱到强的发展历程，亲身经历了安钢的风风雨雨艰苦创业岁月。

1968年9月，我从新疆部队转业退伍回到了我入伍前的安钢单位。在新疆部队服役期间，我曾在部队团卫生所当卫生员，所以退伍后分配到安钢职工总医院工作。那时的安钢医院条件差，整个医院是两座南北二层小楼，医疗设备更是简陋。几十年过去了，目前安钢医院规模之大，人才荟萃，先进医疗设备之多，在安阳市也名列前茅，跟过去相比是天壤之别。

1975年因工作需要，组织上把我调到安钢党委宣传部，分配到安钢报当编辑。当时的安钢报编辑室在厂部办公大楼四层两间房内，面积只有40多平方米，七八个编辑人员拥挤在简陋的办公室内，工作很不方便。当时印刷的只是四开小报，每周一期，整张报纸全是文字，照片很少。负责印报的印刷室内摆放着一排排铅字盒，铸字机发出咔嗒的响声，铸字工人操纵着铸字机和液体铅打交道，又脏又累还有毒性。拣字工按照版样拣字拼装组合，铅字排版、铅字印刷全是人工操作，这种落后的印刷工艺使用了好多年。随着安钢经济的快速发展，在安钢影剧院西侧，安钢新闻中心办公大楼拔地而起。如今安钢报编辑部的条件今非昔比了：宽敞的办公室内摆放着一台台电脑，编辑人员操作着电脑编排文字，安钢报也从小报变成了大报，并且成了彩色报纸。整张报纸内容丰富，图文并茂，知识性可读性强，成为安钢职工不可缺少的精神食粮。我对安钢报的发展变化感到由衷的欣慰。

随着安钢生产不断发展，安钢职工的住房条件也逐步改善。记得1970年我刚结婚时，安钢职工家属住房很紧张，我分到一生活区3号楼半间住房，后又搬到二生活区两室平房内。当时条件差，既没有暖气又没有煤气，做饭全靠烧煤球。没有厨房，我就在室外搭建了四平方米的茅草房当厨房；室内没有水管，饮水和洗衣服都在用室外公用水管。有一年冬季，由于天气寒冷，室外水管冻结，不流水，我只好用滚烫的开水去浇水管，化冻后才流水使用。最难熬的是冬天，室内冰冷，在室内生煤火取暖，还得防煤气中毒，长长烟筒通向窗外。

1990年，我正式搬到一区100号楼居住。这座楼在当时是最好的住宅了。住房条件改善后，我家又安装了煤气和暖气，这在当时安阳市职工住宅中还算数一流的。目前，安钢六个生活区家家户户都通上煤气、暖气和闭路电视了，电视机、电冰箱、洗衣机、电脑等各种家用电器应有尽有。

提起职工的住房建设，如果沿着钢三路向南走进六生活区，会让你心旷神怡、赞叹不已：这是一座花园式的职工住宅区，它南北长5000米，东西宽4000米，耸立着6层的住宅楼100多座。一条宽敞的南北大道，两侧是错落有致的一排排职工住宅楼。社区内道路宽阔平坦，内部设置有学校、幼儿园、门诊所、体育场、商店、服务楼等。楼前楼后绿树如茵花草茂盛，五颜六色的鲜花飘出芳香的气息。广阔的绿地面积使整个六区环境面貌焕然一新。六区北部是安钢高层职工住宅区，这是安钢现代化的豪华职工住宅区。十几层二十几层的高楼直冲云霄，每座高楼都像一尊巨人屹立在文峰大道南北侧，十分壮观。

安钢职工住房条件改善力度之大，是几十年前想都不敢想的事。这全都是托共产党的福，占安钢大企业的优势。

几十年来，我生活在安钢的怀抱中，工作顺利，事业有成。爱人在安钢当会计几十年，现已退休。三个孩子都有工作并成了家，大儿郑州大学毕业后分配到郑州工作。二儿和女儿北科大毕业后分配到安钢工作，接替父母的事业，继续为安钢的持续发展贡献自己的力量。前两年我家又安装电脑，购买了手机，一切都信息化了，这是多大的变化啊！安钢从一个建厂初期年产十几万吨钢的小钢联，发展到如今年产千万吨钢的特大型钢铁企业，是我国改革开放、振兴中华的一个缩影。安钢的发展成果是安钢人艰苦创业、前赴后继、奋力拼搏、科学智慧的结晶。

我生活在安钢怀抱中感到无比自豪和幸福。

安钢，心里话儿对你说

尹庆山

安钢，作为党的众多赤子中的一员，你的成长、发展、壮大中的每一步都离不开党的关怀和指导。在党的90岁诞辰之年，作为安钢成员的我，怀着无比激动的心情，学习回顾了你在党的领导下不断发展壮大的光辉历程，心中徒然升腾出许多话语要对你倾诉。

安钢，我惊叹你的发展速度。

1958年，在党的精心谋划组织下，你诞生在豫北洹河南岸。短短53年时间，你以跨越式发展，从一个产品单一、设备落后、效率低下的钢铁小厂，一举成为产品规格齐全、装备大型化现代化、各项经济技术指标都名列前茅的钢铁巨头。你从采掘到冶炼到轧制成材，到钢板热处理深加工，已形成一条完整的工艺链条。

你的产品已应用到各行各业，有的已远销海外。在“神六”航天工程，有你产品的身影，经受住了外太空复杂环境的考验；在举世瞩目的“鸟巢”工程，你的产品用钢铁脊梁撑起了奥运场馆；在浩瀚的海洋，用你的产品建造的船只正劈波斩浪、扬帆远航；在一个个居住区，用你的产品支撑起的高楼大厦使千万家庭灯火辉煌……就连当初有些轻视你的钢铁同行，现在也不得不竖起大拇指：“安钢，真行！”你的产品用质量赢得了用户，你用实际行动获得了尊重。

这就是你，缔造了一个个神话，创造了一个个传奇。

安钢，我钦佩你的精神。在建厂之初，没有大型施工机械，你带领职工手拉肩扛，硬是用血肉之躯代替了钢铁机械，在荒凉的土地上建起了一个工厂。刚诞生的你，设备落后，手工操作程度高，劳动强度大，工作环境恶劣。在党的思想教育和精神感召下，工人们没有喊怨叫累，没有逃跑退缩，因为他们知道你还很弱小，需要大家心往一处想，劲往一处使，用无私奉献呵护你的健康成长。而今，你发展壮大了，团结拼搏、爱岗敬业、创优争先依然是你精神的主题。每名员工各司其职，各尽其责，上道工序为下道工序负责，下道工序为上道工序把关，大家共同推动着你的发展壮大。面对风云变幻莫测的市场，你不等不靠，科学组织、民主决策，精心协调，大幅增加高附加值产品的产量，以销定产，以销促产，利润年年增长。在原材料大幅涨价的压力下，你对内挖潜降耗，节能增效，对外积极联络，开拓市场，创造了连续几十年无亏损的奇迹。没有大规模的土地扩张，土地还是那块土地，你的产量却从建厂时的十万吨发展到现在的千万吨，整整翻了将近一百倍。你现在已成为全国单位土地面积钢产量最多的企业，这不能不说是我们安钢人的骄傲。

安钢，我折服于你的胆识和勇气。市场经济，竞争激烈，你有强烈的忧患意识，你知道物竞天择，适者生存，不前进就要被淘汰；你有长远的眼光，在效益还很好的情况下，你就看到了设备落后、能耗居高、效率低下的弊端。你不贪大，不贪洋，不追轰动效应，不求一次到位，因为你懂得，只有适合自己的才是最好的。你把许多工程都规划成几期，一期工程投产，见到了效益，再投资二期工程，滚动式发展逐步完成了设备的更新换代。在“三步走”战略实施的初期，有人怀疑，有人猜忌：把设备从六七十年代的水平直接提升到现代水平，这跨度太大了，安钢行吗？你没有辩解，你用实际行动打消了人们的疑虑，验证了你当初决策的英明。在薄板、无缝两个分厂还能产生很大效益的时候，你毅然决定关停、拆除，因为你了解，没有破釜沉舟的勇气就没有死而后生的境遇。设备现代化了，需要现代化的人才去驾驭。你敢于打破常规，在工人和技术工作者中选拔优秀操作能手和优秀科技人才，提高他们的待遇，用真金白银挽留住了他们，用实实在在的利益激发他们的工作和创造激情。现在，你依然没有停止前进的脚步，你敞开博大的胸怀，迎接着五湖四海的英才。你正在跳动着建设的舞姿，高唱着奋进的歌谣，追求着跨越的目标。

安钢，我崇拜你问计于民的作风和谦虚务实的态度。成功，向来没有坦途，你清楚，在发展的过程中，肯定会遇到这样那样的问题。解决难题，需要众人的智力。每年，你都号召组织职工提合理化建议，因为处于一线的员工最了解设备的缺陷，以及政策制度是否有问题。他们所提的建议，不管是设备改造、生产经营，还是行政管理，只要合理，一经采纳，你即给予奖励。小智慧蕴藏大财富，“小点子”里有“大文章”，凭借这样的管理，你每年都可以节约上千万元的费用，产生几千万的效益。你虚心学习，一旦知道兄弟

企业有好的方法、新的工艺，就立即派人前去参观求教，并积极应用到自己的生产实际。你通过对比找差距，狠下功夫挖潜力，把各项指标层层分解，级级落实。你不迷信权威，敢于改动“洋机器”，对进口设备中易损易坏的部件，通过改造，你用国产的代替。对原设计中复杂且不实用的功能部件，你不是换成简单的，就是拆除废弃。你的原则是既要满足使用，又要经济合理。你的这种实用主义，使你解决了生产中一个个“瓶颈”，攻克了一个个“顽疾”。

安钢，我爱慕你的容颜，欣赏你的勃勃生机。当初的你，容貌丑陋脏乱差，是人们对你的评价。如今的你，朝气蓬勃，散发着青春活力。厂区内有绿地、有鲜花、有喷泉、有鱼池，鸟儿在树枝欢唱，鱼儿在水中漫游。有工人在亭台楼宇间休憩，有蝴蝶在花丛中翻飞起舞，这哪里是工业厂矿，分明是一幅园林美景。厂房内，机械设备整洁如新，备品备件摆放整齐，操作室窗明几亮，工作场地宽敞明亮，工人精心操作，生产紧张有序。变了，一切都变了。许多退休的老职工再次来到你的身旁，感到陌生而亲切。“这就是我曾经工作一生的地方？‘丑小鸭’怎么一夜之间蜕变成了‘白天鹅’！”你的天空在变蓝，你的水流在变清，你的容颜必将更加靓丽。

金融危机的阴霾还未散去，生产成本上升的压力依然持续。面对危机，你外争市场，内强筋骨，在全公司范围内大力推行低成本运行，挖掘效益增长点，铲除耗费“钉子户”。你的生产成本下降了，但你的产品质量依然坚挺，因为你懂得，产品成本的降低绝不能以牺牲质量为前提。如今的你，站在“十三五”的开局起点，适时开展了“创新、创优、创效”活动，并结合自身特点，转变发展方式，不拼规模做特色，全力推进“六大特色”工作，高效提升核心竞争力。由此我坚信：在党的90岁生日之年，你必将和安钢儿女一道，上下同心，凝聚合力，用优异的生产、建设成绩，为母亲献上一份沉甸甸的厚礼！

安钢——我心中的钢铁强企

张润刚

在安钢这片热土上，我生活了三十八年，工作了二十二年，我们家几代人见证了安钢的成长。安钢从一个年产十万吨的小钢厂，发展成为了年产千万吨的钢铁企业，曾连续创造了三十三年持续无亏损的优良业绩，养活了三万多名职工及十几万职工家属，不仅得到了几代安钢人的高度赞美，还得到了各级政府的一致好评。

改革开放以后，安钢踏上了企业高速发展的快车道，销售额连年递增，一年一个惊喜，连续向国家上缴利税几百亿元。近几年来，安钢企业内部发生了天翻地覆的变化，实现了设备大型化、装备现代化、产品研发自主化等巨变。这些成果是几代安钢人艰苦创业、团结拼搏的结果。回望过去，安钢的发展本身就是一部科学发展的创业史，一部艰苦奋斗、团结拼搏的奋斗史。安钢几万铁军正奋勇拼搏，努力实现本部做强、外部做大的宏伟目标。

然而，今年初开始的国际金融危机，继 2008 年金融海啸之后再次强势袭击了安钢，严重影响了安钢正常的生产经营发展。前几个月，安钢根据国际钢铁异常严峻的形势所迫，减产百分之二十七，形成严重亏损。这是改革开放三十多年来所没有的。在安钢内部，安钢职工已经把扭亏为盈，全力提升效益求生存，作为当前安钢压倒一切的头等大事来抓。效益是企业生存和发展的基础，失去这个基础，一切都无从谈起。这也是安钢每一名职工尽全力去实现的目标。

面临严峻形势，作为安钢的第三代，我们有义务去担当，有责任和大家一起战危机、求生存、增实力、创效益。充分发挥安钢人艰苦奋斗、共同应对危机的信心和勇气，几代安钢人心血铸就的伟大事业，绝不会在这次危机中沉沦。困难形势给我们这代安钢人敲响了警钟，安钢几十年持续创效的光环不会永远环绕在我们的头顶，形势从来没有像今天这么严峻过。安钢在全公司范围内迅速开展对内挖潜、岗位创效、坚持低成本运营等活动已经成为每个职工的共识。集团公司领导积极改变思想观念、解放思想、打破思维定式，带领广大干部职工齐心协力、开拓思想、共同面对生产经营中出现的问题和难关，得到全体职工的积极响应。

安钢，身为一名五十四周岁的中年，依然还很年轻，还有很旺盛的精力为她的后代打拼江山。困难来了，安钢不会退缩。因为她有几代安钢人信念作支柱、有几代安钢人心血的凝聚，是几十万人魂牵梦绕的生活热土，是中原大地一颗璀璨的明珠。

在工作中，作为安钢的第三代，我们都应该反思自己，是不是真的立足岗位创效益，有没有学会节省“一张纸、一滴水、一度电”，有没有把各项制度落实到工作中来。

面对企业遇到的困难，我们不能一味地期冀外部市场起关键作用，把钢材涨价作为化解危机的最大砝码，我们要从内到外深挖创效潜能，自我解困才是王道。与此同时，要把这次危机，作为一次彻底改变原有思想观念的里程碑，认真总结经验教训，改变陈旧的工作模式和理念，和安钢一起迈过这道坎儿。

安钢，是几代人的心血凝聚而成，是省市各级政府高度关心的大型钢铁企业，是河南省钢铁行业的排头兵，我们要在克服困难、战胜危机上为全省各行各业树立一个好的样板，全体安钢人同舟共济、绝地反击，创造出一个奇迹来！

爱我矿山　奉献矿山

白宏华

“2013 年，舞阳矿业公司要实现年产铁精矿 100 万吨，2015 年达到年产铁精矿 200 万吨。”职代会上，铿锵的声音仍旧回荡在每一位矿山人的耳边。当热爱矿山、奉献矿山、忠于矿山的主旋律在矿山唱响，当爱家爱矿山、进取讲奉献成为新的话题，当矿业公司领导班子为我们勾画出打造效益矿山、精品矿山、幸福矿山的美好蓝图时，我作为矿业公司的一名普通职工，作为矿业公司众多共产党员中的一名，带着我们共同的信念，在这里庄严宣誓:“爱我矿山，奉献矿山，为矿山新的崛起而奋斗！”

从儿时,“矿山”这两个字就在我心里深深地扎下了根。对幼小的我来说，矿山像艘船，载着全家人的喜怒哀乐。长大后，我觉得矿山是座城，是父辈们用双手打造的钢铁王国、梦想之城。而今天，开拓进取的接力棒又传递到我们手中，团结奋斗的矿山人又一次站在了振兴矿山的潮头。顺境时我们要乘风破浪，逆境时我们要坚持不懈，以主人翁的态度，肩负起振兴矿山的重任。

在矿山，多少同志常年战斗在生产和科研的第一线；多少同志默默无闻做好后勤和保障。多少次踏碎了一轮圆月，多少回扛走了满天星辰。一次次的探索，一次次的创新，一次次的突破，一次次的飞跃，矿山由弱到强，由强到大，由大到精。我们——每名矿山人：气更高、情更迈、心更坚！探索、创新、进取，是矿山人奋斗的写照；节支、降本、增效，是矿山人自强的法宝。

“只要工作需要，我们就应该舍小家顾大家。”这就是矿业公司优秀共产党员、先进工作者张国绍朴实的语言。在工区开展的“磨选系统”工艺改造中，因为工期短、任务重，他和工友们主动放弃休息、加班加点赶工程。在这期间，孩子生病无人照看，原本领导批准他请假，但他还是放弃机会，请来年迈的老父亲帮忙照顾，而自己又匆匆赶赴施工现场，参与到火热的技改“战斗”中。那段时间，他瘦了，但从未喊过苦叫过累。“不攻克难关绝不放弃”，这是他和工友们共同的誓言，他们分析、论证、实验，最终实现了精矿品位由64%提高到66%以上，年创效益4500余万元。看，这就是我们新一代的矿山人，他们用青春的汗水和智慧诠释着对企业的忠诚。

就在此刻，奋战在各条战线上的矿山人，正以饱满的热情忙碌着、以进取的态度奉献着；就在此刻，有理想有抱负的矿山人，正全身心地投入到工作中，激荡青春豪情，创造一流业绩的干劲十足而铿锵；就在此刻，踏实而勤劳的矿山人，正在以创新的精神和务实的态度积极探索，勇敢超越。

在矿山，我们是一家人，荣辱与共，同存共亡！“为早日建成百万吨矿山而奋斗”，是我们的追求，需要大家万众一心、刻苦钻研，在托起矿山钢铁脊梁的征程中乘风破浪！效益矿山，是我们的核心，需要大家同心同德，埋头苦干，在创造物质文明和精神文明的历程中突飞猛进；精品矿山，是我们的梦想，需要大家自强不息、百折不挠，在光明而曲折的道路上勇往直前；

幸福矿山，是我们的目标，需要大家齐心协力、精诚团结，在拥抱幸福的旅程中百舸争流。

矿山在我们手中，幸福靠双手打拼。努力吧，奋进吧，让我们奉献矿山，无怨无悔；报效矿山，回馈社会。让我们的力量在此凝聚，让我们的梦想在此放飞，让我们再次庄严宣誓："爱我矿山，奉献矿山，为矿山新的崛起而奋斗！"

安钢法律顾问素描

高雅静

您认识我吗？我是安钢法律顾问。

挺光荣的。

安钢，是河南省的大企业，更是安阳市的大企业。大家平时说起来，只是说"安钢"，其实，安钢真的很大：有集团公司，有股份公司，还有集团和股份的分、子公司，甚至有个规模不小的医院。这么大的安钢，主管法律事务的，就是我们这个小小的法律事务室。

很多人把我们称为"律师"。虽然，我们有着律师的资格，但是，在企业里，我们的"官名"是"企业法律顾问"。知道我们平时都干什么吗？很多人都认为，企业的法律顾问就是"打官司的"，所以，他们见到我们都会关心地问："怎么样，官司多不多？"有的领导看见我们，就好像看到"官司"来到了面前……

其实，我们要做的事情，除了"打官司"，还有很多很多：公司与其他企业、机构等合作，我们可以参与谈判，做法律风险分析，可以起草合作协议；公司要投资设立公司，我们可以起草章程、办理设立登记；我们可以配合有关单位审查即将出台的规章制度的合法性；我们配合公司有关部门搞法律知识宣传；我们可以审查合同、参与企业重组。当然，我们还可以接受企业法定代表人的委托参与诉讼案件和非诉讼案件的处理，也就是大家说的"打官司"……

要做的事情可是不少，但我们只有7个人：有负责审查合同的、有负责处理案件的、有主管对外合作的、有负责工商登记的、有负责法律宣传的……每天忙着，也觉得辛苦。但是，每当看到因为我们的努力，使公司避免或减少了损失，我们就开心。

我们很敏感，我们有一根敏感的神经时刻紧绷着。这，就是法律意识。我们的思考方式与做其他工作的人有所不同：我们遇到事情，都会先考虑这件事情的法律风险是什么，怎么样能规避法律风险。我们在对外的交往中，会时刻注意自己的言辞，避免由于自己的言辞不当而给公司带来不利影响。

我们很仗义。财务人员在处理客户名称变更时，不太清楚怎么样审查对方提交的名称变更资料。财务处领导请我们帮忙审查下资料，我们认为，这对公司有好处，于是，我们就做了——尽管没有公司文件要求我们这么做。而且，我们在做的过程中，还向财务人员和业务人员传授审查对方所提供资料的方法。

我们也有苦恼。我们的工作经常不被人理解，甚至有人说我们是专门挑毛病的。按说，这个说法也不是完全不对。可是，我们挑毛病，可不是为了向领导打小报告哦，我们是为了使您的经营行为和合同等文件不出现对公司不利的情况，这不也是在帮您忙嘛，您说是不?

我们很幸福。每当看着业务单位按照我们指出的问题修改了文本，我们深知，我们又给公司避免了可能出现的损失，我们心里那叫一份乐啊。现如今，大家都在说幸福指数，在完成一个任务之后，我们的幸福指数那是噌噌地往上蹿。

我们也有郁闷的时候。眼看着别的企业法律顾问的人数越来越多，细分化管理做得越来越到位。而我们还是7个人在眉毛胡子一把抓地管着安钢那么多单位的法律事务，管不过来呀。我们很多的想法由于人员不够无法实施，我们好着急。

外面的人听说我们是法律顾问，都会问："你们是哪个律师事务所的？"我们很骄傲地说："安钢的。"作为安钢的一分子，我们感到骄傲。我们希望的是，我们能为安钢做得更多些。

忘了告诉您，我们是在集团公司大楼办公的。您单位经营管理中遇到什么法律问题，记得告诉我们哦。

我与《安钢文化》

建 伟

许多年前，22岁的我怀着一份喜悦与紧张告别了学校，跨进了令人瞩目自豪的安钢大门。当那个细雨霏霏的下午，送行的大姐的身影湮没成一片朦胧的烟雾，渐渐消失，泪水一下子溢满了我的眼眶，男儿有泪不轻弹，好男儿志在四方，我默默地忍了回去。在异乡，我第一次感到了孤独。幸好，我很快认识了许多朋友，并且平生第一次见到了那么宽敞明亮的安钢图书阅览室，在那么多五颜六色的杂志里，其中令我最难忘记的就是《安钢文化》。

说它难忘，不仅因为在各种眼花缭乱的杂志中，它冠以“安钢”二字，响亮而大气，更主要的是在我的成长路上它一直是我的良师益友。那时它不叫《安钢文化》，而是《安钢管理》，虽然是内部资料，但内容丰富多彩，包括管理纵横、企业文化、政工论坛、反腐倡廉、人力资源……其中我最喜欢的是文苑撷英和企业文化两块内容。那时候，由我负责团的宣传工作，我选中的第一助手就是《安钢文化》：在每一期黑板报上，总有从杂志里摘录的文章，照描的精美插图，特别是卷首语和管理纵横，使大家及时了解安钢的厂情，近期的工作概况；组织团员讨论时，大家最喜欢争论的是《安钢文化》刊登的文章的观点。记得有一次参加演讲比赛，我朗诵了《安钢文化》上的一首诗《安钢精神》，竟然获了奖。其实，从农村出来的我普通话并不好，是那首诗深深地打动了每一位评委的心。由于《安钢文化》是季刊，来得很不容易，我们望眼欲穿的像是等待一位姑娘，每期一到，同事们就争先恐后地竞相观看，轮到我时尽管已经不新了，我依然读得开心而认真，那真是手不释卷。好多优秀的文章，我至今依稀记得:《铸造求强发展之魂》《文字，文采逶迤未了情》……紧张的学习生活和一本本《安钢文化》汇聚了我快乐的青春时光，现在大家还能回忆起凑在一起读《安钢文化》的不少细节，以及关于这本杂志留在我们心里的点点滴滴。

我的爱人自幼喜欢文学，平时也喜欢写一些散文、诗歌，在努力笔耕后，也发表了一些“豆腐块”。看我喜欢看《安钢文化》，就斗胆向其投稿，并且很快敲开《安钢文化》的门，为自己的稿件开垦了一片崭新的领地。我知道她的稿子质量很一般，是编辑们在以真诚的热忱和关爱鼓舞她在文学的道路上继续前行。看着妻子欣喜地拿着飘着墨香的样刊，我为她感到喜悦和感动，这种美好的情愫，在我的心扉氤氲好久好久。

如今，整日忙碌在大高炉现场的我已经华发早生，手里攥着的只有青春的一点儿尾巴了，可是《安钢文化》仍然是我阅读中最主要的一个朋友。时光飞逝，许多年过去了，昔日熟悉的好多杂志已不见踪影，特别是一些企业报刊、杂志如昙花一现，而《安钢文化》却一枝独秀，一直在努力地成长：精美清新的封面、挺括的纸张、清晰的印刷、观点深刻的文章、增加的文艺副刊，使人不得不相信，《安钢文化》与安钢人一起在观察、在思考、在进步。它注视着新一代安钢人共同的话题：机制变革、创新创效。也真诚地排解了职工群众琐事的忧虑。我之所以一直放不下《安钢文化》，就是因为它始终保持了与时代、与安钢发展一致的步伐，充满朝气和自信。

今天，在绵绵的第一场春雨中，最新一期的《安钢文化》摊在我的办公桌上，封面上是安钢厂区优美的风景。闻着淡淡的墨香，我的心平实而快乐，在忙完了柴米油盐之后，在谈完保钧驻防之后，在忙完高炉护航之后，守着孤灯，喝着清茶，手捧一期《安钢文化》，亦是我未来岁月中不算奢侈的享受吧。

品味幸福

伍晶楠

幸福，不在过去，也不在未来，而在当下，过好每一天，品尝幸福的滋味。

——《牵手幸福》

曾经，青春时的我浅浅地以为，幸福，就是我想象中爱情的模样。随着年龄的增长和眼界的开阔，我渐渐发现幸福可以是多种的，它并没有一个准

确的定义。我相信，每个人在不同的阶段经历不同的事情时，对于幸福的理解是不同的，它无处不在，只要我们用善于发现的眼睛去寻找，用坦然平静的心去体会，对生活少一些抱怨，多一些坦然，幸福，就像花儿一样，盛开在我们身边。

最近读了《牵手幸福》这本书，好像是在与智者对话。书中那些古今中外的经典事例和字里行间蕴含的哲理情思无不动人心弦，发人深省。其所表达的"幸福六论"，可以说是一本"幸福指南"，是所有追求幸福者的良师益友。

而对于收获颇丰的我来说，感悟最深的就是"开心工作"这一章节。工作是我们人生中最重要的组成部分，不仅仅是我们生存的手段，更是我们幸福的保证。也许有的人会觉得幸福感和工作无关，幸福与否，只和生活关联，但正如书中所讲，幸福蕴藏在每天的工作之中，它洋溢在每天的勤奋工作和获得之中，洋溢在收获的每一点喜悦之中，体现在每项工作所带来的那种精神充实和成果创造之中。

我一直都觉得，自信独立的女人最有魅力。自信是女人一生最可靠的资本，自信能排除各种障碍，克服种种困难，使事业获得成功，生活获得幸福。自卑的女人总以为命运在捉弄自己，其实，我们每个人都是一道风景，有阳光，有空气，不必去羡慕别人，每个人都有不同的人生。

女人要走出柔弱，摆脱依赖，首先要爱自己。爱自己的女人，别人才会爱你。女人有了工作，事业才可以独立，因为只靠依赖男人其实是很被动和苦恼的。记得曾看过这样一句话："如果说，男人的征服欲是与生俱来的，那么女人与生俱来的便是依赖。"小时候，我们依赖父母，长大后走入社会，累了的时候想找个肩膀靠一靠，倦了的时候想有个怀抱，受委屈的时候想有个人安慰，这个世界，我们想依赖的越来越多，可是我们可以依赖的却是越来越少。一个女人，只有在精神上独立，才有资本谈论优雅。纵观古今，那些可以算得上优雅的女人，都是事业有成的，就像宋氏三姐妹、希拉里、撒切尔夫人、吴仪、杨澜，他们都有自己的事业，是事业有助于她们的优雅，让她们有自信，反过来，优雅和自信也促进了她们的事业。

人常说，幸福有三要素：有事做，有希望，有人爱。其实，工作着就是幸福的。女人天生喜欢胡思乱想，一旦不工作没有事闲下来，就凭女人们那丰富的联想力，即使是风平浪静的生活，大多数也会因为杞人忧天的想象出现各种抱怨和不满，从而失去了最初拥有的幸福感。

俗话说，兴趣是最好的导师。如果热爱自己的工作，干起来就会很有热情，会比较轻松，同时也能从中得到很多乐趣，会有较强的幸福感。

报考大学选专业时，我选择了自己感兴趣的财务专业。毕业之后，尽管第一年由于种种原因我所从事的不是自己的本专业，可是“干一行，爱一行”，我仍以一颗充满热情的心去学习，去工作。我没有讨厌这份工作，也没有整天抱怨，相反，我很享受那段学习新工种以及和同事相处的美好时光。在此书中这样写道：作为一名职业女性，从 20 多岁参加工作，到 55 岁退休，大概有 1/3 的时间在工作，1/3 的时间在睡觉，1/3 的时间在干其他的事情。如果一个人热爱自己的工作，那么就是幸福的，但如果一个人对自己的工作十分反感，那么她的人生就不会快乐，至少有 1/3 的时间是在不愉快中度过的。的确，对自己的工作满是委屈和抱怨，到头来只会让自己烦躁，到头来失去了工作的本质意义。

很幸运，一年之后我抓住机会，考取了自己的本职专业，成为了一名会计，心中的喜悦溢于言表。此时，幸福存在于会计工作的每一个细节之中。初入会计职场，那一张张凭证，一本本账簿，一份份财务报表，熟悉又陌生。当时，我最大的幸福就是从生疏到逐渐熟悉业务，发现自己一点一滴的进步。当梳理发票并把他们一一整理好的时候，当顺利办完一笔账目舒展一下身体的时候，我都会体会到一种超脱的幸福感。会计生涯，考试众多，尽管过程艰苦，但我相信，当考试通过的那一刻，必然有一种收获的幸福感。正如书中所写：在工作中，没有目标的忙碌不是什么好的状态，如果一名职业女性不能为自己、为他人创造价值，不能让自己的内心获得快乐和幸福，那么这种忙碌只能是在忙中碌碌无为而已。可能我们没有那么高的官爵，可能我们赚的钱不多，但是我们勤奋工作，享受工作的乐趣，这样的我们就是幸福的。从事自己喜欢的工作，过着自己做主的生活，累也是一种享受，一种幸福。

我们努力寻找幸福，创造幸福，它就如同一粒深深埋在心底的种子，只有不断地施肥、浇水，才会绽放出鲜艳的花朵，散发迷人的醇香。

愿我们每个人都能在生活中品味、感悟幸福，愿我们生活得每一天都能像花儿一样绽放。

“事不避难，敢于担当，奋勇向前”

兰 馨

周六、周日酷热了两天，有点儿让人受不了的感觉，潮湿的热浪让情绪烦躁。周一早上，当我来到办公室门口时，看到窗台下面的牵牛花和茑萝都几乎被干渴而死，下半部的叶子已经变得焦黄，开了一半的艳红的喇叭花和五角星都定格在那个半开的状态，上半部还透着绿的叶子也耷拉着脑袋，唯一让我欣慰的是在这样恶劣的条件下，她们依然保持着向上生长的姿势，枝头像挺起的胸脯，像昂起的头颅依然向上攀爬着！我给干渴的花儿浇上了足够的水，半个小时之后，所有的叶子重新抖擞起来，包括下半部发黄的叶子！开出的花朵也变得水灵起来！从这些花的生长和困境中，我从中得到了启迪。

当我们遇到困境的时候，不管多么困难，我们都要想尽一切办法去克服和解决，如果是我们真正无力解决的，我们就接受和面对，让时间来对付它，谁能够坚强地挺过来，谁就会获得更大的发展空间和更多的发展生机。

当我们遇到困境时，也应该像那些生命力极强的花儿一样，即使生长的空间和环境受到了极大的限制，即使有一部分叶子枯黄了，也决不能失去向上生长的坚定信念和信心！下半部变黄的叶子是为了尽量少吸收水分，把水分留给上面有希望的花朵和较小的叶子，枝头才能保持永远向上的希望和力量！这难道不是一种责任的担当吗？一个企业和一个人是一样的，当企业面临困境的时候，全体干部职工更应该和衷共济，积极应对，集思广益，积极地出主意，想办法，谋生存。

近期，大家谈论最多的话题就是“战危机，创效益，求生存”了，安钢生产经营正在接受着严峻的挑战，于是，盘旋于笔者脑海中，能够给予我们一种力量的词语，莫过于“担当”了，在词典里“担当”的解释是：接受并负起责任。困难面前勇于担当是怎样一种难能可贵的精神和品格啊！如果安钢每一个单位以及全体安钢人都能勇于担当，那将会产生多么巨大的力量啊！“接受并负起责任”，多么能给予我们力量的一句话，它是勇气、信念、智慧的象征和体现。有了这样的精神和态度，还有什么样的困难解决不了？有什么样的坎坷不能跨越？在严峻的形势面前，作为一名安钢人，我们首先应该勇于担当，肩负起自己的使命和责任，把“担当”作为我们共同的目标和要求，无论我们所处的环境多么的恶劣，无论我们面临的任务多么艰巨，只要我们坚定信念，勇于担当，知难而进，就一定能够克服各种激流险滩、艰难险阻，到达成功的彼岸。

温家宝总理说过“事不避难，敢于担当”。每个人都有自己的担当，不管是为情、为理还是为义。担当是一种责任，一种自觉，是一种境界追求、一种人格修养，更是一种拼搏意志，一种牺牲奉献。

敢于担当，就是要在风险面前敢于作为、敢于承担责任。敢于担当也是一种精神。强烈的责任意识是勇于担当的前提。古人说：大事难事看担当，顺境逆境看襟怀。在机遇与挑战并存、风险与发展同在的关口，要在安钢面临的非常时期尽非常之责，用超常之功做非凡之为，唯有敢于担当！正所谓“危难当头，方显英雄本色”。

在钢花飞溅的炼钢炉旁；在皮带永不停歇的运输线上；在隆隆飞转的设备旁；在缜密监控的仪表前；在灰尘弥漫的原料现场；在职工大汗淋漓的检修工地；在集思广益的职工合理化建议中……三万铁军在自己的岗位上不畏艰险，兢兢业业，默默工作，这不正是一种可贵的担当吗？在困难和困境面前，他们从容地接受了严酷的现实，并在自己岗位上尽着一份力，负起一份责！这每一份小的担当，凝聚在一起就是一份巨大的担当，就像一滴滴水可以汇聚成大海，一粒粒沙能够堆积成大山！让我们共同凝聚起这份勇于担当的巨大勇气和力量，迎难而上，砥砺奋进，勠力同心，全力以赴打赢这场应对危机解困攻坚战！

青春在这里绽放

宋 斌

三月的安钢，空气中依然有丝丝凉意，而中午的阳光普照又昭示着春天的到来。闲暇之时，回想起毕业后的日子，才恍惚间发觉，我已经来到这里工作两年有余了。安阳钢铁集团公司，面对这早已不再陌生的名字，我不禁思绪万千。

2012年6月我迈出大学的校门，7月，加入安阳钢铁集团公司。匆忙间挥手告别了充满幻想与期许的大学生活，便转身汇入了社会的洪流，我满怀憧憬地开始了一段新的青春历程。

在接受完简短的学员培训后，我来到了安钢动力厂，成为一名高压电工。来到动力厂的最初几个月里，我被安排到电修车间熟悉工作环境。或许是因为我出生在这片土地，亦或许是因为父母本就是安钢职工，我幼年很长一段时间便听着父母在讨论安钢缘故，尽管到新岗位的日子并不长，但这里的一切是那样的亲切与熟悉，仿佛久识未见的老朋友一般，并不显生疏。几月下来，这片被钢铁、电机、高炉环绕的厂房已然成为了我工作的全部。

在工地上有许多和我父亲年龄相近的老职工，他们一提起自己年轻的时候便有说不完的话，他们总喜欢给我们这些年轻人讲述他们当年安电机，架电缆，抢修设备时的往事："2012年190t发电机组建的时候我亲自参与了！""98年，我在热一车间抢修，我儿子出生时我都没顾上回去。""95年，我接线时候还触过电呢！""你看这道疤，是那次爬电缆沟时候不小心拉破的，以后你们可要注意安全。"……那一张张饱经风霜而无比自豪的面庞，顿时让年轻的我们相形见绌。我知道，在他们的心里，安钢的血脉早已融入身体，成为生命，成为已逝青春不可磨灭的印记。而那一道道伤痕，已然成为了一枚枚勋章，昭示着他们为安钢付出的无上心血。或许如今，已经很少有人能够体会他们年轻时的执着与信仰，但是他们的热血和理想已深深地融入了安钢这片热土，他们始终为自己有着如此激昂奋斗的青春而感到无上荣光。或许，这才是一个真正安钢人的本色，拼搏进取，敬业奉献，坚忍不拔，追求卓越。

记得刚上大学时读过的一位加拿大作家的小说，大概叫作《山中岁月》，讲述的是一个十八岁的小男孩独自离家，在原始森林中生活的惬意时光。那时的我正值弱冠之年，内心充满了青春的躁动和激情，总梦想着自己有朝一日能够尝试那种冲破束缚的自由生活。而如今，虽然生活的环境已然大相径庭，但工地上那种种快乐而充实的生活却让我有了似曾相识的亲近。“益重青春志，风霜恒不渝”，可见，青春的梦想并未老去，只是它融入了我们的生活，我们的工作，绽放在我们奋斗的征途上。

在现场忙碌的身影中，自然也少不了我们年轻一代的身影，他们有的刚过而立之年，有的新婚莞尔，有的像我一样才毕业未久，他们中绝大部分都是祖国各地大学毕业后来到这里的。在这工作环境不是太优越的地方，他们却从未有过怨言，他们那认真的工作态度和自得其乐的乐观精神时常感染着我，让我初到工地时的不适很快一扫而空。

在这群人中，有几个人显得尤为特别，他们和我一样，父辈都是安钢的老职工，他们从小就在这里长大，安钢也成为陪伴他们成长的深刻印记。大学毕业后，他们毅然选择了子承父业，甚至主动放弃了留在毕业学校所在大城市的优越条件，选择了在这里磨砺意志锻造青春。对于他们而言，这不仅是一个职业，一份工作，更是一份梦想与责任的传承，就像他们其中一人在日记中写道的那样：“我的父亲是站在我前方的一面旗帜，他为了中国的钢铁事业，为了安钢集团的兴旺发达，为了一个安钢人的责任奉献了自己所有的青春和热血。如今我将跟随他的脚步前行，我并不惧怕所面对的艰难险阻，因为在我的心中，始终怀抱着父亲对他们所热爱的工作和土地将近四十年矢志不渝的坚持与信仰。”

时光如梭，白驹过隙，如今的我已经进厂两年有余，早已成为动力厂电修车间的一分子，在这钢铁洪流中为着共同的目标奋斗着。我始终执着于我的选择并热爱着我的工作，享受工作带给我的盈满而充实的生活。

虽然有时朋友打来电话，劝我换个环境好些的地方，或对我说大学生来到安钢当工人有些施展不了拳脚；我总是笑笑，不置可否。没有亲身体验过这种生活的人永远无法体会这份工作的意义与价值。是的，这里工作环境不如事业部门干净整洁，远离了明亮的教室，整日与电机为伍，与高炉为伴；无可否认，这里的收入不如私企高，离开了父母的照顾，经济独立，一分汗水一分收获，冷暖自知；不可否认，这里的工作没有公务员轻松，大部分户外作业，经常加班加点。虽然我们不是一线生产部门，但我们的工作同样重要！我时常幻想着有一天，可以自豪地向亲人们讲述着我们在某个发电机组留下青春奋斗的身影，安钢发展的里程碑上留下我们青春奋斗的足迹。这里的我们理应骄傲，是我们用青春，在坚硬的钢铁上镌刻下奋斗的诗篇，是我们的汗水，支持和浇灌了炼钢炉里一条条奔腾的钢铁血脉，这其实就是生生不息的钢铁魂魄，铁浇钢铸的安钢脊梁。

“少年智则国智，少年富则国富，少年强则国强，少年独立则国独立，少年自由则国自由，少年进步则国进步，少年胜于欧洲则国胜于欧洲，少年雄于地球则国雄于地球。”如今的我们，便是梁启超先生笔下的少年，我们的身后，有安钢几代人的期望和嘱托，我们的肩上，有安钢腾飞的理想，让我们仰望苍穹，脚踏故土，将激情在这里挥洒，让青春在这里绽放！

成长中的安钢电商平台

张南南

写这篇文章可以说是预谋已久的临时起意，在安钢电商现货部工作有一段时间了，平凡中的点滴让我有成长、有感动！在这样一个寂静的夜晚，种种情愫涌上心头，让我有了执笔的冲动。

依稀记得刚调到这个部门，领导就给我们一个“下马威”：“这里不养闲人，你们既然来了，就要摒弃各种放松自我的念头！集团公司打造这个机动灵活的平台，就是要把我们淬炼成一支特种部队，让我们具备先锋性！一个时代最先锋的理论必定是军事理论，因为商业的输赢要钱，而军事的输赢则要命，我们的理论就三个字‘咬咬咬’！”

安钢的电商现货部始创于2014年10月，起步于带出品销售、价格发现；发展于现货销售、竞价拍卖；伴随着人才挖掘与团队培养。这一路走来，我们到底收获了什么？我想了许久，认为有以下几点：

第一，我们收获了一支队伍。电商的工作性质决定了我们全年无休，一周7天，天天都是工作日，面对压力，我们就这样咬着牙，日复一日，一仗一仗地打，最终磨砺出一支能打硬仗的队伍。今年2月市场波动巨大，钢铁期指异动，库存暴涨，公司下达了降库的军令状！压力如乌云一般扑面而来，负责卷板的徐哥，最多的一天打了19个包，每竞拍出去一个包，他都要到门外抽一支烟；负责中厚板的韩姐压力更大，一张中厚板的重量从0.5吨至12吨都有，几千吨的销售量就是几百张订单，其复杂程度难以想象；负责型棒线的涛哥平日里风趣幽默，那几日也失去了容光，连OA状态都改成了“做一个勇敢的男人！”大伙儿时刻处于一种“一天打八仗，三天不卸甲”的状态！

天道酬勤。月末最后一天，当我们做完产品统计与价格分析，韩姐哭了，这是精神从高度紧张状态松懈下来之后的一种宣泄，我们不仅把库存降到红线以下，还超额创造了利润。那天晚上，大家喝了很多的酒，说了很多的话，却是如此开心……就像某篇文章里说的“T.E.A.M.就是Together Everybody Achieves More(在一起每个人实现更多)。”

第二,一个有温度的品牌。在这个信息爆炸、热点分散的时代，一个品牌能被大众持续关注非常重要，当时我们就提出了“做有温度的钢铁供应商，让每一吨钢铁都值得信赖”的口号，并制成精美的手机背景供大家使用，在无形中加强了安钢的品牌形象。为了让安钢的电商平台有温度，我们的设计思路与欧冶云商、找钢网有着很大的区别，欧冶云商与找钢网是第三方电商平台,它们搭建的是厂商与消费者之间的桥梁,而安钢的模式是“前店后厂”,我们是在卖自己的产品。这两种模式本质的区别在于，安钢在“前店后厂”的模式下，钢材流、资金流、信息流，三流合一，安钢与用户之间是直达的，没有任何中间环节，采用这种模式的企业有苹果、戴尔、小米、三星等。供应链是销售的核心,线上线下概莫能外,我们去掉了一切不必要的中间环节,使成本降低，让现金与现货高效流转，让讯息双向直达！这样我们就可以把更多的精力投放到提升产品质量和服务中去，去聆听用户最真实的声音，避免“中间人”讯息传达失真的发生。

第三,用户群。我们牢牢抓住1%的核心用户,深度连接9%的活跃用户,再辐射带动90%的普通用户。核心用户就好像每天都坐在你家客厅里，你更新什么资源和报价，他们第一时间就会看到；活跃用户是可持续消费的、可画像的、持久的，是我们现货销售的主力军；普通用户是散落在大街上的、海量的，以往这部分用户的获取成本非常高，但互联网的资源禀赋决定其不受地域的限制，现如今我们的用户遍布祖国的大江南北，每次出差都能从数据库调出当地的“老铁”。

第四，安钢电子商务平台。很多电商平台都是用钱烧出来的，但是过去几年里我们没在这上面烧过一分钱，我们就是在推广安钢现货的过程中带出了一个电商平台，这一点我们非常自豪！安钢电子商务平台目前可以说是豫北钢材市场的一个风向标；是周边钢贸商每天上班后浏览的第一个界面；是一些大数据公司的指定采集点，一举一动都影响着周边钢材市场敏感的神经。

第五，社会信誉。电商现货部无论是对钢贸商还是对直供用户，都建立了良好的社会信誉，并且与很多优秀企业都建立了良好的合作关系，媒体类的有腾讯安阳站、阿里巴巴安阳站、360、今日头条、网易新闻、青春安阳、安阳论坛、安阳电视台等；网站类的有欧冶云商、找钢网、MYSTEEL、五阿哥、河钢云商、积微物联、钢之家、中钢网、中国铁合金现货网、金陵钢铁网、中联钢、大宗网、兰格钢铁网等。

第六，方法论。我把它留在最后，是因为这是我觉得最有价值的东西。

先整体后局部。刚起步的时候，就像崔健的一首歌名《一无所有》，我们根本不知道从何入手，直到有一天看到一部纪录片《钱学森》，才豁然开朗。当年中国的核工业刚刚起步，钱老先生发现中国的基础工业特别差，稍复杂一点的零部件都制造不出来，后来他突发奇想，决定以整体系统的实现来克服局部的不足，先易后难，把单一功能先做起来，由一专缓慢向多能转变，最后回过头来再去优化局部。经大家激烈讨论，统一决定从竞价功能入手进行突破。回马坡前不怕鬼，困难面前不服输，林科和赵部负责撰写框架与规则，小姚负责程序编写，大家负责内测捉 bug。经过 Alpha 版、beta 版的打磨，1800 吨 12mm 的 HRB400E 抗震钢筋上线后，平台用户出价 71 次，延时 46 分钟，加价 99 元，为公司创造了巨大经济效益。不过后期随着功能的复杂程度呈几何增长，我们在处理技术问题时有些捉襟见肘，还好安钢自动化公司的及时介入，让我们如虎添翼，腾出更多精力投入到框架的优化中去。

MVP(Minimum Viable Product) 最小化可行产品。天下武功唯快不破，正确的方向从来都不是想出来的，而是极速迭代打磨出来的，互联网领域高手云集，只有抓住用户的痛点，实施“快速部署 - 复盘总结 - 优化调整”的降维打击，才能迅速完成从0到1的突破。

力出一孔，才能利出一孔。阳光只有汇聚到一点，才能燃烧起火焰，前期我们为了能做到面面俱到，功能越加越多，平台越来越臃肿，严重影响了用户体验。我们权衡了很久，决定来一次重大改版，遵循德国建筑大师密斯·凡德罗“Less is more”的设计原则，“但凡是不产‘粮食’的流程，就是多余的，多余流程所衍生的复杂性要逐步简化，每新增一个功能节点的前提是以干掉至少两个旧节点为前提”。断：彻底砍断那些用户用不到的功能，只保留共性刚需；舍：舍弃那些浪费用户时间、增加用户学习成本的接口；离：脱离对功能全面的执着，把登录接口直接做到首页，使体验便捷，黏性增加。

夜更深了，就写到这里吧，回首过往，想要感谢的还有很多，如每天承担我们现货巨大订单量的财务、合同、结算和库房的兄弟姐妹，还有协助我们不厌其烦地优化系统的自动化公司等等。

安钢，十里钢城，一座座坚硬的钢铁厂房，带给了我们温暖香甜的牛奶面包，一炉炉滚烫的火红铁水，带给了我们宁静祥和的幸福生活，未来的风很大，让我们撸起袖子，加油干！

80元年终奖

王　飞

1998年的年终奖给我留下深刻印象，那一年安钢发了1000元。我下班回到家，一位同学来找我。当时我家还住在纱厂，这位同学在纱厂上班。那段时间纱厂效益好转，给职工们结清已拖欠几个月的工资，还发了80元年终奖。他很高兴，兴冲冲地要请我出去撮一顿。他问我发了多少，我低一下头，小声说：“1000。”他脸上的笑容僵住，刚才的高兴消失无踪，我觉得手足无措，挠挠头、摸摸鼻子，我俩都很尴尬，面对面坐着却避免和对方目光接触——多年后，当我经历了更多的人情世故后才知道，只有儿时玩伴才会在你面前把嫉妒、失衡这些人性弱点毫不掩饰地表现出来。沉默了一会儿，

我说："出去找个地方坐坐吧。"拉着他走出家门。

那天晚上虽然寒冷，但是纱厂生活区里却热闹非凡，小饭馆里、路边摊上都坐满了高兴的人。过年了，渴盼几个月的工资拿到了，还有80元年终奖——虽然不多，但这80块钱犹如洒在热汤面上的几滴香油，给职工们的喜悦提味不少。几个人围坐一起，熟肉、小菜、花生米、二锅头，再加上欢乐的气氛，就是一场盛宴。他们大声说着、笑着，议论的中心是厂子近期好转的效益，他们坚信企业会好起来，他们满怀希望。

我和同学找了个地方坐下。他低着头不说话，我感到内疚，也不知说什么好。许久，他喝下一大口白酒，说出堵在心里的那句话："同样上班干活，咋能差这么多？"说完，他真诚地看着我，我的眼睛被他的目光刺得躲躲闪闪。我知道他是个好工人，带过他的老师傅都夸他勤快，上班没几年就练得一手好钳工活儿。我说："喝酒吧，怨领导无能，也怨市场复杂，反正怨不着咱们，不过看样子，纱厂会好起来的。"他说："对！会好起来的！"他提起了劲头，开始滔滔不绝，说新开发的产品卖得多么好，说厂里新进的意大利设备多么先进，"虽然南方的纺织企业里早用上了，但我们也总算有了呀，就不落后了"，他说。

算账的时候，他硬摁着我不让我掏钱："再咋说，今天是我来请你的。""看看，我的年终奖还剩下这么多。"他笑了，我也笑了。我在纱厂长大，父亲在钢厂、母亲在纱厂，我总觉得，安钢像我的父亲、豫北纱厂像我的母亲，真心希望"她"会好起来。

现在，纱厂的大部分设备已经变卖，很多厂房都空了，租给商户做仓库——看着一箱箱花里胡哨的饮料、零食、日常用品放在曾经酝酿火热生活、无比坚固宽敞的厂房里，真觉得这是对那些商品庄严到奢侈程度的礼遇。剩下的机组租给私人老板继续生产运营，他还在纱厂上班，从国营企业职工变成私企的打工仔。但是别管资产姓谁的姓，工人对企业的感情里有一种血缘核心，法律注册永远无法触及，就像利益原则无法解释当年那80元年终奖为什么能带给人那么多喜悦和希望一样。

希望他的和我的厂子都能好起来。

老靳班长

王 飞

我刚进厂的时候，当时的三辊轧机上有个老班长，名叫靳土。他个子不高，五短身材，给人的第一印象是粗壮，腮帮子整天刮也是铁青色，干活的时候蒙上一层汗水，被温度上千的红钢一照，蓝汪汪发亮。尤其他的两条胳膊，伸出来，前臂和拳头粗细一样。第一次见面，他看我比他高一个头还多，提出要和我掰腕子。先用右手，我赢了，他惊奇，“小子，可以啊，来，左手。”左手我输了。他得意，“右手能赢我的没几个，左手我从没输过。”

据靳土讲，他的名字是他爹给起的。他爹不识字但是爱动脑子，起的名字大有深意，一来贱名好养活，二来好写好记，还有深层次的含义：靳与劲谐音，土地是农民安身立命的根本。他爹说，庄户人不想金珠宝贝，有力气、有田地就有粮食，就能顶门立户，老婆孩子啥都不缺。

虽然老父想让他当个吃苦能干的农民，可他却摆脱了农民的身份。七十年代，钢厂面向社会招工，靳土进厂当了工人，从此过上比农民更好的生活。他说，刚进厂的时候感觉这里什么都大。从没见过的那么高的厂房，那么大的机器；食堂里的大白面馒头、大盆子烩菜，油大，喷鼻香；干活掏力大，大汗珠子砸在红钢上哧哧响；下班了，在大澡堂子里一泡，回到宿舍吹着大吊扇呼呼大睡。从他回忆的表情就知道，他当初一下子就喜欢上了这种生活。靳土一身力气没用在种田上，都用在了轧机上，在他看来，有了轧机才有了安身立命的根本。

以前的轧机生产靠人。轧机一转，工人们像一群蚂蚁，围着轧机转。有一个操作台，开辊道、前后升降、横移拨子，属于辅助岗位，需要的人不多，可大家都争着抢着上去，图个省力、安全。靳土不上，他说最怕见到那些红红绿绿的按钮，坐在上面老觉得轻飘飘，还是在下面一块儿一块儿地轧，心里瓷实。靳土老实厚道，可是不笨，干活是把好手。用他的话讲，电工、钳工、车工的活儿靠技术，生产班的活儿靠灵性。当时轧机上有个活儿叫翻叉子。轧型钢，从二架轧机的椭圆孔或者菱形孔出来的红钢长度十几米，呈条

状，被横移拨子推到三架轧机的辊道上，钢体横截面是趴在辊道上的，需要人用叉子把它叉住，一翻，让它的横截面立起来进三架的圆孔或方孔。翻不动，红钢平趴着进孔型，出耳子，成废品；翻偏了，红钢顶在导板上，损坏设备，轧机停产处理事故。再一个，叉住在辊道上快速移动的红钢后，人若站立不稳摔在红钢上，那可要命。这一叉、一翻就是个巧活儿，要稳准快，人的力气再大也别不过重量上吨的钢锭，得力上加巧。很多平时精明的人，一翻起叉子来，笨得像猪。靳土看着不耐烦，摆摆手，"走、走，上操作台去。"他翻叉子有绝活，搬来一把角钢焊成的、又高又大的铁椅子，坐在上面，握着叉子，对准隆隆奔来的红钢，居高临下，一叉下去，像叉住红色巨蛇的头，双臂下压，人连带铁椅子向前跷起，叫人看着悬心，怕他就这么摔下去，就在这当口，红钢进入导板，他松开叉子，随着"哐当"一声红钢咬入轧辊，他也"哐当"一声连人带铁椅复归原位。靳土经常用这种活像不倒翁的方式一翻一个班，一跷一回、一跷一回……看得久了，觉得他是轧机上的一个部件在稳定运作，保证了一个班的正常生产。他在的班通常都比别的班产量、成材率高。他这一手，别人学不了，也不敢学，怕出事儿。厂里管安全的女干事警告他，他咧嘴呵呵笑，和掰腕子赢了我一样得意地笑。

靳土没文化还闹过笑话。一次，厂里让职工们填写个人家庭状况，他在接班室里拿着表格一看，满纸的字不认识，问别人，"咋填？"被问的那个人指着表格第一栏，"在这儿，写你的名字。"他写上"靳土"。那人看他写了，以为他会写字，就把自己填好的表格给他，"你照着这个格式填吧。"可是，靳土只会写自己名字这俩字儿，照着填，配偶姓名，人家填啥，他比着划道儿，子女姓名，人家填啥，他比着划道儿。过了一会儿，那人回头一看，叫了起来："嗨，靳土，怎么把我的老婆孩子都写成你的了？""你让我照着填。"那人气得捅他一拳，"说你老实，你还老实人不吃亏啊，再填家庭住址，我房子都成你的了。"一屋子人都笑，靳土也咧开嘴呵呵笑。

现在，三辊轧机淘汰了，换成四辊可逆式轧机。新式轧机再也用不上靳土的拿手绝活儿。轧钢时，生产线上不见人，人都坐在配备空调的操作室里，用主令控制程序对轧制过程的每一步骤进行调控。

靳土已经退休，老婆、孩子、房子啥都不缺，实现了当年他爹对他的人生期许。在老轧机的年代里，他们那一代人为厂里干出了年产 65 万吨的历史记录，数字后面是多少工人的汗水、熬红的眼睛。这个产量放在新设备条件下虽然不值一提，但是印在厂里的茶缸、饭盆、镜子上留念的红字依然鲜亮。

一座老牌国营钢铁企业，风风雨雨五十几年，设备在更新，人也在更新，多少像靳土一样的工人来了又走了，他们在这个付出一生艰辛劳动的地方有没有留下点什么？每当我看到那些年轻的大学生们坐在电脑屏幕前精心操作,脑海里还会浮现出当年靳土坐在铁椅子上那个不倒翁般的身影。我想，他们还是留下了一些东西的。

我和你

戎新宇

“……我和你，心连心，永远一家人。”每当刘欢、沙拉·布莱曼《我和你》的旋律响起，总会勾起我对与安钢风雨同舟、荣辱与共往事的缅怀、追忆。

企业的哺育、培养，促使一名普通职工健康成长。

作为共和国记忆中“老三届”的一员，我在接受两年“贫下中农再教育”之后，于1971年离开“广阔天地”，风尘仆仆地踏上安钢这块土地，投入你略显陌生的怀抱。自此，揭开了个人职业生涯的第一页，同时，领略并见证了你关心、爱护职工，积极引导大家投身生产经营，逐步从小到大、由弱变强的辉煌历史。

进厂之初，你把我分配到第一炼钢厂，并予以生活的关心、政治的帮助、文化知识的哺育、工作能力的培养。当时，作为一名电炉炉前工，师傅们手把手教我加料、扒渣、取样、出钢等各种技能，使我很快成为一名出色的炼钢工人。每天班前会，工段经常组织政治、业务学习，使自己的思想、业务素养日趋丰厚。两年之后，团组织还向我发出召唤，吸纳我成为共青团的一员。

粉碎“四人帮”之后，你转换我的工作岗位，使我成为一名车间管理人员。实践中，你让我接受严格的专业培训，使本人在不太长的时间里，成为一名劳动管理的行家里手。1983年，你给我分配住房，使我的家庭生活质量得以翻天覆地改变。工作之余，你不断组织各种文体竞赛，进一步锻炼了

我的体魄、陶冶了我的情操，强化了自身顽强拼搏、力争上游的团队精神。闲暇时间里，你鞭策我参加初中知识补课、高中文化预习，还把我送入全国第一次成人统考的现场，使一个“文革”前只有初中文化的人，蜕变为郑州大学一名成绩尚佳的毕业生。1986年，根据个人思想、工作实际，党组织批准我加入到共产党员的行列中。

1990年，我遇到了一件至今难以忘怀的事。那时的我，堪称“文艺青年”，先后接到国家有关报刊向我发出的参加桂林、南通笔会邀请函。然而，苦于囊中羞涩，迟迟不能成行。当我把这件事怯怯地告诉工会主席时，意想不到，他当场拍板，同意为我报销往返路费并享受出差补贴，我惊喜万分，瞬间流下了激动的泪水。彼时彼刻，我感慨不已：娘家人，真是贴心。

1992年，你大胆实施用工制度改革探索，使我得以参加《安钢报》招聘考试，进而通过选拔、竞争，成为一名称职的记者、编辑，并且，很快获得省有关部门授予的“政工师”称号。在十多年的时间里，在你的督促下，我怀揣感恩之心，不敢有丝毫懈怠，全身心致力于舆论宣传报道，采写出大量传播正能量的消息、通讯及言论，并且，出版了自己的文学专著，尤其是本人撰写的《共产党员形象刍议》论文，产生较好的社会效应；而《安钢始终把国家利益放在第一位》新闻稿件，则荣获全国冶金记协年度唯一的“消息一等奖”、河南省记协及企业报委员会颁发的“好新闻一等奖”，从而为安钢开拓市场和美誉度的提高，做出自己应有的奉献。

我十分清楚，没有你的鼎力相助，什么工作调动、购置住房、大学文凭、写作爱好的坚持、业务技能的提高等，恐怕永远都是一个美丽的梦，可望而不可即。因此，在我的思想深处，时常有一个声音在谆谆告诫自己：受人滴水之恩，必须涌泉相报。

职工的感恩、回报，换来安钢肌体的日趋健壮。

你置身东经114度、北纬36度区间，虽然有着得天独厚的环境、资源条件，但是，作为“大跃进”的时代产物，你无疑存在诸多先天缺憾。然而，鉴于党中央、国务院和地方政府的有力支持，尤其是你始终不渝遵循“以人为本”思路，奉行关心职工、依靠职工办企业举措，进一步唤醒和我一样的广大安钢人知恩图报的朴实情感，进而和你一道风霜雨雪，患难与共，使你从小变大、由弱变强。

资料显示，早在建国之初，为了尽快发展国民经济，共和国的领导者们就策划了“三皇五帝十八罗汉”的钢铁工业布局，使你正式于1958年8月10日催生于豫北大地。

自古雄才多磨难。在你的阅历中，既有着第一炉铁水流出、第一块钢锭产生的喜悦，也遇到精简调整、缩编停产的烦恼，特别是“文化大革命”十年浩劫，更是给你的生产经营、壮大发展造成无可挽回的巨大破坏、损失。

然而，面对困难与干扰，你没有气馁、退缩，而是始终如一坚持“以人为本”思路，将关心、爱护、培育职工为己任，使各条战线先后涌现出许多杰出安钢人代表。大家心往一处想、劲向一处使，使你在与天斗、与地斗的历程中艰难地坚定前行。

《安钢志》记载：1966年，第一炼钢厂电炉钢产量仅有1.63万吨，剔除“文革”的十年浩劫，到了1977年，已经刷新为3.06万吨；时间节点倘若延续到1985年，其产量已攀升到6.6万吨，生产恢复、发展的速度可见一斑。

记得那是一个刚穿上工装不久的日子，师傅让我给即将出炉的钢水进行沉淀脱氧。我第一次掂起沉重的铝锭，插入1000多度高温的炉膛中。谁知，铝锭因为比重较轻，很难顺利穿过渣面进入钢水。无奈，我只好依靠自己的蛮力，拼命将铝锭压入炉中并等待其熔化。突然，炉门喷溅出来的炉渣火星落在帆布裤子上，顿时烧的右腿鸡蛋大一块皮肉嗞嗞作响。不过，我没有停止手中的工作，而是坚持完成了师傅交给的任务。事后，虽然伤口疼痛难忍，不过，还是没忘自我戏谑：我也算是为生产付出过“血肉之躯”的人。

1989年，你率领广大职工发愤图强、锐意进取，在全国众多地方钢铁企业中，率先突破钢产100吨大关，成为全国钢铁战线一名勇攀高峰的佼佼者。

那时节，作为一名劳动管理人员，我置身一炼钢原料车间。为配合公司尽快实现年产百万吨的目标，自己和工友一起，合理调配劳力、强化纪律检查、谨慎效益工资发放，较好完成夜间值班任务，全身心为你的层楼更上提供保障。

随着国家改革、开放政策帷幕的开启，你紧跟形势不掉队，迅速转变经营机制，并且，有效开展股份制改革，使和我一样的广大安钢人手持安阳钢铁股票，成为真正的企业主人。

面对日新月异的改革大潮、瞬息万变的市场态势，你依靠群策群力，勾画发展蓝图，搞好产品研发，尽力对标挖潜，促进科学管理，以致在“二次

创业”的道路上留下了铿锵有力的足迹。

那是1993年10月，河南常务副省长范钦臣率领各有关厅局负责同志亲临安阳，召开“安钢总体发展规划”现场办公会议。作为记者，我参与了会议的全过程，并且，舍弃晚餐、通宿未眠，连夜写出整整一个版面的专题报道，竭尽全力为你的“二次创业”鸣锣开道。

2003年开始，你陆续投入巨额资金，逐步淘汰落后产能，实现主要设备的大型化、现代化，圆满完成“三步走”发展战略任务，使安钢逐步登上年产1000吨钢的崭新台阶。

期间，作为报社一名编辑，我除完成本职工作外，还不断抽出时间，赶赴火热的生产、建设一线采访，极力为企业的发展摇旗呐喊。

2008年，你的销售收入首次突破500亿大关，达到510亿元，跨入中国企业500强行列，成为名副其实的钢铁强厂。

人未歇脚，马未卸鞍，你又针对市场及自身实际，高瞻远瞩，提出“两大跨越”战略，进而在实现千万吨钢的平台上，踏上建设“千万吨级精品板材基地”的新征程。

任凭风云变幻，坚信安钢的未来依旧是生机一片。

天有不测风云。2012年，随着国家钢铁产能持续增加，安钢遭遇前所未有的考验，致使企业连年亏损，生产经营呈现举步维艰的严峻局面。

经过惊涛骇浪考验的你，没有被困难吓倒，而是振作精神，审时度势，迅速拉响了警报，向广大职工发出了“打响生存保卫战”的紧急动员令。

此时此刻，已经退休赋闲的我，看在眼里，急在心中。为此，积极响应离退休职工管理中心号召，投身“我为安钢献计献策”征文活动，精心撰写《携手联袂 共克时艰》文章，抒发一名退休职工对生产经营的高度关切之情。

《携手联袂 共克时艰》文中写道：进入2012以来，我国钢铁战线风雨突变，竟然出现十多年间全行业第一次亏损……企业有困难，退休职工怎么办？——首先，广搜信息，共享资源，争当企业专职“线人”；其次，同心同德，关注大局，争当企业业余“督察”；并且，厉行节约，勤俭持家，争当企业岗外“会计”；同时，关爱后代，支持子女，争当企业免费“后勤”……似乎有点赤子之心，溢于言表的味道。

沧海横流，方显出英雄本色。安钢人精诚团结，众志成城，在经过连续五年的摸爬滚打之后，接受了市场的考验、洗礼，终于迎来了扭亏止损的黎明曙光。

2017年，安钢抢抓机遇、趁势而上，生产经营频创佳绩，尤其是7月份，创造建厂以来单月经济效益最好历史记录。

实践证明：只要企业与职工亲密无间，构筑为利益共同体，那么，必然产生你经常为我牵肠、我时刻把你放在心上的效应。企业依靠集体的智慧和全员职工的努力，面对任何艰难险阻自然毫不畏惧、勇往直前以致夺取最后胜利。

兄弟同心，其利断金。我相信：依靠“以人为本”办企业，安钢的明天一定会更加辉煌、灿烂，呈现勃勃生机。

在安钢这些年

马广庆

我是一名80后，自2011年大学毕业后，来到安钢工作已有6年，从工龄上讲，与其他在安钢兢兢业业上班几十年之久的前辈们相比，我算不上是一名“老职工”。从生活阅历来说，上一辈人常半开玩笑地说：“我走过的桥比你走过的路还多”，对于这些，我从不予否认，因为如果说考大学是人生当中的一个重要的转折点，而从迈出大学校园，来到安钢，走向工作岗位的那一刻起，则是我人生当中的又一次转折。

在安钢，我感受到了企业的人文关怀，更学会了成长。初到安钢，一切是那样的陌生而又好奇，虽有“初生牛犊不怕虎”的勇气，但总担心自己在某方面做得不好，说错话，办错事。但这一切我又多虑了，是单位领导的悉心呵护和同事们无微不至的帮助，让我感受到安钢这样一个大家庭带来的温暖。由于老家家住林州，公司为我安排到安钢二区职工公寓，解决了后顾之忧。工作中，师傅们更是不厌其烦地悉心教导，使我迅速地投入到工作状态，就这样，抱着一切从零开始，虚心好学，干一行学一行，爱一行钻一行的工作态度，参加工作到现在，我从一名车间的天车工成为单位综合办公室的一名文秘干事，不管干哪一行，我都坚信只要谦虚肯学就能把工作干好。

在安钢，企业为我搭建人生舞台，自身综合素质得到迅速提升。到机关

办公室担任文秘干事一职后，我深知本人的能力和水平与岗位职责的要求还有一定的差距，深感压力和责任巨大，生怕辜负组织和领导的期望，所以，我每天坚持阅读与自身工作相关的行政和党务工作方面的专业书籍，看新闻，读报纸，加强理论学习，经常带着问题到各专业科室请教，到生产一线了解生产工艺、设备运行状况和职工所思所想，通过学习不断增强业务知识水平。此外，工作之余，充分利用在校期间主持、演讲的爱好与特长，积极参加单位和集团公司举办的各类文体活动，由于表现突出，先后荣获集团公司首届主持人大赛金奖、河南省省管企业社会主义核心价值观演讲比赛二等奖、安阳市广播电视台魅力新主播前20强等荣誉。在锻炼自我、提升自我的同时，为公司塑造了良好的企业形象。

在安钢，我建立了幸福的家庭，生活倍感温馨。和我一样，我的爱人也是安钢一名普普通通的职工，2013年10月，在单位领导、同事和亲朋好友的共同见证下，我们携手走入了幸福美满的婚姻殿堂，2014年年底，我们有了属于自己的爱情结晶，并且在我们的共同努力下，2015年从安钢二区的“幸福小窝”搬进了现在的“大房子”。当然，无论是在婚前还是婚后，除了家长里短的一些琐事，我们谈论最多的还是工作，还是安钢未来的发展。我与爱人都是共产党员，更懂得现在的生活与工作来之不易，特别是在当前安钢异常严峻的形势面前，在有的兄弟企业已经濒临停产、破产的同时，安钢依旧想方设法为每一名职工利益着想，优化人力资源配置，为职工发放误餐补助，遇到资金困难哪怕向银行借贷也得让职工有奖金可拿，有工资可发，对此，我们没有理由不去干好自己的工作，更没有理由怨天尤人，冷眼旁观，因为我们深知现在所拥有的一切与安钢的发展是密不可分的，因为我们深知只有安钢这样一个大家庭的稳定，才能换来许许多多小家的幸福。

出于工作性质原因，每次在学习公司两级职代会报告时，我总是会默默地细读数遍，因为从字里行间可以读出公司为开创又好又快发展新局面的“用心、苦心和决心”，领悟到公司为谋求发展的“较真”与“动真格”。工作报告不遮不掩地罗列出公司目前发展道路上的差距和不足，句句一针见血，点中要害，可谓是字字千斤！勇于剖析自身发展中的差距和不足，尤其是在当前公司异常困难的形势面前，这种跟自己“叫板”“较真”的精神，就愈发难能可贵！天下兴亡，匹夫有责！企业兴亡，职工有责！有差距和不足之处，不要紧，坦然面对，主动担当，迎难而上，犹未为晚！

极不平凡的2017年，对于安钢来说是刻骨铭心的，我们接受了钢铁行业严冬的冰雪洗礼，经历了环保攻坚战的艰苦卓绝，感受到省、市政府对安钢发展的关怀和支持，在生存、改革、环保、转型四大战役的严峻考验下，安钢两万多名职工共同努力，上下一心，克难攻坚，7月份实现利润3亿元，真真正正打了一个漂亮的翻身仗，实现了下半年的开门红，实现了安钢生产经营的重大转折。

复杂严峻的外部经济形势对安钢实现“1143”发展目标提出了新的要求。“决胜三季度，决战四季度”的冲锋号已经吹响，为此，我们每一名安钢人，每一名共产党员，更要认清形势，应对挑战，不断创新工作思路，各司其职，怀揣一个心愿，在努力干好自己的本职工作的同时，时刻为自己充电，全副武装，努力向一专多能、一岗多能方向转变，不断适应新形势下发展需求，为全面推进安钢改革发展增色添彩。

且看今朝踏歌行

刘心忻

请到这里来，
这里有一个青青的世界，
青青从哪里来，
青青从这里的每一片草上来，
青青从这里的每一片每一片树叶上来，
青青从早晨的鸟语中来，
……

朋友，正是这首由著名词作者乔羽、曲作者谷建芬创作，歌手那英演唱的《青青世界》，以其朴实优美的歌词，明快欢悦的旋律引领着我轻轻地走进“春暖花开、鸟语花香”的青青世界。这个“青青世界”，便是我们安钢的生产厂区。如今这被称为“钢铁生态工业园”的重工业生产之地，如同歌中所描绘的“青青世界”——春天花团锦簇，夏日绿树成荫，秋季层林尽染，冬时葱茏依然。你看，厂区内，一排排绿荫浓密的大树，一片片绿油油的草坪，林荫道亮敞，办公室、生产区掩映在绿树丛中，喜鹊喳喳欢歌，鸟儿啁啾呢喃，曲径尽处，流水潺潺，池水微漾，锦鲤悠然……

抚今追昔，大多数安钢人一定会有这样的感慨：安钢的变化太大了，厂区的花草树木多了，蓝天白云多了，空气清新多了！省长陈润儿也对安钢的环保工作给予了充分肯定，他说："安钢认真践行习近平总书记提出的'创新、协调、绿色、开放、共享'新理念……以新的发展理念推动企业转型发展，在环境治理、绿色低碳等方面迈出了实质性步伐。"

面对这巨变、这景致，我的脑海映现出阿伯拉罕·里比科夫说的话："卡森小姐，您就是引发这一切的那个小女人了。"

嗯，你一定会纳闷：环境与小女人会有怎样的关联？那么，就和我一起回眸历史，溯源"这一切"吧。

"小女人"名叫蕾切尔·卡森，1907年出生在美国宾夕法尼亚州斯布林代尔，是海洋生物学家、现代环境保护运动先驱，她曾历尽十年心血写成，于1962年出版在当时很有争议的一部科普作品——《寂静的春天》，该书的封面上写着："现代环境保护运动肇始之作，蕾切尔·卡森诞辰百年纪念。"

由于书中阐释了农药杀虫剂DDT对环境的污染和破坏作用，并以无法辩驳的大量实例，给民众讲述了一个大自然悲伤的故事："一个没有鸟鸣的春天，这样的现代世界是值得被建立的么？"触动了无数普通民众的内心，美前副总统戈尔后来评价说：这是旷野中的一声呐喊。所以此书在出版后不久，卡森便遭到利益团体、化学药品制造商们的打压和抹黑，她所遭受的诋毁和攻击是空前的。但是，一种精神没有死。卡森，这个"小女人"，以其专业的认知和对生命的悲悯，不畏流言，勇敢地说出事实真相，提醒世人：了解化学物质毒害地球的真实事件，和生态环境所面临的严重危机。有人说《寂静的春天》改变了人类历史进程，该书被认为是20世纪环境生态学的标志性起点。作为一个学者与作家，卡森所坚持的思想终于为人类环境意识的启蒙点燃了一盏明亮的灯。后世评论她："没有她，可能全世界的环保运动会延迟很多年，或者现在都还没有开始。"有人说："一个女作者对后世的影响可能会超越无数政客。"

这本书是西方生态保护的开山之作，此前在美国报纸报刊上几乎找不到类似"环保"的字眼。几年后，总统肯尼迪在记者招待会引用了该书的内容，并成立专门调查组清查，第一个美国环保团体——环境保护局随后成立。由于此事，这是世界上第一本将环保作为主题的书，它唤起了人们的环境意识，引发了公众对环境问题的注意，促使环境保护问题提到了各国政府面前。1972年6月5日至16日，由联合国发起，在瑞典斯德哥尔摩召开“第一届联合国人类环境会议”，提出了著名的《人类环境宣言》，拉开了全球环境保护运动的序幕。当时，《纽约时报》评论道，这次会议是一场“思想的革命”。西方发达国家的这场环境运动为中国启动环境保护提供了契机。

1972至1978年间，中国正处于整治混乱时期，也是环境问题开始暴露、环境保护意识萌生、传播和普及的时期。国人对环境污染、环境公害还知之甚少。周恩来总理以他的远见卓识，敏感地意识到环境问题的严重性，以及对于未来中国的紧迫性，决定中国派团参加这个会议，由此开启了中国环境保护事业的航程。1973年8月中国召开第一次全国环境保护会议，通过了中国环境保护方针，即《关于保护和改善环境的若干规定》。会议之后，迅即成立了国务院环境保护领导小组，督促各地成立相应的环保机构，对环境污染状况进行调查评价，开展以消烟除尘为中心的环境治理。同时，对污染严重的地区开展了重点治理。

中国的环保事业一路走来，可谓是坎坷重重、十分不易。

新时代，生态文明建设早已超越环境保护本身，成为一场生产方式、生活方式、价值观念和社会文化的系统性变革。追随世界环境保护意识产生和环境保护事业发展的进程，我们对当今“推进绿色发展、循环发展、低碳发展”的人类社会发展的重大转型和“建设美丽中国”应该有更为清醒的认识。如何化解人类追求发展的需求和地球资源有限供给的矛盾，从而达到“一松一竹真朋友，山鸟山花好兄弟”的和谐意境？十九大报告给出了答案：尊重自然、顺应自然、保护自然。

“踏遍青山人未老，风景这边独好”，这美如画的意境，让我体味出了“美丽中国”的内涵：让山川林木葱郁，让大地遍染绿色，让天空湛蓝清新，让河湖鱼翔浅底，让草原牧歌欢唱……

在向着社会主义现代化强国目标迈进的新征程上，一幅天蓝地绿水净的生态文明建设的美丽画卷正在徐徐展开，每个人都应该激情满怀地投入其中。安钢的所作所为，正是在为“美丽中国”添彩！

作为河南省的老牌国企，经过近60年的发展，如今的安钢，绿色发展

的理念已经深入人心。安钢把环境保护作为“第二生命”。作为一家有责任、有担当的国有企业，安钢集团在生产经营极度困难时期，依然坚持环保投入项目不减、力度不减、进度不减。2014至2016年，先后投资8亿元，完成了原料厂防风抑尘墙、焦炉烟尘治理等20余项环保工程建设；2016年，投资2亿元，对高炉、烧结机、焦化等关键工序进行环保提升改造，在已稳定达标排放的基础上，排放总量进一步削减。如今，当你走进安钢高炉平台的出铁现场，火红的铁水源源不断奔流而出，巨大的防尘罩将出铁口处罩得严严实实，强劲的吸力将烟尘全部吸进了大烟道里，再导入到除尘设施中，整个高炉平台闻不到一丝异味，看不到一缕烟尘，出铁过程做到了烟尘“零排放”。2015年，新环保法实施后，安钢更是以壮士断腕的气概，全力以赴，调动一切手段向污染宣战。

面对安阳市异常严峻的环保形势，安钢讲政治、顾大局、担责任，认真贯彻落实市委关于坚决打赢大气污染防治攻坚战的决策部署，自2016年11月环保限产以来，严格执行一级管控措施，为了头顶的这片蓝天，安钢重拳出击，开展了声势浩大的“钢城清洗清洁”行动，机关部室、车间班组全员行动，放弃休息时间，对生活区、厂区开展清洁行动，在十里钢城掀起了全面清扫、清洗整顿高潮。

安钢还以几近苛刻的高标准，狠抓道路扬尘治理，道路每平方米积尘控制在10克以内，楼顶积尘每平方米不超过5克，厂容厂貌焕然一新。

作为京津冀及周边重点区域“2 + 26”城市里的大型钢铁企业，安钢在新一轮的环保提升中，再次迈上了绿色发展新征程。2016年，安钢吨钢综合能耗完成580千克标准煤/吨，比“十一五”初下降154千克标准煤/吨，降幅为21%；吨钢耗新水完成3.4立方米/吨，比“十一五”初下降5.1立方米/吨，降幅为60%；余热、余能发电量完成15.34亿千瓦时，比“十一五”初增长1700%。

从源头上治理污染是安钢在环保上迈出的第一步，而提高钢铁生产产生的余热、余能等资源的利用效率，则是安钢更为深远的目标。跟随安钢绿色发展的足迹，我们看到：安钢建成的污水处理厂自投运以来，年处理污水3000多万吨，实现了厂区污水的“零排放”；开发出的新一代干熄焦高温高压技术，使安钢的干熄焦技术和焦化工序能耗一举跨入国内先进水平，一年大约可节省熄焦用水124万立方米、减少粉尘排放3万吨、利用余热发电2.5

亿千瓦时；安钢一机两拖发电项目，为国内首次应用，实现了鼓风和发电的同轴快速切换；安钢建成投运的65兆瓦高温超高压煤气发电项目，实现了煤气资源的高效发电；100吨转炉配套完善煤气回收装置，标志着安钢实现了转炉煤气的全部回收利用……在一串串数字和环保工程背后，是安钢人绿色发展的不懈追求。

2017年初，安钢投入近30亿元，以超低排放、近零排放为目标，全面启动原料场全封闭等大批环保项目，拉开了新一轮环保提升大幕。全部项目完成后，安钢的环保治理将上升到一个全新的水平，大气污染物将在目前全部达标的基础上，排放总量进一步削减60%以上。

“披一路风尘，数千载风流，看青山依旧，唱大江东去”，历揽安钢环保事业的进程，充分体现出“美丽中国”的核心：绿水青山就是金山银山！

我们相信：十九大的召开，让老百姓深切感受到打赢环境治理攻坚战的决心和希望，充满希望、信心满怀的美丽中国画卷将更加生动、诗意盎然！

“雄关漫道真如铁，而今迈步从头越”——我们就这样意气风发昂首高歌走进新时代！

亲爱的蕾切尔·卡森，相信你一定看到了当今世界的鸟语花香、莺歌燕舞的春天！

螺纹钢上的虫

李志强

也许你读过《钢铁是怎样炼成的》，但是你读过“螺纹钢上的虫”吗？我是缔拓装卸公司260库房的普通工人。

曾经的岁月已悄然逝去，如今的钢铁男儿早已炼成。我们是一批大时代下被“洗牌”的工人，曾记得，2016年3月新年的爆竹刚刚响过，在安钢“求生存，促发展”的形势下，我们来自不同的后勤岗位的职工，为了一个目标走到了一起。职业有不同，年龄有差距，汇集了大厨、绿化、电工、管道工、澡堂工……32、36、40、45、50，这一连串的工种和年龄数字，你会怎样形

容呢？不怕你笑话，电影里“工农学商兵”组成的队伍就是曾经的我们。曾经经过春夏秋冬四季历练的男人，如今已个个成了铁骨男儿。

曾经的260钢材库房是临时工们的天堂，因为工作环境差，工作性质恶劣，危险性极高，是正式工望而止步的库房，然而我们这支不被看好的队伍，如今却成了一个团队，曾经我们是“螺纹钢上的虫”，摆垛全凭一身臭力气，一层一层抬管子。炎热的高温垛，人必须在上面摘钢丝绳，衣服是湿了又干，干了又湿，一片片“云彩”在我们衣服上绣起了蓝图，垛上的人犹如热锅上的蚂蚁，下垛马上脱鞋，鞋里都是烫脚的，喝水每天都要5杯水。装车更是煎熬，一整垛表面“风平浪静”，可当你吊起第一吊就像滚烫的锅打开锅盖一样，一股热腾腾的蒸汽涌上让人顿时喘不过气来，可就是这样的环境硬生生地让我们坚持了一年多。

如今，车间经过改造，天车改成了磁盘吊，摆垛成了“十”字垛，你说工作量减轻了吧，可是危险猛如虎，“掉件”在我们库房属于我们新组成的词汇。在没有丝毫心理准备的情况下，吸盘不牢就会吓你一颤。改革改革，库房硬件改革了，我们自然成为软件改革的一部分，“凭一身的臭力气”吃饭的时代已经过去了，我们面临的又一次考验就是“头脑”转型，细心耐心成为了我们的必修课，抄号、划单、封垛、找号、大小件、装车成为了我们每天的工作缩影。

有人笑话我们是“螺纹钢上的虫”，但我觉得恰恰是“虫”的蜕变演绎了蝴蝶的华丽转身——我们蜕去了惰性，激发了潜能。“螺纹钢上的虫”就是这样一步步由时代炼成的，新时代需要什么，我们就炼成什么！

月色下的现货交易中心

贾永斌

“秋空明月悬，光彩露沾湿”，今夜我值班，头顶的明月高悬于苍穹，而月光总会将人的思绪带入无限的遐想。

我们现货交易中心地处钢城边陲，又属于厂外仓库，加上上下班路途远，路上灰尘多，在外人眼里尤为艰苦，甚至于嗤之以鼻。但一直以来，在我的心目中，这月光下的现货中心却别具一番景致和韵味。

城市中已华灯初上，万家灯火。而静谧中如水的月光把现货中心笼罩，夜空晓风拂面，月影入怀。风儿为深夜提货的客户送来丝丝凉爽；野外虫吟蛙鸣，此起彼伏，她们像在为运进运出的自备火车伴奏欢迎。

我们现货中心作为一个集仓储、配送、电商一体化的综合性服务平台，至今已度过了近三个春秋，而在大自然近千个阴晴圆缺的日夜里，真正让我高山仰止的“明月”，不在空中而在身边，真正的“明月”是与我携手同心、风雨同行的八名可敬可爱的战友和我们共同主演的一个个“精彩大片”！

在260机组升级改造时，需腾出场地，在后市看涨的预期下，决定把4000余吨螺纹钢转往现货中心，而此时现货中心亦是吞吐量大，货位紧张，人手也少，但大家毫无怨言，加班加点清场地腾货位，让5000余吨螺纹钢顺利入库。在此期间各种因素影响，螺纹钢价格累计上涨1000元/吨。现货中心实现了库存螺纹钢，并增值销售为公司创效500万元以上。

卷板库存告急！卷板库存涨库！急需为10000余吨卷板找到新家，此时又是现货中心临危受命，挺身而出，让10000余吨卷板顺利进入新家。此后不久，由于下游需求快速释放，提振卷板信心，期间卷板价格节节攀升，功不可没的现货中心让库存卷板打了一场漂亮的翻身战！

月光下，他们主演的精彩大片数不胜数，这些坚韧的主演们既勇于坚守，且能探索新规律，心中牢记为实现全年盈利目标而努力奋斗的信念，期待这一幕幕让人心潮澎湃、酣畅淋漓的精彩大片再一次次的上演……

月光下，闹市中趋于万籁俱寂，城市已沉睡，而现货中心虫吟更欢蛙鸣更甚，依然塔吊耸立，亮如白昼，人头攒动，灯火通明，自提车与自备车不断运进运出一派繁忙！

月光下的现货人永远是在岗一分钟，专注六十秒。他们甘于寂寞默默奉献，始终守护着安钢现货的入库与外发。朝朝暮暮中，现货人独守着厂外仓库独有的繁华与寂寥。他们希望用今晚这美丽撩人的月色，向销售总公司捎去最真诚的祈祷：祈祷风景这边独好！现货交易中心一切安好！

钢之花在绽放

郭渝欣 袁 青

每天傍晚，华灯初上时。安钢生活区，一品公馆门前的广场上，一支数十人的娘子军，身着统一服装，伴随着欢快的乐曲，跳起了健身操。她们是安钢五生活区的几个姐妹，于2016年5月组建起来的健身操队。姐妹们给自己的队伍起了一个漂亮的名字——钢之花。

这些姐妹，大部分是安钢的退休职工。她们热爱生活，乐观向上，依旧像火红的钢花，那样地绽放。

健身操是一项有氧运动，其特点是强度低、密度大，运动量可大可小容易控制。因此，健身操具有良好的健身效果，尤其是，适合中老年人做健身运动。

一年多来，钢之花队的姐妹们，不懈努力，不畏严寒酷暑，坚持做操。每当她们伴着优美的旋律，踏着铿锵的节拍，就显得十分矫健。时而步伐刚劲有力，犹如受阅的战士，时而动作舒展轻盈，又似在欢快起舞。如果她们不说，谁又能相信，这些大都是年过半百，做了奶奶姥姥的人呢！人老心不老，她们充满着活力，都自信满满的。

积极参与，勇于挑战。在取得庆祝香港回归二十年最炫舞林风大赛资格后，钢之花队的姐妹们喜忧参半，喜的是终于争取上这次宝贵的机会，忧的是参赛二十多个队，高手如林。她们是新手，参赛机会不多，虽然有些忐忑，但是也信心十足。姐妹们刻苦训练，近一个月的时间里，每天早上和晚上，几十遍的排练，一个微小的动作没做好，也不放过。正值夏日炎炎，没有一个队员耽误排练，大家都力争，参赛节目精益求精，完美无缺。

功夫不负有心人。钢之花队参赛的武术操，以其威武的气势，刚柔相济的动作，赢得了评委的好评和观众的热烈掌声。姐妹们笑容绽放，欢歌笑语，庆贺自己取得的荣誉。

每天清晨，一品公馆广场上，又增添了一道靓丽的风景线。那是钢之花队，十几个迷上旗袍的姐妹，在练习旗袍走秀。

旗袍是中国传统女性服装，而身着旗袍的女人，以其优美的曲线，温婉的姿态，展现出中华女性端庄、贤淑、典雅、温柔的性情和气质。

这些平均年龄近六十的姐妹，以前忙工作，照顾家庭，如今，喜欢上了旗袍，渴望身着旗袍，展示女性的魅力。虽然没有任何经验，没有专业老师的指导，她们练习起来却一丝不苟。

练习站姿时，背部贴墙，脚跟、小腿肚和臀部均靠在墙上，胸向前挺，肩向后，动作难度大。年轻人做起来也不易，何况这些奶奶辈的人呢！虽然辛苦，但姐妹们觉得能把自己最美好的一面，展现给大家值了。

她们身着合体的旗袍，进行走秀练习。高跟鞋衬托的身材高挑，手持羽绒小扇，显得清秀、典雅。随着优美的乐曲响起，姐妹们翩翩起舞，时而一个优雅的转身，时而回眸一笑，楚楚动人。吸引了不少的路人拍照和叫好！

钢之花队的姐妹们献爱心，慰问特殊学校的智障儿童，为孩子们带去了精彩节目，捐赠了图书和玩具。当姐妹们跳起了欢快的健身操，走起了优雅的旗袍秀时，这些智障的孩子，高兴地跑到她们身边，手舞足蹈地跟着跳起来。孩子们略带呆滞的脸上，洋溢出天真的笑容。看着这些虽先天智障，依旧天真可爱的孩子，姐妹们，有的俯下身子，伸手爱抚着孩子的脸蛋，与孩子亲切交谈，有的姐妹眼里噙着心疼的泪花。她们给孩子们送去了快乐，更送去了爱。这是一种奶奶对小孙孙的爱，是一种伟大的母爱，爱心浓浓……

绚丽的钢之花在绽放。姐妹们健美了身姿，愉悦了心情，丰富了生活，健康带给自己，快乐送给大家。

愿钢之花队的姐妹们，岁月无痕，永葆青春，继续和着美妙的音乐舞动优美的身姿吧！

你若安好，便是晴天

郭　芳

“护士长，吴姐又来给咱们送‘爱心餐’了，是野菜馅的包子；她还写了感谢信，并亲自去门诊大楼张贴栏贴去了。”周一早上，刚踏入病区的我，还没来得及换好工作服，就听到值班护士讲述的这一消息，于是不顾一切地向门诊楼跑去。

这个夏天，阳光格外的明媚。远远地就看到一个孱弱却挺拔的身影在张贴栏前摸索着，那神情认真而庄重，像在干很神圣的事情！看着这一幕，我再也抑制不住自己的情感，任凭泪水在脸颊上肆意地流淌，默默地走上前去，习惯性的轻轻握住了吴姐的手！四年的和谐相处，彼此之间，已不仅仅是医患关系，俨然是家人的亲情体现。

2013年的5月，正当壮年的吴姐在一次无意地体检中，被检查出了乳腺癌。家人为她迅速办了住院手续，想争分夺秒地取得最佳治疗时机。可一向大大咧咧、开朗乐观的吴姐被这一消息吓蒙了：到底得的什么病，必须住院？还要做手术？还有得治吗？孩子还没结婚，父母双亲需要我照顾，我撒手人寰了，他们都怎么办？……一系列的生活难题，成了吴姐的心结，她变得敏感而易怒，对任何人和事都充满敌意——这便是我们的初次相识。

由于家人担心病人接受不了现实，要求医护人员配合家属做好保密工作。因此，我每一次去做治疗病人总是眼中充满渴望地询问："护士，我得的什么病？是不是绝症？"不管护士的态度多么好，病人终究不满意，因为没有得到她想要的答案。病人的情绪越来越不稳定，表现得也很烦躁，开始不间断地骂人摔东西，并拒绝接受治疗，还绝食以示抗议。作为护士的我，心中自然是委屈，但也只能把委屈的泪水吞进肚里，在旁边等病人发泄完毕后，再默默地收拾一片狼藉的病房和病床。后来，因为病人不知病情强烈要求去异地而离开了我们科。

再次见面已是一个月后。仅仅一月而已，吴姐瘦了好多，看着平坦的胸部，我也猜到吴姐已做过手术，需要进一步巩固疗效。彼此间没有言语交流太多，只轻轻地握住了她的手，好久好久……我想，对于身心均受重创的吴姐来说，这是我现在唯一能做的。

接下来的日子，我每天都会在吴姐的病房逗留一会儿，先做治疗，后拉家常，谈古老的抗战英雄事迹，也讲身边的病友顽强与疾病抗争的实例，甚至让疗效好的病人到病房现身说法，普及防癌知识和预防保健……慢慢地，吴姐由开始的厌烦到接受，最后竟主动询问这方面的知识。到后来，她总是和科里的医护人员开玩笑"癌症病人的东西你们敢吃吗？"此时此刻，我总是第一个前去品尝吴姐家的菜肴，一个包子、饺子，抑或一口烩菜……因为，我知道，这对吴姐意味着什么，是存在感和尊重。每当此时，吴姐都是微笑着看我，但眼里分明有一抹闪亮的光。

在之后工作的日子里，我接受了吴姐的建议，对每一位来住院就医的患者首先进行心理治疗——聊一聊家常，听一听他们讲述在他们的年代里所做的一些豪气冲天的事情……看着他们脸上闪现幸福的光芒，充满活力，充满朝气，那一刻，感动涌上了我的心头。我终于领悟到，生命的价值不仅使用长度而衡量，更可以用宽度来提升。生命的长度有限，绝不是一人之力可定夺，但我们可以用我们的宽容、耐心与爱来延展生命的宽度，增加它的厚度，让那些脆弱的生命再次绽放光彩。

冰心老人曾说，爱在左，同情在右，走在生命的两旁，随时撒种，随时开花，将这一径长途点缀的鲜花弥漫，使行枝拂叶的行人踏着荆棘，不觉痛苦，有泪可落，却不显悲凉。冰心先生这一番话不仅优美，充满温暖，更是道出了护士工作的真谛。爱心，耐心，是做好护士工作之根本，也是帮助患者走向幸福的通行证。当病人的病情缓解，疼痛减轻，重新燃起期望的火光时，我们是幸福的；当我们的辛勤劳动被患者们理解，收获他们肯定时，我们是幸福的。

患者，是我们服务的对象，也正是他们的健康与幸福激励着我们一路前行。我只想对你们说:“你若安好，与我，便是晴天！让我们为了美好的明天，携手共进！”

激扬青春　筑梦前行

冯晓云

有梦想就有希望，有信心就有力量。只有进行了激情奋斗的青春，只有进行了顽强拼搏的青春，只有进行了无私奉献的青春，才会留下充实、温暖、持久、无悔的青春回忆。面对困境，每个年轻人更应该砥砺奋进，树立目标，潜心专业，把青春的汗水洒在成长的路上，让每个怀揣梦想的年轻人，去开拓未来，在追逐梦想的道路上，留下一串串奋发有为的足迹。

我来到安钢综利公司将近9年，对这里第一印象最深的就是那块在醒目

位置竖立的大牌子上的一句话:“世界上没有垃圾，只有放错了地方的财富。”对，这就是我们公司的宗旨。我们公司是安阳钢铁集团公司下属的一个分公司，主要担负着集团公司钢、铁渣及废钢铁的回收、加工处理的任务。40多年来，由原先的废钢到现在的综利公司，我们的公司像母亲一样，养育了一代又一代的员工。而我们也在生活中、工作中像饺子一样被挤、被煮、被咬，在不断地经历着、在不断地成长着。

我从2010年3月一直到现在都在从事着团务工作，通过参加“网上练兵”“青安岗”“金点子”“五小成果”及“导师带徒”等活动与“团”有了深厚的感情。

我所在的综利公司目前青工58人，虽然我们的青年人数不多，但是在团活动中也发挥着不小的生力军作业。面对公司J1、J2两条皮带生产线未正常启动时不能响铃，无法及时提醒操作工报修和启动运行，任何一处电机过流、拉拉绳开关、转换开关接触不良及线路问题均会导致全线停车等问题，我们以“金点子”活动平台为依托，给青年压担子，成立7人PLC攻关小组，通过一个多月来集中学习讨论，查阅资料，对S7-200程序功能进行了“技术攻关”。改进后的程序，缩短了判断故障的时间，降低了劳动强度，提高了工作效率。我们以“修旧利废”活动平台为依托，紧密结合低成本运行工作和公司生产经营形势，开展“降低燃油、备件消耗”劳动竞赛，把公司面临的压力层层进行传递，引导团员青年提高操作技能，精心驾驶车辆，精细维检设备，降低燃油、备件消耗。我们在师傅们的指导下，利用断折的弹簧钢板和报废的履带板等废料替代锰钢板，对装载机和挖掘机铲斗、推土机推刀板进行修补帮焊，大大延长了这些结构件的使用寿命，节约备件费用约2.3万元。我们围绕“青年安全生产示范岗”的创建活动，不断加强对青工的安全管理和安全文化建设，把抓实、抓好青工思想稳定教育和安全生产作为开展共青团工作的重中之重，把青春的梦想与“一学一做”教育实践活动结合起来，汇聚青春正能量，弘扬“青春与安全”文化，创造良好的安全生产环境，将“青安岗”融入综合大检查活动中去，不仅进一步强化了青年安全意识，更重要的是提高了青年排查安全隐患的能力和防范能力。总之，团组织开展的“技术攻关”“突击奉献”“导师带徒”“青安岗”等一系列实践活动，激发了我们团员青年爱岗敬业、勇于创新的斗志和热情，引导了我们团员青年树立主人翁意识，进一步增强了我们的责任感和使命感!

人生没有一帆风顺。只有当我们敢于直面生活中的艰辛，坦然接受成长给予的历练，掌握与命运叫板的主动权，每一次都能迎难而上地去解决问题，我们才能获得真正的成长。相信在团组织的带领下，我们会更加努力，以习近平总书记对广大青年提出的“坚定理想信念、练就过硬本领、勇于创新创造、矢志艰苦奋斗、锤炼高尚品格”要求为目标，立足岗位、不断学习、不断提升解决问题的能力与技能，在不断成长的同时为打赢生存保卫战贡献自己的青春力量。

我的安钢年轮

柯　易

十三年的时间有多长？在大多数人的生命刻度里，要占到六七分之一吧。从踏进安钢的大门到现在已经十三年了，与安钢的因缘纠缠，甚至更久，久到记不清楚起点。从安钢的壮大和兴盛到困窘和坚持，也算是一个见证者，那一道道刀凿斧砍般的记忆，就好像藏满故事的年轮，固化在那里，不增不减，不离不弃。

我是一个非典型“钢二代”。对比那些一家三代甚至四代都在安钢的家庭，我的家里只有父亲一个“钢厂人”，早些年已经退休在家，不再炼钢，开始种菜。比起从小在生活区长大的孩子，我一直在老家“厮混”，上树掏鸟窝，下地挖红薯，河里摸过鱼，泥里踩过鳖，眼界限于周围的三里五村，不知道天有多高，外面有多大。可是，我一直很快活，因为父亲有一个稳定的工作，每月有着稳定的收入，家里说不上富裕，可也衣食无忧，维持简单而充实的生活不是问题。

再后来，自己的眼界放开了一点点，能够思考一些问题的时候，知道了安钢是一个什么样的企业，明白了安钢能够领军地方钢铁企业曾经让多少人引以为豪，清楚了安钢在安阳、在河南的卓越贡献，那种“万幸身为安钢人”的矜持就埋在心底，发芽生长。在二十世纪八九十年代的氛围里，我见到很多穿着安钢工作服的人游走在市区的大街小巷，神态悠闲而自然，那真是美好而遥远的记忆。

大学毕业以前那段平实温暖的日子凝聚成的那一道年轮，我称呼它为骄傲。

2002年，我真正走进安钢，参加工作，开始与她荣辱与共。

那个时候，Windows XP才刚刚推出正式版，QQ的各种钻石特权还没有泛滥，大杨扬实现了中国冬奥会历史金牌零的突破，世博会在中国举行，一切生机勃勃，欣欣向荣。我第一次有了正式工作，过起了周一到周五每天八小时工作，周末休息两天的规律生活。工作很辛苦，每天土里来灰里去，还整天油腻腻的，热爱肯定是没有的，却也没什么可抱怨，毕竟这个起点是自己选择的，虽然海拔不高，但是脚下踏实。

随后的几年，安钢红红火火发展，旧貌一直在换新颜。曾经的老炼钢没了，中型厂没了，多了一些新的活力四射的单位，多了一批崭新先进的大型设备，像大家叫惯了的小型厂、行政处等名字开始淡出，被第一轧钢厂、生活服务公司等逐渐取代，安钢的发展苟日新，日日新，新到目不暇接。那是一个“淘汰落后、转型升级、绿色发展”的黄金时期，安钢抓住最后的机遇，俯下身猛跑，大踏步前进，跻身到了国内钢铁行业第一方阵。与之相对的，是安阳曾经辉煌一时的玻壳厂，却在发展浪潮中轰然倒下，个中原因虽然复杂，但总是脱不开“延误良机”这一条吧。在不算太远的后来，另一家安阳老店——纱厂——也步了玻壳厂的后尘。

我也随着工作年限的增加，换到了一些更适合自己的岗位上，跟上“十里钢城”的发展，有了一点进步。中间有着不少或者愉快或者不愉快的事情，现在想来不值得再多描述。有了玻壳厂的参照，再回首自己亲身参与的安钢的改革发展，可谓五味杂陈。

亲身经历的总是格外特别。最初收入微薄的时候，新工人，你们动摇过吗？我是有的，迷茫过，纠结过，然而最后我坚定了。安钢从旧到新，从下到上，从小到大，其间展示出来的魄力、努力和魅力对我的影响甚大。曾经在困苦中想着离开这里，却又在亲眼看着安钢壮大的过程中舍不得离开，自己开始能够体会到老一辈安钢人对这家企业的那种情感。那是爱和眷恋的萌芽。

六七年的日子说短也不短，温润而成的那一道年轮纹理清晰，宽厚规整，我称呼它为成长。

狼来了，狼来了，狼真的来了。2008年是一个拐点，安钢在这个拐点上有点狼狈，面临的经营形势越来越严峻，进一步说叫作越来越恶劣。

安稳的日子过久了，对于紧迫飘摇的抗拒感格外强烈。起初我是不在意的：毕竟是偌大一个企业，人员众多，家底殷实，撑撑就过去了。后来我是有期盼的：政府不能不管吧，大形势总会好转吧，国家调控不会真让企业死掉的，然而期盼并没什么用。再后来我觉悟了：能救安钢的只能是安钢人自己，因为这是我们生活生长、休戚与共、赖以生存的家园。

随着集团公司的不断号召，广大安钢人都已经醒来。一千个人眼里有一千个哈姆雷特，一千个安钢人却只发出了一种声音——止血保链，解危脱困，打赢生存保卫战。这不是口号，这是共识，是心声，是誓言。

扶大厦于将倾，挽狂澜于既倒，这不是我能够做到的。平心而论，恐怕绝大多数如我一般的普通职工也没有这般本事。我能想到的最好的做法，最大的担当，就是做好手边的事。跋涉于千山万水，点破苍山冷寂，这是一个极好的比喻。在革故鼎新、经营发展之间闪展腾挪，点破苍山冷寂，脱困而出，一个人是不够的，需要的是全体安钢人勠力同心，共克时艰。做顶层设计的，规划好发展方向；抓生产的，把控好操作细节；跑市场的，抓住每一次机遇；搞技术的，多做出一点新意……

不管如何困难，我不离开，我就在这里！也许我们出不了什么大成绩，不会一鸣惊人，但是能让安钢向好的方向走上一点点，就是一场胜利，不枉大家劳心劳力，躬行做事。

这一道年轮由困境磨砺而成，我称呼它为坚守。

长起参天树，焉知几许年。明时堪斫断，数得一圈圈。徘徊在安钢的厂区，依然是热火朝天；走在生活区的街道，依然是人声鼎沸。即使冬天来得如此残酷，我依然把铁和钢的碰撞当作高山流水，当成黄钟大吕，当成绝世交响。我相信，只要安钢人心在一起，安钢必然会逆势而起，扶摇直上。

今天的安钢更美好

蔡兴月

1958年是不平凡的一年，是值得纪念的一年，那一年，支起整个安阳经济体系国有资产的安阳钢铁厂正式成立。

安阳钢铁厂的成立带动了整个安阳的经济发展，也使安钢拼搏努力大无畏的精神传播到中国大江南北。安钢的坎坎坷坷，安钢的奋力拼搏，值得我们铭记。

2017年，我正式成为安钢大家庭的一分子，特别荣幸地成为了安钢职工。尽管刚刚加入安钢的大家庭，但是从小就听父辈与老人们说起安钢许多不平凡的事情，让我莫名地有一种向往与崇拜感。

安阳钢铁集团有限责任公司始建于1958年，经过近60年的发展，现已成为集采矿选矿、炼焦烧结、钢铁冶炼、轧钢及机械加工、冶金建筑、科研开发、信息技术、物流运输、国际贸易、房地产等产业于一体，年产钢能力1000万吨的现代化钢铁集团，河南省精品板材和优质建材生产基地。

这么多年了，安钢每一位职工都奉行拼搏进取，敬业奉献的宗旨，默默无闻地承担着自己岗位应尽的职责。期间有欢笑、有悲伤、有努力，但安钢人从没有过想放弃，这是安钢如今还能蓬勃发展的原因，这是安钢人辛勤劳动的结果。

这么些年，安钢一直响应中央的号召，积极配合中央的各项指令，无数次获得国家、省、市级的表彰。随便列举最近几年来的几个例子：2012年3月13日，安钢荣获市平安企业荣誉称号；2012年4月15日，安钢被评为省工业和信息化系统政务信息工作先进单位；2013年3月6日，安钢集团荣获河南省文明单位称号；2013年12月29日，安钢荣获全国质量文化建设标杆单位；2015年9月17日，安钢三个QC小组获全国优秀质量管理小组称号；2015年10月29日，安钢荣获中国钢铁工业协会钢铁统计工作先进集体称号……这些称号与荣誉只是冰山一角，但这些荣誉也使安钢在社会上影响力甚至在世界上都越来越大。

昨天的安钢是拼搏的安钢。安钢成立之初，公司上下人心所向，树立正气，不言败、不怕输、不气馁，多点开花，百花齐放，这也为今天的安钢树立了特别好的榜样。受“大跃进”思想的影响，1958年9月份开始，在工业企业当中，安钢打破常规，为了完成全年的生产计划，实行大干苦战，每日工作12个小时。霎时间，整个单位就沸腾起来。职工在生产一线苦战，生产记录不断刷新，高产“卫星”也是连续不断升空。为了鼓舞职工的生产情绪，宣传报道也搞得热火朝天。对超额完成计划的车间、班组和机台，由单位领导亲自出面，敲锣打鼓送去喜报，给予鼓励，职工之间展开了你追我赶的火热局面。管理人员也走出科室到现场办公，为生产第一线服务。每到中班或夜班，职工食堂的炊管人员都把饭菜送到车间。即便是节假日，职工也放弃了公休，主动到工厂上班。这样的苦战一直持续到年底，才算鸣金收兵，告一段落，恢复到正常的作息时间。

今天的安钢，我们依然在拼搏，依然在努力。今天的安钢是智慧的安钢，是创新的安钢，是不一样的安钢。

2008年以后，钢铁行业总体呈下滑趋势。为了保证效益，安钢广大干部职工集思广益，积极为安钢转型发展出谋划策，希望安钢能够不被金融危机和大趋势给击垮，中流击水，浪遏飞舟。

为了提高钢种的质量，扩展钢种的使用范围，加大钢种的使用力度，安钢上马了冷轧项目。2013年6月28日，安钢成立冷轧公司，项目建成后生产规模为120万吨/年，主要生产机组有酸洗轧机联合机组、连续退火处理机组和连续热镀锌机组等。该工程引进和集成当今世界先进工艺技术和装备，是一条具备国内先进水平的现代化生产线，主要生产冷轧商品板，热镀锌板等高端产品，产品应用于高档家电、轻工、建筑、汽车等行业。

冷轧公司的建立使安钢在中国甚至在全世界的影响力都更加深厚与强大，逐渐使安钢在如此困难的情况下站稳脚跟，为安钢走进更广阔的天地打下深厚的基础。安钢的转型，安钢的发展，充分说明安钢是具备大视野的安钢，是充满潜力的安钢。

明天的安钢是美好的，是美丽的。近年来，适应国内外钢铁工业发展趋势，安钢加快转变发展方式，推进结构调整，相继建成了一大批国内外先进的工艺装备，形成了中厚板、热轧和冷轧卷板、高速线材、型棒材、球墨铸管等较为丰富的产品系列，产品广泛应用于国防、航天、交通、装备制造、

船舶平台、石油管线、高层建筑等行业，远销30多个国家和地区，安钢的产品已毋庸置疑成为世界顶级产品。

而今，安钢站在新的历史起点，以前瞻的视野、宏大的气魄，科学谋划企业的发展，适应国家供给侧改革、钢铁去产能的形势要求，适时确立“创新驱动、品质领先、提质增效、转型发展”的总体战略，培育“六大优势”，打造“六个安钢”，力争建设成为位居钢铁行业第一方阵的现代化钢铁强企。我坚信，这种有战略有远谋的决策会使安钢涅槃重生，走上繁荣富强的发展道路，建成具有强大社会影响力和带动力，受到各方广泛尊重的长青基业。

身处安钢20年，我爱安钢，我愿一生为安钢洒下辛勤的汗水。只要我们挺直腰板，努力前行，就算前方的路再崎岖、再泥泞，安钢的明天也一定更加美好！

父亲节的礼物

淇水文君

“太过分了，你自己加班不算还带上我妈，说好了今天我要回来，你们去单位加班，不拿手机，也不打电话说一声，让我担惊受怕。”看着平时温顺，此时愤怒的像狮子一样花容皆失的女儿，亢百哲一脸的愧疚，不知所措地赶忙给刚出阁不久的宝贝女儿解释。

女儿是父亲的小棉袄一点也不假，女儿打电话说今天是父亲节，晚上要回家举行烛光晚宴，并且有一个惊喜要送给他。由于公司近期任务比较多，虽然是周末，但他一大早就按时来到单位，临走时安排老伴去市场置办女儿爱吃的大虾、鲈鱼。下班后他顾不上洗澡，就匆匆往家赶，准备施展厨艺等着女儿回家。

想到闺女他心就隐隐地酸楚，打开了思绪的闸门。女儿学习成绩在年级始终名列前茅，几次的模拟成绩都不错，心仪的目标是莫愁湖畔那所著名的高等学府。高考前复习冲刺阶段，自己患上一场大病，住院治疗的一个月期间，晚上下了课女儿就到医院陪护，为了不把成绩拉下来，把书拿到病房边陪护边坚持复习。一次半夜醒来，看到女儿手中握着笔，趴到病床上睡着了。舐犊情深，想着女儿过早承载了生活重担，看着日渐憔悴幼稚未退的小脸，此情此景让这个铁骨柔情的男子汉潸然泪下。最终女儿与心仪的莫愁湖畔那所著名高等学府失之交臂，带着遗憾上了一个不太理想的学校。转眼间，女儿已长大成人，并在不久前嫁为人妻，而这件事成为他心中永远的伤痛，感觉是自己拖累了、亏欠了闺女许多。

正在厨房忙碌之际，单位电话通知，公司一条生产线抢修需要几根大吨位的索具，必须连夜赶到加工。虽然已经离开部队多年，但他在部队大熔炉锤炼的雷厉风行，不讲条件服从命令的作风始终没有变。他赶忙联系班组的几个人，但有一个人始终联系不上，这种大吨位的索具，少一人也干不成。看到正在和自己在厨房忙碌的爱人，他就想“抓壮丁”让妻子“临时顶岗”。

妻子退休前工作的那个单位曾经是豫北地区最大纺纱厂，有着悠久的历史和辉煌的业绩。可前段时间却传来了破产的消息，虽然已经退休，可这个消息仍让她的情绪低落了许多，经常唉声叹气。一见到厂里的老姐妹提到厂子破产的事，就泪水涟涟，仿佛像个无家可归的孩子。那段时间没事就到厂门口转转，是怀念以前曾经火红岁月的荣光，还是对现在门可罗雀凄凉的无奈？看着妻子低落的神态，使他对“厂兴我荣，厂衰我耻”的内涵有了切肤的理解，也增添了打赢生存保卫战的力量。哪个员工不祈祷自己的企业兴旺发达，沐浴企业发展的阳光？多年高强度的工作，让她退休后的身体每况愈下，今天让她去干那么重的活他感觉有点“残忍”了。

不愧在国营企业工作过的，觉悟就是不一样，懂得个人的事和单位的事孰重孰轻的道理，有舍小家顾大家的精神境界。老伴儿二话没说，放下手中的活儿，和他一起往厂里赶。由于走得匆忙，手机也没顾上拿。让兴冲冲回家过父亲节，准备给父亲一个惊喜的女儿吃了闭门羹，出现了文章开头的那一幕。

看到拖着一身的疲惫，饥肠辘辘的父母双亲，女儿的火气很快消退了。赶忙到厨房端出做好的饭菜，拿出父亲在商场多次驻足舍不得购买价值不菲的飞利浦剃须刀，送上父亲节的祝福。

看着狼吞虎咽吃饭，鬓角的白发、眼角爬满的皱纹、腰身不再挺拔的父亲，她心痛地鼻子一酸，烛光泪眼婆娑中，仿佛从父亲坚毅目光中看到了困境中员工与企业风雨兼程共渡难关坚不可摧的信心，感受到众志成城玉汝于成汇潺潺之水聚成的磅礴之力。有这样职工的企业，企业甚幸，员工甚幸，企业改革创新发展的目标一定能实现，前景值得憧憬。

爱安钢，就要大声说出来

代震国

我爱安钢！

我爱安钢，不仅是因为我的父辈13岁从农村来到安钢，投身安钢，奉献安钢，定居安钢，更是因为他们经历过的安钢1963年复产后的艰辛与奋斗。那时候，没有现代化的开矿运输工具和小铁轨，要用筐装、人挑的方法运输矿石；那时候，他们租住在周边农村，冬天没有炉火取暖，干部就如同工人一起睡大铺，很多人就睡在打麦场，甚至睡在待安装的下水管道里；那时候，他们每月的口粮不到14公斤，加之副食品严重缺乏，致使很多人都患上了浮肿病……我爱安钢，是因为父辈及父父辈们在异常艰苦的条件下，不喊苦，不叫累，一心一意为国家“大炼钢铁”的信心和决心！

我爱安钢，不仅是因为安钢给予了我工作，提供了殷实的劳动报酬，使我在这片和谐的群体中快乐生活，更是因为吾辈安钢人，有幸站在安钢发展的重要节点上，责任重大，使命荣光。我们经历了“三步走”发展规划，挺进千万吨级现代化钢铁集团；我们经历了“安阳钢铁”上证A股发行2.57亿股的社会轰动；我们经历了销售收入突破500亿的骄人业绩；我们经历了“对内做强、对外做大”，在老厂区内边生产、边拆除、边建设，大高炉的拔地而起；我们经历着“三个三”“两张名片”，着重布局非钢产业的长久增效，破解困局，由量变向质变，解决长久生存的战略举措；我们经历着“两个突破”“一一四三”，实现体制机制改革和转型升级的新突破；我们经历着“生存保卫”“止血倒逼”，步步为营、抓铁有痕、久久为功的绝地反击征程……我爱安钢，是因为我辈胜而不骄，败而不馁，克难攻坚，以昂扬姿态投入到扭亏增盈中，以星星之火可以燎原的态势，奋发图强，展现着安钢儿女斗志不减、人心不散的安钢精神！

我爱安钢，不仅是因为安钢的强大、奋进，迈过了一个又一个难关，实现了一次又一次突破，犹如一颗明珠镶嵌在中原腹地上，更是因为安钢的底蕴厚重，历史可泣，征程如歌，是中原大地钢铁行业的一面旗帜。1958年至2015年，57年的发展历程，从一关两开到涅槃重生，从设计能力年产钢10万吨到1000万吨级的现代化；从小高炉到大高炉的首屈一指；从250mm的轧机到1780mm热连轧的延展扩充；从3吨氧气侧吹转炉到150吨转炉及100吨电炉的强强联动；从“大冶炼”的单一到50多个品种，2000多个规格的全面发展；从“统收统支”束手束脚到承包经营的率先垂范……安钢的每一步，无不展现着安钢人不畏艰难的豪迈气魄，展现着安钢人不屈不挠的必胜信心和大无畏的乐观主义情怀。我爱安钢，是因为1000亿销售收入并不是遥远的梦想，而是一个阶段的奋斗目标，看得见，摸得着；是因为安钢历任领导班子高瞻远瞩、自我加压、破壳化蝶，实现由生产制造商向综合服务商华丽转身的英勇举措！

我爱安钢，不仅是因为它是千万吨级板材基地，不仅是它4.5平方公里上创出的1480吨亩产钢的最大利用效率，也不仅是因为它是精品安钢、绿色安钢、和谐安钢。我爱安钢，是因为我把他的形象比作了父亲，深厚而伟大；把他的子女待成了家人，亲切而美好！安钢曾像父亲般为我们遮风挡雨，呵护成长，他曾提供给我们生存的力量！现如今，他不像以前一样慷慨激昂、步履矫健，但他仍是一如既往地倾尽全力、绞尽脑汁，为我们提供最大、无私的帮助。当他心力交瘁、年迈多病时，他依然不改初心、一心一意、至死不渝。此时的我们应该反哺，应该搀扶不唾弃！因为那意味着背叛、放弃，同时也意味着失去！说得好不如做得到，表决心不如快行动！安钢运输部就有这样一个优秀的集体——人们都称他为“二原人”。虽说他们地处偏远、环境恶劣，肩负着“三进两出”的艰巨任务，是安钢产、质量的把控源头。但他们不拒艰难，默默承受，以舍我其谁的大无畏精神，兢兢业业干好本职工作，以团结奋进、自我超越的理念，鼎力、鼎新、鼎立，求变创新做到尽善尽美。他们不善言谈，羞于表功，但他们用具体行动彼此激励着、影响着、前进着，他们不求感动于谁，但求无愧于心！“二原人”是安钢大家庭的一分子，不显山露水、不功名利禄，他们夜以继日地分担着铁前经营压力，揪心着公司降本增效。他们自我加压，干好本职工作的同时，还干着一些感动人的分外活，安钢的钢铁意志，艰苦奋斗在他们那里得到充分体现，发扬光大。他们对困难勇敢面对，对成绩淡然置之，“二原人”不追求掌声，不羡慕鲜花，只求与集团公司、与运输部同呼吸共命运，只求以坚不可摧的脊梁为原料的优质进出保驾护航，为集团公司、运输部打赢生存保卫战贡献力量！天时——中原经济区建设，地利——经济区核心区域，人和——安钢精神。

我爱安钢，我想要大声说出来：我们人心不倒，安钢就会屹立不倒！

那些工匠那些事

宋永金

“工匠精神”再度成为今年两会的热词，它是一种对自己的工作和产品精雕细琢、精益求精的精神理念，是一种执着专注，是一份坚守责任。民族、国家的振兴离不开工匠精神，企业的发展壮大更与之息息相关。这些工匠，可能就在我们的身边。

眼下，第一轧钢厂260全连轧生产线正在如火如荼地加速达产达效，30年来半连轧生产的艰辛与辉煌依然历历在目，那些敬业乐业的轧钢“工匠”，那些带着一线火热气儿的轧钢故事，仍然让工友们津津乐道。

著名诗人王怀让在《中原崛起的钢铁脊梁》里这样写道：“有这样一位工人，可谓安钢的志气！向书本学习、向实践学习、向其他班的师傅学习，他的手在学习中变得如此神奇，15秒之内，可以完成众多的程序：拦钢、碎断、发出指令和紧急处理——到此止步的是事故，一路畅通的是机器！”15秒，在紧急的情况下，做出反应的时间都不够，更别说完美地操作，文中的主人公就可以做到，他就是被评为“河南省十大杰出青年工匠”的第一轧钢厂260机组王江波。他在实践中摸索、独创的“王江波班中换成品槽操作法”推广应用以来，提高了换槽质量，换槽速度由原先的8分钟缩短到现在的6分钟，单槽节约时间2分钟，按照常规的每天需要换9个成品槽，每天可节时18分钟以上，年多轧钢材3000多吨，为企业发展壮大创造了数以万计的经济效益。正是这种工匠精神，他带领广大职工在全水平、小坯料的生产线上，克服了一个又一个困难，取得了令同行艳羡的业绩，让这条老线再焕新青春，为集团公司生存发展立下了赫赫功勋。

他叫侯永刚，红旗渠水滋养了他朴实坚韧的性格，20个春秋的摸爬滚打，他从一个普通的轧钢工到班组的“头雁”，从一个人单打独斗，到整条生产线的组织，不变的是对轧线的依恋，在他看来，桀骜不驯的轧机在他的侍弄下，都能够“开口说话”，哪个架次的导卫松了，哪个部位磨损了，他和轧机可以“有效沟通”。说起沟通的办法，真是带着泥土气息的“土方法”——他们用木板接触高速运转的轧机，把木板对准正在轧制的红钢，在木板上烧制成一个凹槽，这个凹槽就是红料的料型，用游标卡尺一量，就是所在架次的红料尺寸，根据这个尺寸再进行调整，就可以保证料型处于标准状态。这样测量红钢料型既方便又直观。每个班次都要不间断地用木板测控料型，随时掌控料型变化，都要用木板测量，木板的消耗量这么大，都是从哪里来呢？这些木板可都是废料再利用，都是从生产现场、厂区内“淘”来的设备包装木板，尽管这些木板宽窄大小不一，却丝毫不影响料型的测控效果，由于这些木板经常和游标卡尺、钢板尺、卡钳放在一起，大家都称它们是“捡来的专用量具”，可别小看这些“捡来的专用量具”，用它们测量控制准确，有效降低了轧钢故障，提高了运行效率。

他已年过五十，干起工作丝毫不亚于年轻人的劲头，他叫翁蕴智，是260机组电工段长，人们都亲切地称他“大翁”，工友说，就像他的名字一样，真的蕴藏了无穷的智慧，他在工作中手工制成的刮槽工具，就完成了主电机的修复，减少了大额的外委修复费用。半连轧生产线上的粗轧3号轧机用的是1000千瓦、1300转的电机，已经接近了额定转速，无法再提速，高速运转带来很多隐患。甚至影响设备使用寿命。他根据电机转速、速比、输出转速之间的关系，找到了问题的切入点，在不影响减速机使用性能的基础上测算出速比降低值，利用定检修时间，把3号减速机进行了更换，在轧机速度不变的前提下，主电机速降低了20%，以前经常出现的频繁打火、断压簧等现象不见了，每年可节约维修成本20多万元，就这样，降低了电机的维修成本，满足了高效率生产要求。

那些工匠的那些事太多了，说也说不完。他们的“工匠精神”一定能够成为“创新驱动，品质安钢”的新引擎，为安钢的生存发展贡献更多光和热。

我们呼唤拼搏奋斗精神

宋 斌

2014 年是安钢集团公司的“生存年”，是安钢全体职工坚定信心，迎难而上，重点突破，全员创效，扭亏增盈的“关键年”。“生存”就意味着生与死的选择和考验；“关键”就意味着我们必须在这段时间付出极大的努力和汗水。我在网上查阅了安钢近期的经营报表，从今年一季度的经营结果看，比去年与公司求生图存的要求差距还很大，我们面临的形势更加严峻，我们面临的任务更加艰巨。我们应该清醒地认识到处于冰冻期的钢铁行业，安钢面前的生存之路仍然充满着荆棘。这一切无一不让每一个安钢人承受着空前的压力，无一不促使着我们自救图存。

李涛董事长在 2014 年 2 月 14 日的“安钢集团公司扭亏增盈誓师动员大会”上说：“1987 年，安钢召开了一次‘突破 100 万吨钢誓师动员大会’，27 年过去了，我们今天又召开了一次誓师动员大会。那次大会后，安钢实现了 100 万吨钢，成为全国地方钢铁企业的排头兵，成为河南省工业战线十面红旗之一。在长达 20 多年的时间里，安钢是很辉煌的，那次大会是一次转折，是一次里程碑。历史很巧合，2008 年我们开始遇到困难，内外因素叠加，持续到 2012 年 5 月进入谷底，2013 年我们开始起步向上，2014 年我们再次召开这样一次誓师动员大会，我和同志们一样，相信这次大会也会像上次大会一样，再次引领安钢 20 年！”寻找 27 年前的创业精神激励员工，安钢在“成长谷底”再次“创业”，谋求“新生”！

作为一个初到安钢工作两年的年轻人，我一直为我是一个安钢人而骄傲。在这里我想借助《安钢文化》这个平台，和大家一起聊聊我心里的想法。

安钢集团公司创建于 1958 年。改革开放 30 年来，安钢创造了持续盈利无亏损的优良稳健业绩，发展成为千万吨级的现代化钢铁集团，跻身钢铁强厂行列。2001 年，安阳钢铁 A 股上市，2008 年安钢销售收入首次突破 500 亿元，达到 510 亿元，位居 2009 年中国企业 500 强第 107 位，是河南省第一大钢铁公司。上面这一串振奋人心的数据是我们那个伟大安钢的历史杰作！

我们要珍惜几代安钢人、几届安钢领导班子创下的辉煌基业。打江山不易，守江山更难。没有团结、没有奉献精神一切都谈不上，不团结、不舍得奉献我们的事业将毁于一旦，不立刻树立精神我们以前取得再大的成绩都将归于零。

我从小生在安钢，成长在安钢。安钢给我的生命留下了太多的烙印，当然这烙印有快乐也有痛苦。大学四年回来，可能是对外面的世界有了更多的了解，也可能是自己的价值观更成熟，我一直觉得完美的安钢在我心里多了一些浮躁和过多的安逸。

安钢目前已处生死存亡、命悬一线的边缘，稍有不慎就将轰然倒下，少数干部和职工仍然对安钢正面临和将要面临的困难和危机缺乏足够的认识和思想准备，压力感不够，压力的传递也不够，过紧日子、过苦日子的思想还没真正树立起来，思想没有真正紧张起来，工作紧张不起来，行动迟缓。干部得过且过，职工纪律松弛。事业心责任感不强，不思进取，安于现状，敷衍塞责，只求过得去，不求过得硬；还有不敢担当，拈轻怕重，相互推诿，回避矛盾问题；本位思想严重，认为都是别人的工作没做好，自己都没问题。此时我们需要的是团结和奉献精神！

每个单位、每个部门都有小集体的利益，这没有错，也无可厚非，但是当小集体利益与大集体、与集团利益发生矛盾冲突的时候，务必以大局为重，必要时要摒弃小集体的利益。目前大家应该把所有精力集中在实现重安钢扭亏转盈、加强挖潜增效。此时我们需要的是团结和奉献精神！

鲁迅说过："人病了可以治愈，但是精神垮了一切就都完了。"

我家是三代安钢人，我发自内心地希望安钢可以尽快走出低谷，重振雄风。此时此刻我们必须要有一种精神，团结奉献的精神，而这种精神必须深入每个安钢人的心！

精神当然是必不可少的。安钢要打赢生存保卫战，还必须把这种精神发扬光大，变成生产力，变成约束自己的原动力。

一个企业，乃至企业中的每个人，都需要在不断完善中做优做强。我在和单位班组的师傅，长辈，领导接触后认为：我们现在最需要的是一股坚强的力量、一种实干的勇气、一个"雄得起"的状态。在未来的发展中，我们始终要坚持敢为人先的闯劲、挑战极限的拼劲、持之以恒的韧劲的"三股劲"

状态。

我们始终要与集团公司一道“挺过”艰难困苦，国富则家福，更何况和自身息息相关的安钢呢。有道是“信心比黄金更重要”，每一个安钢职工应始终保持蓬勃的朝气、昂扬的锐气、浩然的正气，与企业同呼吸、共命运、渡难关。做增强危机意识、坚定必胜信心的先行者。在安钢已经面临生死存亡的发展关键时期，我们必须要先天下之忧而忧，高度认识危机感，增强责任感和使命感，把忧患意识转化为居危思进的动力，转化为必胜的信心。

我记得废钢门口那条路的北头有一块大牌子，上面写着“世界上没有垃圾，只有放错了位置的财富”。这句话说得太好了！思维发散一下——在市场经济的大潮中，没有扭亏不力的产业，只有扭亏不力的企业；没有扭亏不力的工作，只有扭亏不力的职工。没有必定有亏损的市场，只有可能亏损的企业。引用英国大文豪狄更斯的一句名言："这是最好的时代，也是最坏的时代，这是希望的春天，也是失望的冬天。"同志们，真正考验我们的时候到了，世上没有救世主，也没有神仙皇帝，要走出困境，迎来发展，全靠我们自己，让我们一起行动起来，迎难而上，背水一战，坚决打赢扭亏增盈生存保卫战！

可能是安钢之前的道路太过顺利，可能是多年的安逸养成了安钢人的一些不好的习惯。我们必须明白：等、靠、要没有出路。求生图存，凝聚共识是前提。困难更能激励我们振奋精神、发挥潜能，逆境更将促使我们发现问题和改进不足。

2014年，我们的身后是波澜壮阔、沧桑变化，我们的面前是前所未有的困难和挑战。越是在这样的时刻，越要求我们安钢几万名职工干部坚定树立“一息尚存，奋斗不止”的信念，不断增强危机意识、竞争意识、奋力自救意识，凝心聚力，达成共识。坚决打赢“生存年”攻坚战！坚决在“关键年”有所起色，扭亏转盈！只有凝聚共识、团结一致、勇于奉献，才能在“雄关漫道”的征途上，坚定信心，统一思想，把握方向，充实底气；只有凝聚共识、团结一致、勇于奉献，才能不为任何风险所惧，不被任何干扰所惑，奋力攻克公司生存发展中的难关，战胜前进道路上的各种艰难险阻；只有凝聚共识、团结一致、勇于奉献，才能顺利完成公司“关键年”各项目标任务，积极投身到坚决打赢求生图存保卫战和结构调整攻坚战中去。

行百里者半九十。只要我们咬定目标不放松，坚定信心不动摇，脚踏实地不停步。以奋发有为的精神状态、破难攻坚的坚强意志、实干的工作作风砥砺奋进。全公司上下拧成一股绳，团结奉献就一定能让安钢的“生存之年”“关键之年”成为“提升之年”“反击之年”，让业已奏响的求生图存“最强音”响彻中国大地。

多看你一眼，便多一分春恋

蔡　静

假如我是一只鸟，
我也应该用嘶哑的喉咙歌唱：
这被暴风雨所打击着的土地，
这永远汹涌着我们的悲愤的河流，
这无止息地吹刮着的激怒的风，
和那来自林间的无比温柔的黎明……
——然后我死了，
连羽毛也腐烂在土地里面。

为什么我的眼里常含泪水？
因为我对这土地爱得深沉……

——艾青《我爱这土地》

风散布着春天芬芳的气息，草长莺飞，在这阳春的三月，一位游人约我一起到厂区一线去看看，写些关于安钢题材的文章。放下电话，我突然觉得有些茫然，安钢如此之大，看什么呢？掐指一算，发现自己竟然已经上班20年了。20年，云卷云舒，时间悄悄地溜走了。曾经的年少，现已不惑，曾经的壮志豪情，褪变成柴米油盐。20年，我犹如镶嵌在安钢这艘大船上的一颗铆钉，在变化无常的大海中，乘风破浪，荣辱与共。顺风时，我曾为您骄傲，逆水时，我亦为您惆怅。然而，不知从何时起，我变得消沉了，甚至有些麻木了，思维的空间只剩下案前这窄窄的一米见方。无论如何，我都

无法做到像我的父辈们那样自信满满地陪同刘记者参观安钢，而是，带着些许情怯一起踏上了探寻之路。

沿途，春风舞弄着杨柳的绿腰，破旧的厂房早已不见踪影，放眼望去，鳞次栉比的新厂房蔚为壮观，先进的现代化生产设备在骄傲的欢唱。蓝色的房顶，银色的高墙，草叶顶着鹅黄嫩绿，花朵也在舒蕾绽放，满载着料、材、铁水的车列往返穿梭，井然有序，那阵阵的鸣笛声交织成春的圆舞曲，到处都让人感到一种生机，处处都燃起了一种渴望，一直低迷的心情不禁在这春光里兴奋起来。

行在路上，我看到了母亲曾经工作的地方。那时候，母亲是工作岗位上响当当的“铁姑娘”，从来不怕苦不怕累。我记得，那时年轻美丽的她，步伐矫健，笑声爽朗。在我印象里，不知有多少个白天为确保完成任务而加班加点，有多少个夜晚为了抢险，二话不说第一时间返厂到岗。那里曾洋溢过她的青春，抛洒过她的汗水。她的梦，她的情，分分秒秒被深深地绣在了这片土地上。

行在路上，我看到了父亲曾经工作的地方。那时候，父亲是单位的技术骨干。我记得，那时的他身材魁梧，头发浓密乌黑，说起话来铿锵有力。在我印象里，不知父亲有多少次冒着风雪，和工友们一起战斗在生产一线，不知有多少次，为了技术改造的关键环节，不顾蚊虫叮咬，琢磨到天亮。那里曾实现过他的理想，那里曾释放过他的才智，他的痴，他的狂，锤锤精准夯进了这片火热的土地上。

行在路上，我看到曾经的育婴室已经没了踪迹。听父母说，那时候，我和妹妹从还在襁褓时起，就每天被他们披星戴月，风雨无阻地送到了这里，保育员阿姨的精心呵护，是他们最安心的托付。我似乎还能听到小伙伴们的银铃欢笑，还能闻到饭菜的隐隐飘香……

这一路，打开了我尘封的记忆。哦，这哪里是20年啊，我们从出生那一刻起，便被打上了安钢的烙印。我和我的祖辈们以一生为时间单位，牢牢地扎根在了这片热土。我不禁双眼朦胧了，安钢啊，您这艘历经了半个世纪沧桑的大船，承载着几代安钢人的期望与梦想，在历史的长河中风雨无阻、扬帆远航。

我，一个安钢的子弟，不能总是依附在您的臂弯，享受安逸。请您不要嫌弃我微弱的力量，就让我勇立在那劈波的船头，为您击掌，让我爬上那摇晃的桅杆，为您导航。安钢，我的故乡，请让我和您一起，在这片沃土，播撒上奋进的种子，并肩收获下一个崭新的希望。

因为，这里有我深深的眷恋。

重塑安钢

张南南

重塑信念

100多年前，美国钢铁大王卡内基这样写道："每一块钢铁里，都隐藏着一个国家兴衰的秘密。"2015年酒钢亏损69.6亿元、武钢亏损68亿元、重庆钢铁亏损59.87亿元、"共和国长子"鞍钢亏损45.9亿元、五矿发展亏损39.53亿元、太钢不锈亏损35.35亿元、华菱钢铁亏损29.59亿元……看完这组沉重的数据，我不禁追问自己这样一个问题："中国的钢铁企业到底怎么了？'安钢'会不会像'安阳棉纺织厂''飞鹰自行车''金钟电池'一样消逝在历史的长河里？"

最终，还是克强总理点亮了我心中那不开窍的灯啊！圆珠笔发明了100多年，但是中国目前还生产不出上面的笔珠，中国可以制造原子弹氢弹，可以把卫星送上天，可以生产最先进的战斗机，但是精密加工技术和磨具技术还是短板，例如单反相机上的很多零部件目前还造不出来。联想到中国的钢铁行业就会发现，中国是钢铁大国，但还不是钢铁强国，面对高端制造和工业4.0，我们还有太长的路要走。

中国的未来不光需要钢铁，更需要高附加值的品种钢！安钢下一步将提升品种钢在整体中的比重，开发高效产品，提高单笔毛利，我们将全力打造汽车用钢、钢结构用钢、耐候耐腐蚀用钢这样的拳头产品！例如，针对湖北东润、中集东岳、中集华骏进一步轻量化用钢的要求，研发并生产屈服750MPa级别的汽车大梁钢AG800L；第二连轧厂1780mm热连轧机组生产的优质碳素结构钢C45出口印度；第二炼轧厂3500炉卷机组合金结构钢板

40Cr 轧制成功等等，安钢将逐步完成从普通产品“大水漫灌”到高端产品“精准滴灌”的转变。

我们每个人的未来，就是安钢的未来！我们不仅要对未来的道路充满信心，还要秉持工匠精神向高端制造进击，更要研发出属于自己的黑科技，做中国的米塔尔！新日铁！克虏伯！

重塑团队

鸡蛋从外面打破是食物，从里面打破一定是新生，要么他杀淘汰，要么涅槃重生！安钢销售总公司这次招聘了一批年轻的血液融入到一线。经济学家吴晓波说，今天在中国做企业，你的企业里面如果80后的比例低于30%，这就是一个非常危险的讯号，你干的第一件事，就是必须要让听得到炮声的地方都是80、90后！那么企业需要干吗呢？是去寻找那些最值得托付的孩子，我们所有的经验是看人，是对风险的规避！我们未来不是自己去打仗，而是让他们去打，我们给他们钱，给他们资源，为他们呐喊助威，今天的世界到了一个托付的时候。

这支团队将承载安钢交给他们的重任，这几年安钢一直在与时间赛跑，走得很辛苦，过去我们一直是以生产为中心，现在由于市场倒逼，必须扭转思想，销售成为目的。安钢2016年的工作重心是“稳生产、严管理、强销售”，可见就像舞龙醒狮一样，只有把销售这个龙头舞起来，整个身体才能跟着带动起来，整个生产链条才能够高效运转，去年实际产能是880万吨钢，今年我们不仅要承接好量的“底线”，确保安钢品牌的市场占有率，更要提升边际贡献这条“高线”，直供直销要达到40%以上，高效订单要拿到50%以上，计划产销率实现100%，高效品种边际贡献245元以上。“市场可以没安钢，安钢不能没市场”，现在市场波动大，形势变化快，安钢解放思想，提倡高效灵活的“试行”制度，我们适应市场的脚步将会越来越快，唯改革者进，唯创新者强！

这支团队将是安钢服务型钢铁的终端体现，“用户”和“客户”还是有区别的，我们要与终端用户直接接触，锁定中高端，达成战略合作伙伴，例如与中船重工、郑煤机、山东时风等深入对接，做好产量、质量、品种、研发、交货期的硬支撑和价格、资源分配、追补、激励奖励、结算政策的软支撑，为用户提供系统的EVI(Early Vendor Involvement) 解决方案。这支团队还需要做好与友商的SWOT分析，分析我们与友商的优势是什么，差距在哪里，市场占有率是多少，产品特点有哪些，产品的最终流向是哪里，并非只是简单的“见个面、握个手”，而是要做到知己知彼！

其实大家心里都明白，面对残酷的市场，面对供需关系互换的今天，我们的销售工作也必须由过去的坐商转为行商。跑市场很不容易，我们只有耐住寂寞，咬紧牙关地去多跑一家企业，多拜访一个用户，多拿一个订单，家里才能有效运转，才会有新的资金流入，才能为打赢生死保卫战提供多一份的保障。鲁迅说过：“世上本没有路，走得多了，便成了路。”我们就是要杀出一条血路来！向华为的狼文化学习！困难是试金石，唯有苦练七十二变，方能笑对八十一难！

为了打赢安钢这场生存战役，我们将秉持“招之即来，来之能战，作风优良，能打胜仗”的信念死磕到底！我不禁想引用汪国真的一句诗：“既然选择了远方，便只顾风雨兼程，既然目标是地平线，留给世界的只能是背影。”到那一天，我大安钢旗下良将如潮，帐下猛将如云！“在那密密的树林中，到处都安排同志们的宿营地，在那高高的山岗上，有我们无数的好兄弟！”

重塑品牌

小米的雷军曾说：“我们不是没有KPI，我们有两个KPI，第一个是用户能否为我们的产品尖叫，第二个是用户是否会把产品推荐给他的朋友。”企业的品牌需要通过口碑去传播，我们一些产业的资源禀赋特别适合作为打造安钢品牌的名片。

如安钢大厦与如家集团合资打造的“和颐酒店”以全新的形象亮相中原；安钢打造的“御水园”地产项目紧邻中国国旅集团开发的安阳城项目，最终要建成“倚梦山水之间，回首顾盼云天”的生态宜居型社区；安琪农场的牛奶我们从小喝到大，在与万达广场合作推广之后，一炮打响，现在很多饭桌上都能看到安钢的各种奶制品；安钢秘密研发的电子商务平台本身也是一张名片，为了紧扣互联网+的时代脉搏，拓宽销售辐射范围，终端用户通过扫描二维码就能够直达电商平台，我们的平台现已实现品种钢推广、价格竞拍、质保书在线查询、手机直接下单等核心功能；为了从细节之处彰显

“服务型钢铁”意识，安钢对企业形象进行人文化设计，驻外人员更换了手机背景之后，点亮屏幕的那一刻“做有温度的钢铁供应商”就会跃然在用户眼前，感受到我们的诚意。这样的名片还有很多，如在建的安钢职工总医院综合大楼、郑州缔恒公司、安钢游泳馆和健身房等等。

春生夏长，秋收冬藏，有耕耘必有收获！安钢在极端困难的情况下，必要的工程项目没有放慢脚步，例如冷轧一期后续工程已进入尾声；新式制氧机正式投用；热处理线配套项目淬火机正式开工；安钢农业区与央企中广核集团签订战略协议，将分批次建设120兆瓦光伏发电站及配套生态农业项目等，这些项目对内提振了广大职工家属的信心，对外树立了安钢的品牌形象。

“安钢”二字其实就是我们的金字招牌，最优质的资产，前辈们白手起家，硬生生建起这十里钢城，我们又怎能没有信心再塑辉煌！既然我们的征途是星辰与大海，那么在穿过夏天的木栅栏和冬天的风雪后，我们终会抵达！